EL FRENTE INTERNO

SEVER ESCUADRÓN

LIBRO 4

A.R. KNIGHT

REGRESO A CASA

Aurora se había saltado un botón, otra vez. El hombre que estaba frente a ella en la zona de pasajeros, un espacio amplio y vacío normalmente reservado para carga en cargueros como este, se rio de la expresión agria que Aurora nunca había aprendido a ocultar. Recibía las críticas como la mayoría de la gente recibe un puñetazo en el estómago, y ser pillada por el mismo tipo tres veces en un viaje de dos semanas... Aurora quería golpear algo, pero el carguero ni siquiera tenía simuladores.

—No te preocupes —dijo Deepak, lanzándole una sonrisa que apagaba su ira—. Estoy seguro de que me lo harás pagar cuando lleguemos a la acción real.

—Lo haré —dijo Aurora, arreglando el botón rebelde—. Gracias por señalarlo.

Ellos, y los otros cien reclutas a bordo del carguero, estaban a punto de atracar con su nueva nave insignia, su hogar con DefenseCorp, el mayor contratista mercenario de la galaxia y, en realidad, la fuerza militar más grande que existía. Aurora lo había descubierto por las malas cuando su trabajo de seguridad en una estación espacial había sido suplantado por tropas de DC, pero cuando fue a protestar a las nuevas oficinas, el gerente allí la había inscrito y enviado en su lugar.

Deepak venía de un entorno más estructurado, un régimen de formación completo que lo había preparado para desempeñar un papel más administrativo en el *Nautilus*. Saltando directamente a un rango de oficial, lo que significaba que, tan pronto como pusieran un pie a bordo de la nave insignia, Aurora tendría que cuidar sus insultos.

—¿Estás emocionada? —dijo Deepak mientras las pantallas alrededor de la bahía de pasajeros cambiaban para mostrar el proceso de atraque, una cuenta regresiva hasta que las grandes puertas de la bahía se abrieran y comenzaran sus nuevas vidas. Algún portavoz oficial de DC daba un discurso sobre sus nuevas vidas al que nadie parecía estar prestando atención—. Yo, al menos, estoy listo para una mejor comida.

—Estoy lista para salir y hacer algo —respondió Aurora—. Nunca había pasado tanto tiempo atrapada en una nave estelar antes.

—Supongo que tendremos que acostumbrarnos —dijo Deepak—. Por lo que entiendo, esta nave será nuestro nuevo hogar.

—Para ti —Aurora señaló el rango en el pecho de Deepak—. Si estoy en esta nave demasiado tiempo, entonces no estoy consiguiendo lo que vine a buscar.

—¿Que es?

—Dinero, Deepak —dijo Aurora, y el hombre se rio—. ¿Crees que estoy haciendo esto por mi salud?

—Supongo, entonces, que podemos esperar que conseguir uno no signifique perder lo otro.

La cuenta regresiva llegó a cero, las puertas de la bahía marcaron la ocasión abriéndose con un silbido. La multitud se movió hacia las salidas, y los primeros gritos de los líderes de escuadrón llamando a sus reclutas resonaron por encima. Aurora escuchó su nombre, levantó una mano en señal de despedida hacia Deepak, quien respondió con un asentimiento, y la nueva recluta del Sever Escuadrón se desvaneció en la aventura.

Aurora bajó por la rampa hacia el *Nautilus* por lo que podría haber sido la centésima, la milésima vez. Los suelos pulidos y brillantes, ocasionalmente marcados por el asteroide que componía gran parte del armazón del *Nautilus*, lucían como siempre. Las luces demasiado brillantes la hicieron parpadear como siempre lo hacían.

¿Las armas en su cara? Eso era nuevo.

Un escuadrón completo, con armaduras potenciadas de varios colores y configuraciones, armado hasta los dientes, esperaba a que Aurora descendiera por la rampa. Los otros cuatro miembros del Sever Escuadrón la seguían, extendiéndose detrás de Aurora cuando llegó al suelo y soportando, como ella, una inspección de cerca para quitarles cualquier arma oculta.

Los soldados no encontraron ninguna, porque Aurora se había asegurado de que su escuadrón no intentara nada estúpido.

La conversación no había sido agradable. Mientras Eponi guiaba su nave recién robada, la *Prisa*, alejándose del planeta de roca negra Wexer y hacia el *Nautilus*, todos pensaron que deberían estar listos para una pelea. Sai quería traer su katana, Gregor su martillo, y Rovo lo que fuera que era su cosa con forma de guadaña. Eponi solo quería quedarse en la *Prisa*, donde podía apuntar sus láseres a cualquiera que le diera una mirada fea.

Que se estaban metiendo en una mala situación era obvio para todos, pero la alternativa era peor. DefenseCorp, Deepak y el *Nautilus* dejaron claro que perseguirían al Sever Escuadrón hasta donde fuera, y aunque Aurora no tenía deseos de volver al redil de la gran compañía, tampoco quería pasar sus días siendo acosada por luchadores fuertemente armados.

—Aceptamos este trato —había dicho Aurora con la *Prisa* en aproximación—, jugamos según las reglas esta última vez, y seremos libres. ¿Creen que pueden hacer eso?

—Lo dudo —gruñó Gregor en respuesta—, pero puedo intentarlo.

Asentimientos de conformidad por todas partes después de eso, y la reluctante cooperación tenía a los cinco parados dentro de su antiguo cuartel general, desarmados y a merced de una organización que, hace menos de un día, había quemado parte de una ciudad para encontrar al Sever Escuadrón.

—Me alegro de que hayan tomado la decisión correcta —dijo Deepak, entrando en la bahía una vez que su escuadrón de inspección dio el visto bueno—. Claramente, no nos separamos en los mejores términos, pero desde mi punto de vista, el Sever Escuadrón aún merece respeto por todo lo que han hecho por DefenseCorp.

El almirante del *Nautilus* no se veía muy diferente a cuando Aurora lo conoció por primera vez en aquel carguero. Las continuas misiones habían dejado cicatrices en Aurora, tanto mentales como físicas, mientras que el paso del tiempo en Deepak se notaba en las canas dispersas por su cabello oscuro, las bolsas bajo sus ojos y una profunda arruga en su mejilla izquierda.

El uniforme del hombre, del color carmesí de Defense-Corp, tenía cada botón perfectamente colocado.

—Todo ese respeto no nos sirvió de mucho —respondió Aurora, muy consciente de que ella y Sever Escuadrón vestían una mezcla desordenada de ropa civil saqueada de los antiguos dueños del *Prisa*.

—Lo hará, si puedo hacer algo al respecto —dijo Deepak, y luego extendió su mirada más allá de Aurora hacia los demás—. Aurora y yo vamos a establecer los términos del acuerdo. Mientras lo hacemos, el resto de ustedes pueden ir al comedor o al Intendente para recuperar sus cosas. Si nuestra conversación procede como ambos esperamos, estarán de vuelta en su nave antes de que pase mucho tiempo.

Separar a la capitana de su tripulación. Aurora no estaba muy sorprendida, pero si Deepak tenía malas intenciones, dividir a Sever Escuadrón sería un buen primer paso. Aunque, por otro lado, si Deepak quisiera matarlos, el *Nautilus* podría haber rostizado al *Prisa* en cuanto Eponi acercó la nave.

Tranquila, Aurora. No todos los movimientos tienen que terminar en una emboscada.

Aurora miró a su escuadrón y dijo: —Ya escucharon al almirante. Tomen un respiro. Coman algo. Una vez que salgamos de esta nave, puede que pase un tiempo antes de que tengamos la oportunidad de estirar las piernas.

—¿Estás segura de que quieres ir sola? —ofreció Sai, con las manos sueltas, observando si Aurora le daba alguna señal con las manos que indicara algo más.

Pero no había nada que señalar. Aurora tenía que confiar en Deepak, confiar en que trabajar con Defense-Corp para encontrar a Kaia mantendría a Sever Escuadrón vivo y a salvo.

—Estaré bien —dijo Aurora—. Deepak está demasiado asustado como para amenazarme.

—Totalmente cierto —asintió Deepak.

Ante el gesto de Deepak, Aurora se colocó a su lado mientras salían de la bahía. El *Nautilus* estaba construido como un cubo dentro de una esfera, con tres niveles principales, cada uno con tres corredores que abarcaban toda la longitud, conectados por numerosos pasillos más pequeños, salas más grandes y ascensores verticales. Miembros de la tripulación, tropas activas y robots pululaban por toda la nave, ocupándose del mantenimiento, la preparación de misiones y el caos general a bordo de un gran crucero como este.

Después de días en Wexer, respirando polvo y sintiendo su constante brisa fresca, a Aurora no le molestaba el aire reciclado, purificado casi hasta la nada. El zumbido y el traqueteo de la gran nave, una vibración que persistía en sus nervios, se sentía más como su hogar que la tierra inmóvil sobre la que habían estado durmiendo. Incluso los anuncios por megafonía llamando a tal o cual persona, escuadrón o especialidad a este o aquel lugar sonaban como un ruido de fondo suave, sonidos reconfortantes para el alma.

Al salir de la bahía hacia uno de los corredores principales, Aurora y Deepak giraron a la izquierda, dirigiéndose hacia la proa del *Nautilus* y, presumiblemente, hacia el puente. Deepak tendría habitaciones allí que podrían usar para una discusión privada. Los otros miembros de Sever Escuadrón se desviaron a la derecha, desapareciendo entre la multitud.

—Creo que eso salió bastante bien —dijo Deepak mientras caminaban—. Nadie inició ninguna pelea. Casi mejor que tus regresos normales después de una misión.

—Somos duros, Deepak, pero no suicidas —respondió Aurora.

—Y sin embargo, desertaron. Un acto equivalente al suicidio.

—Tú y yo sabemos que a DefenseCorp no le importan un carajo los desertores. No lo suficiente como para perseguirlos con una nave como el *Nautilus*, de todos modos.

—La mayoría de los desertores no se involucran en redes peligrosas antes de huir.

Aurora miró a Deepak mientras el hombre hablaba. El almirante mantenía la vista al frente, con una expresión seria, pero la frustración persistía en las palabras que flotaban en el aire. Deepak había enviado a Sever Escuadrón a la misión en Dynas, la que inició todo esto, sin ninguna información sobre lo que realmente había en el planeta pantanoso, sobre la ciudad oculta y sus experimentos menos que legales.

Y sin ningún aviso de que la propia DefenseCorp tenía interés en mantener a Dynas en secreto.

—No lo sabías —repitió Aurora lo que Deepak le había dicho antes de que el *Prisa* atracara—. Dijiste que no lo sabías, y nos enviaste a Dynas, ¿y ahora estás enojado por lo que encontramos?

—No estoy enojado contigo, Aurora —respondió Deepak—. Nunca lo estuve. Me conoces. Siempre estoy del lado de mis soldados. Cuando llegó la llamada, el comprador y la solicitud, debería haberlo verificado. Lo habría hecho, también, excepto que el grado era menor. ¿Una extracción de una sola persona? ¿En un planeta vacío?

—Sonaba como si alguien se hubiera quedado varado.

Llegaron al banco de ascensores de la proa del *Nautilus* y tomaron uno de los contenedores para doce personas para que los llevara arriba. Deepak entró primero, Aurora lo siguió, y varios otros se metieron detrás de ellos. Un par de soldados, charlando sobre su turno a punto de comenzar, y otros dos, vestidos con uniformes sin rango de color granate y negro, con los ojos enterrados en sus muñequeras.

—Recibí un mensaje de arriba en la cadena de mando poco después de que aterrizaran en el planeta —dijo Deepak—. Al principio, la orden era simple. Tenía que pedirles que se retiraran. Cuando expliqué que no podían hacer eso...

—Porque solo nos diste una lanzadera de descenso.

—¡Algo normal para Sever Escuadrón! Sus misiones en realidad tienen *mejores* resultados cuando no les doy una nave real para defenderse. —Deepak levantó una mano, como para calmarse—. Cuando expliqué que no podía sacarlos del planeta, que ni siquiera podía contactarlos, fue cuando las cosas se pusieron difíciles.

—Para ti.

Aurora no trató de ocultar el sarcasmo: Deepak había estado lidiando con algunos mensajes picantes mientras Sever Escuadrón luchaba por su vida en una misión que había ido mucho más allá de cualquier alcance esperado. Difícil conciliar esas dos cosas.

—Cierto, no espero ninguna simpatía —dijo Deepak.

—Bien.

Deepak se rió, una carcajada amarga que hizo que Aurora retrocediera un paso. El almirante siempre había sido más alegre, confiado. No era de los que se dejaban afectar por las cosas, pero la persona que Aurora veía ante ella ahora no tenía ese mismo brillo despreocupado.

—Me alegra ver que toda tu huida no te ha cambiado —dijo Deepak—. Porque a mí sí me ha cambiado, Aurora. Por primera vez siento que me están vigilando. ¿Todo este trato? ¿Lo que te estoy ofreciendo? Todo lo que puedo decir es que deberías aceptarlo.

—No se trata solo de mí —respondió Aurora mientras el

ascensor se detenía en el nivel superior y las puertas se abrían—. Sever Escuadrón tiene que decidir juntos. Tomamos esa decisión cuando nos separamos de ti.

Los soldados parloteando se marcharon primero, sumergiéndose en el vestíbulo sin pensarlo dos veces. Los otros dos, con los ojos aún fijos en sus brazaletes en modo de navegación silenciosa, no se movieron. Deepak puso una mano en el hombro de Aurora, dándole un ligero empujón para que salieran. Aurora se sacudió el gesto mientras Deepak asentía hacia el otro lado, hacia una sección cerrada dedicada al personal de alta prioridad.

—Entonces querrás que digan que sí —dijo Deepak—. Sé que las amenazas no significan mucho para ti, pero esto ya no se trata solo de ti. Ni siquiera solo de Sever Escuadrón.

—No puedo esperar a oír de quién se trata, entonces —dijo Aurora mientras se abrían paso entre la multitud hacia el otro lado.

Deepak colocó su insignia contra la cerradura, que parpadeó en azul y se abrió. Más allá, un pasillo más estrecho mostraba habitaciones a ambos lados, y de nuevo Deepak usó su mano para guiar a Aurora hacia la más cercana a la derecha.

En cuanto a habitaciones, esta era básica: una larga mesa ovalada con ocho sillas alrededor. La pared del fondo hacía las veces de una gran pantalla, y una única luz plateada alargada en el techo aseguraba que Aurora pudiera ver todo perfectamente. Lo que significaba que tenía una vista clara del único otro ocupante de la habitación, un hombre con el uniforme carmesí de Deepak, pero cubierto con más insignias de las que Aurora había visto jamás. Insignias que dejó de importarle cuando él se giró para mirarla.

Aurora había visto ese rostro antes en un solo lugar,

parpadeando en el halo gris reservado para las comunicaciones de video de largo alcance. Ese rostro había amenazado sus vidas, les había dicho sin lugar a dudas lo que esperaba a Sever Escuadrón si no le daban a DefenseCorp todo lo que sabían sobre Dynas.

Excepto que, a diferencia de Deepak, la única recompensa por confesar sería una muerte rápida.

—Aurora —dijo Deepak cuando ella se detuvo—. Siéntate. Por favor.

Detrás de ella, dos personas más se filtraron en el pasillo, abarrotando la entrada. Los observadores de brazaletes del ascensor. Aurora tenía a Deepak a su lado, dos matones detrás de ella y la cara salada y plástica enfrente.

No todo tenía que terminar en una emboscada.

Claro.

EL VIAJE

Abordo de la nave de Anaskya, después de Dynas, Sai votó por despedirse del *Nautilus* para siempre. En ese momento, embriagado por su escape y cabalgando las emociones que venían con la victoria sobre un virus que debería haberlo convertido en lodo, Sai no pensó demasiado en lo que había dejado atrás. Lo que le esperaba en las pertenencias del Intendente.

Después de que el trío de Sever abandonara la bahía, se separaron de nuevo en el siguiente cruce. Gregor declaró la necesidad de llenar su estómago, y Rovo se hizo eco del sentimiento, mientras que Eponi se quedó atrás para asegurarse de que el *Prisa* estuviera listo para un viaje más largo. Eso dejó a Sai dirigiéndose hacia la popa del *Nautilus* y la sección dedicada a los suministros de la enorme nave.

Aunque se podía caminar lentamente por el *Nautilus*, las pasarelas móviles aumentaban la velocidad para aquellos dispuestos a deslizarse entre el personal ocioso. Sai, sintiendo todas las miradas sobre él con la ropa desgastada que había tomado de los antiguos dueños del *Prisa*, aprovechó la oportunidad para cimentar su inusual apariencia casi corriendo por las pasarelas.

La velocidad era tanto innecesaria como absolutamente necesaria: de vuelta en Wexer y antes, Sai había descartado la posibilidad de ver a su familia, de obtener realmente un video con los rostros de sus hijos, la paciente sonrisa de su esposa. Tales cosas no se transferían fácilmente a través del cosmos, mucho menos cuando el objetivo se movía constantemente. Sai había podido enviarles mensajes, dirigidos a través de redes de satélites de toda la galaxia, que utilizarían trucos de física para llegar a casa antes de mucho tiempo.

Cualquier respuesta enviada en su dirección no llegaría a ninguna parte, porque Sai no se quedaba quieto.

El *Nautilus* había sido la última estación permanente de Sai, y en las pertenencias ahora en manos del Intendente, las grabaciones guardadas de Sai estarían esperando. Podría ver videos de cumpleaños, obras escolares, amigos y festividades. Todos transmitidos al *Nautilus*.

—¿Puedo cargarlos en una unidad stim? —preguntó Sai cuando llegó al Intendente, una gran sección situada sobre los motores.

Con su nombre extendido sobre la larga entrada en grandes letras rojas, el Intendente dividía su espacio entre ranuras con ventanillas donde el personal del *Nautilus* podía solicitar dar o tomar sus propios artículos, o requisar suministros generales. Los robots permanecían en atención en cada ranura, requiriendo los formularios y permisos adecuados para cualquier interacción.

DefenseCorp había asumido hace mucho tiempo que cualquier posición que pudiera ser corrompida, engañada o comprometida de alguna manera debería ser entregada a máquinas sin mente, aunque Sai había oído que estos robots delgados podían ser reprogramados por cualquiera con suficiente tiempo y esfuerzo.

Este, ciertamente, parecía lento. El enorme lente de la cámara en el centro del robot, una pieza como un tallo que florecía en esos brazos delgados en la parte superior, fundiéndose en una base con ruedas en la parte inferior, destelló un rojo furioso hacia Sai después de un largo minuto considerando el número de identificación que Sai había entregado.

—Lo siento, esas grabaciones ahora están clasificadas —dijo el robot—. No tienes autorización para acceder a pertenencias criminales.

—¿Pertenencias criminales?

—Correcto —dijo el robot—. El número de identificación que proporcionaste pertenece a un individuo acusado de desertar de DefenseCorp. Mientras este cargo esté pendiente, no podemos liberar ningún artículo a aquellos sin la autorización adecuada.

Sai miró fijamente a la máquina. Deseó que tomara una decisión diferente. Cuando eso falló, y el aburrido soldado en la fila detrás de Sai preguntó si se movería en algún momento de este siglo, Sai se hizo a un lado e intentó idear una estrategia diferente.

Deepak había dicho deliberadamente que fuera a ver al Intendente, pero Sai, y presumiblemente todos los demás en Sever, todavía estaban etiquetados como criminales. Así que, o Deepak no sabía que estaban bloqueados, o quería restregarles en la cara el estatus de Sever.

—Oye —dijo una voz detrás de Sai, y él se giró para ver a una de las supervisoras humanas del Intendente, vistiendo el carmesí de DefenseCorp con una brillante insignia blanca de QM en el pecho. Parecía que había estado en el *Nautilus* durante un tiempo y no se había apegado estrictamente al régimen de ejercicios recomendado. No gorda, pero flexible, como si sus huesos no pudieran sostener bien su cuerpo—. ¿Qué estás haciendo aquí?

Sai no había hecho muchos viajes al Intendente mientras estuvo en el *Nautilus* —Sever tendía a recibir entre misiones lo que necesitaban, debido a su estatus de mortales y peligrosos— así que no reconoció a la mujer, no entendió su pregunta.

—Intento recuperar mis propios videos —dijo Sai—. Al parecer el sistema cree que soy un criminal.

La mujer asintió.

—Porque lo eres.

Vale, imbécil.

—Genial, gracias por aclararlo —dijo Sai—. ¿Has venido hasta aquí solo para decirme eso, o tenías algún punto?

—Es bueno saber que tienes algo de espíritu —dijo la mujer—. Lo vas a necesitar, si Deepak tiene razón. —Lanzó una mirada por encima del hombro de Sai—. No te gires ahora, pero mantén los ojos abiertos y notarás algunas caras nuevas en el *Nautilus*. No puedo decir mucho al respecto aquí, pero puedo darte esto.

La mujer se acercó, y al principio Sai pensó que quería darle la mano, pero luego lo atrajo hacia un fuerte abrazo, diciendo en voz alta que pensaba que lo habían perdido en la última misión. Sai gradualmente se adaptó a la idea y devolvió el apretón, sintiendo un pequeño objeto encontrar su camino en el bolsillo de su pantalón mientras ella se alejaba.

—¿Qué fue eso? —dijo Sai, en voz baja.

La mujer sonrió de esa manera dulce que tiene el personal de atención al cliente cuando han terminado de tratar contigo.

—Espero que tengas mejor suerte limpiando tu nombre, Sai. Un gusto verte de nuevo.

Sai quería, podría haber extendido la mano para agarrar a la mujer y retenerla para un interrogatorio más severo, pero sus palabras, su tono decían que sería una mala idea. En su lugar, forzándose a no mirar atrás, Sai volvió a caminar, esta vez cruzando el *Nautilus* y dirigiéndose hacia los barracones.

La antigua habitación de Sai habría desaparecido, pero el *Nautilus* tenía habitaciones para invitados. Sintió el dispositivo en su bolsillo, el pequeño rectángulo. Bordes afilados. Una unidad de almacenamiento. Ahora solo necesitaba alguna forma de reproducirlo, y todas las habitaciones de invitados en el *Nautilus* tenían una terminal.

Pero, y Sai tuvo mucho tiempo en la pasarela móvil para reflexionar sobre esto, ¿qué demonios era eso?

Deepak hace una sutil alusión a ir a buscar cosas del Intendente y ahora Sai anda por ahí con una unidad que contiene quién sabe qué. La mujer lo hizo sonar como si Deepak hubiera planeado todo esto, lo que planteaba la pregunta... ¿por qué? ¿No era este el barco de Deepak?

Sai recordó el comentario de la mujer sobre personas vestidas de manera extraña a bordo y dedicó su tiempo de caminata a echar miradas de barrido por las explanadas. Los uniformes carmesí de DefenseCorp parecían universales, todos ligeramente modificados para indicar el rango y la asignación designados de una persona. Entre ellos había gente vestida como Sai, con ropa civil, vendedores y especialistas en el barco para asignaciones.

Nadie gritaba extraño a primera vista. Nadie estaba de espaldas a la pared, hablando por una pulsera y observando a Sai como un espía.

Sai intentó jugar el juego: Incluso si Deepak quería

pasarle un mensaje secreto a Sai o a quien fuera de Sever Escuadrón que visitara primero al Intendente, ¿por qué recurrir a Sever Escuadrón en primer lugar? Deepak tenía un barco lleno de tropas leales que podía usar.

Si Sai, o cualquiera de Sever Escuadrón, todavía tuvieran sus propias pulseras, habría llamado a Aurora o Gregor y les habría preguntado qué pensaban. Sin los dispositivos, Sai tuvo que guardar el secreto para sí mismo mientras se dirigía a los barracones.

Y todo lo que había querido era ver a su esposa e hijos.

Los barracones tomaron sus señas de diseño del asteroide que componía el *Nautilus*, construyéndose en el núcleo rocoso con una malla entre mineral y metal. En el nivel medio del *Nautilus*, cerca del comedor principal, los barracones tenían espacio suficiente para los cincuenta mil soldados estacionados en el *Nautilus*, con el triple de eso extendiéndose alrededor y debajo para invitados y personal de apoyo.

Viniendo desde la popa, la entrada de Sai enumeraba las habitaciones más cercanas accesibles desde las puertas dobles más próximas situadas al lado de la explanada central. El gran pasillo funcionaba como la arteria del *Nautilus*, y las pocas concesiones que Deepak permitía para la decoración colgaban aquí: fotos de escuadrones destacando a los miembros, carteles y calcomanías de misiones y campañas, las frecuentes palabras sobre un fondo bombeando eslóganes optimistas.

Desde fuera, la abrumadora propaganda podía parecer casi risible, como si DefenseCorp quisiera convertir a su gente en una masa homogénea que solo pensara en términos de objetivos cumplidos y contratos completados. Para Sai, todo el espíritu lo llevaba de vuelta, tiraba del sentido que había estado echando de menos en las semanas desde que Sever Escuadrón se separó y huyó.

Había cambiado a su familia real por la versión diferente, pero muy real a su manera, de DefenseCorp. Ahora, bueno, ahora Sai tenía a Sever Escuadrón, y solo a Sever Escuadrón. Si su quinteto encajaría tan bien, Sai no podía estar seguro.

Los barracones requerían una identificación escaneada para entrar, algo que Sai había olvidado hasta que se paró frente a las puertas, buscando una pulsera que no tenía. El hábito lo golpeó de nuevo.

—¿Necesitas ayuda? —dijo un hombre más joven, acercándose a Sai. Llevaba un uniforme carmesí como los demás, aunque uno con algunas rayas negras a los lados que Sai no reconocía—. Todo el mundo olvida sus pulseras a veces. A mí me pasó la semana pasada.

¿Olvidaban sus pulseras? Sai nunca se quitaba la suya. Literalmente nunca, ni siquiera en la ducha. Pero diferentes personas tenían diferentes ideas.

—Sí —dijo Sai—. Estoy tratando de llegar a una habitación de invitados. Acabo de llegar y aún no tengo todo organizado.

—Las cosas son un lío ahora mismo —asintió el hombre, escaneando su pulsera en las puertas de los barracones, que se abrieron de golpe—. Hay muchos recién llegados en el barco.

—He oído eso —dijo Sai—. ¿Sabes por qué?

El hombre negó con la cabeza.

—Supongo que DefenseCorp está cambiando las cosas de nuevo. ¿Sabes a dónde ir?

—Sí, he estado aquí antes —dijo Sai—. Gracias por la ayuda.

Sai empezó a caminar hacia el pasillo más estrecho y

vacío de los barracones, donde las luces se entremezclaban con roca gris y marrón para dar a todo un aspecto más natural. Se detuvo cuando el hombre entró caminando con él.

—¿Vas por este camino? —preguntó Sai.

—Sí, necesito hacer una parada yo mismo —dijo el hombre—. Como te decía, tiendo a olvidar cosas.

—Pasa.

Los dos siguieron caminando durante unos minutos más, el hombre acribillando a Sai con preguntas sobre dónde había estado, qué estaba haciendo en el *Nautilus*. Sai apuntaló excusas con la verdad, hablando sobre su experiencia militar anterior, que solía trabajar para DefenseCorp en este mismo barco antes de irse para contratos más privados.

El giro hacia las habitaciones de invitados, un conjunto de habitaciones atadas juntas hacia el lado derecho del *Nautilus*, apareció y Sai se dirigió hacia allí, solo para que el hombre lo siguiera de nuevo.

—Recordé que necesitarás otro escaneo para entrar en una de las habitaciones —dijo el hombre, manteniendo esa sonrisa ligera siempre presente.

—¿En serio? —dijo Sai—. Supongo que han aumentado la seguridad. Nunca se necesitaba uno una vez que pasabas las puertas de los barracones.

—Como dije, muchos cambios.

Excepto que cuando llegaron a las habitaciones de invitados, Sai no vio ningún escáner cerrado en las puertas. Las habitaciones mostraban los nombres de quienquiera que estuviera alojándose allí —establecidos a través de la terminal dentro de las propias habitaciones— y podían vincular sus cerraduras a la pulsera del invitado, pero cualquier habitación abierta estaba, bueno, abierta.

Sai se detuvo frente a un escáner que brillaba en verde,

listo para entrar, pero el hombre lo había seguido hasta aquí. Se paró cerca ahora, observando.

—¿Entonces cuándo vas a hacer tu movimiento? —dijo Sai—. Porque se te está acabando el tiempo.

—¿Ah, sí? —respondió el hombre—. Esperaba que entraras primero. Mantener las cosas un poco más silenciosas.

Sai se encogió de hombros, tocó el escáner verde que hizo que la puerta se abriera con un zumbido.

—¿Entonces con quién estás? —dijo Sai, mirando al hombre—. ¿Alguien que caza desertores?

—No importa —respondió el hombre, manteniendo esa mirada sanguínea—. Estarás demasiado muerto para que te importe.

—¿Pensé que tus jefes nos querían vivos?

—Solo a algunos de ustedes. —El hombre asintió hacia la habitación de invitados—. ¿Entramos?

[3]

INSPECTORES

La bandeja de Gregor estaba llena de alimentos fabricados, todos cultivados mediante la combinación de proteínas en los bancos de alimentos del *Nautilus*. Después de colocar la bandeja sobre la fría mesa de metal, pintada con ondulantes tonos azules en una concesión a la inspiración del *Nautilus*, Gregor contempló su festín, observando cómo la comida sólida y real que tenía delante aniquilaba las últimas semanas bebiendo calorías en polvo.

El comedor también bullía de conversación constante. El gran espacio, situado en el nivel más bajo del *Nautilus*, podía albergar a miles de personas en su disposición de varios niveles y ofrecía varias creaciones en todo momento para que los tripulantes las disfrutaran. La amplia sala, al igual que la mesa, acentuaba el ambiente acuático, con los caminos preferidos pintados con extraños peces y secciones marcadas por dibujos de corales de otro mundo.

Según había oído Gregor, el chef principal del *Nautilus* en la inauguración de la nave había declarado que no serviría en un comedor tan carente de espíritu.

Necesitando algo para que las tropas hicieran durante el viaje a su primer contrato, los escuadrones de Defense-Corp pasaron su tiempo convirtiendo el comedor en un lugar diferente a cualquier otro en la nave, en cualquier nave.

A pesar de toda su rudeza, puede que Gregor hubiera dejado que sus labios se curvaran al ver el lugar.

—¿Vas a comerte eso? —dijo Rovo, sentándose frente a él—. ¿O la generosidad de la amable mujer va a ser en vano?

—Me lo comeré —dijo Gregor—. Aprecio mis comidas.

Antes de que Gregor pudiera dar un bocado, la amable mujer a la que Rovo se refería colocó su propia bandeja junto al hombre corpulento, reclamando un asiento en el largo banco casi tocándolo. Había estado detrás de ellos en la fila y se ofreció a pagar por Gregor y Rovo cuando se dieron cuenta de que, sin sus pulseras y sus cuentas de DefenseCorp, en realidad no podían comprar la comida que habían recogido.

—Yo también —dijo la mujer, cuya complexión y actitud sugerían tiempos difíciles pasados en DefenseCorp. También llevaba el clásico carmesí de la compañía, aunque las rayas negras a los lados marcaban una división que Gregor no reconocía—. Nunca sabes cuándo llegará tu próxima comida, o lo que tendrás que hacer para conseguirla.

—Como pedir caridad a una desconocida —dijo Rovo—. Gracias de nuevo.

—Todos somos DefenseCorp aquí —dijo la mujer—. No hay problema.

Gregor asintió y todos comenzaron a dar uno o dos o siete bocados. La comida era tan buena y tan sólida como Gregor recordaba, aunque los bocados tenían ese toque insípido que venía con la proteína producida en laboratorio.

Como si, con cada masticación, Gregor fuera un poco más allá del telón para ver la nada en el corazón de su comida.

—No estoy segura de dónde vienen ustedes dos —dijo la mujer mientras continuaban masticando—, pero me gusta saber con quién comparto mesa. Me llamo Zaydi y, aunque hace mucho tiempo, soy de Poppyseed Nueve.

Los ojos de Gregor chispearon al oír ese nombre. No Zaydi, que le importaba un bledo, sino Poppyseed Nueve. Los Poppyseeds y algunos otros sectores de nombres similares se habían ganado una reputación por su perfección. Múltiples planetas en rangos habitables, vida por todas partes. Aquellos con medios, respaldados por DefenseCorp, habían tomado los sectores para sí mismos. Cualquiera nacido en esos planetas no tenía por qué estar comiendo en un comedor de DefenseCorp.

—Soy Rovo —dijo el novato, cubriendo el silencio de Gregor—. Y, eh, no soy realmente de ningún lugar importante. ¿Dijiste Poppyseed Nueve?

Rovo, qué hablador tan hábil.

Zaydi esbozó una sonrisa que decía que había respondido a esta pregunta mil veces.

—¿Te preguntas por qué no estoy comiendo con el almirante y diciéndole cómo me gustaría comprar su nave?

—Francamente, sí.

—Porque no me gustaba —Zaydi cruzó los brazos, apoyando los codos en la mesa—. ¿Quieren oír un secreto? —Esa pequeña sonrisa se ensanchó—. Los Poppyseeds son donde la galaxia escondió a toda su gente horrible.

Zaydi, habiendo abierto la puerta, continuó mientras Rovo y Gregor devoraban sus comidas. Contó historias sobre esta y aquella persona horrible, golpes que sonaban muy parecidos a los mundos corruptos que Gregor había aprovechado para conseguir un puesto en Sever. Qué poco sorprendente era descubrir que otro sector más sufría de problemas humanos.

—¿Qué van a hacer ustedes dos después de esto? —preguntó Zaydi en el relativo silencio que siguió a su última historia—. ¿Grandes planes para su primer día en el *Nautilus*?

—Esperar a que nuestra capitana decida si vivimos o morimos, básicamente —dijo Rovo, y Gregor gruñó en señal de acuerdo.

—¿Cómo va a hacer eso?

Gregor se detuvo, con la cuchara a medio camino de su boca. Rovo empezó a responder la pregunta de Zaydi, y Gregor reanudó su comida, disimulando la pausa. Ni Gregor ni Rovo habían mencionado su papel en Sever, ni habían mencionado a Aurora, pero Zaydi no pareció sorprendida por las palabras de Rovo.

El hombre corpulento echó un vistazo más de cerca a Zaydi mientras Rovo terminaba una descripción borrosa sobre por qué estaban aquí, una posible misión para encontrar a alguien que sería peligroso. Gregor tenía que darle crédito al novato: el hombre podía inventar mucho sobre la marcha, mientras que Gregor preferiría sacudir la cabeza y no decir nada.

—¿Cuál es tu unidad? —dijo Gregor, sin poder olvidar las líneas negras en el uniforme de Zaydi.

—¿Mi unidad? —preguntó Zaydi.

—Tu escuadrón.

—Oh —Zaydi miró su propio uniforme, como si lo descubriera por primera vez—. Estoy con un equipo de inspección, haciendo un recorrido por el *Nautilus* para asegurarnos de que todo va bien.

—¿Y va bien? —preguntó Rovo—. ¿El *Nautilus*?

Zaydi suspiró.

—¿Honestamente? Hay algunos problemas —Miró entre los dos—. Puedo confiar en ustedes, ¿verdad? ¿No lo compartirán?

Gregor quería decir que no, que Zaydi acababa de conocerlos. No debería confiarles ningún secreto, pequeño, grande o intermedio.

—No hay nadie a quien contárselo —dijo Rovo.

—Bueno, al parecer alguien ha estado trabajando en la armería —dijo Zaydi—. Están ensamblando nuevos trajes que van en contra de nuestras políticas. —Zaydi se tocó los labios, como si hubiera tenido una revelación—. Ustedes usan armaduras potenciadas en sus misiones, ¿verdad?

—Así es. —Rovo parecía un perrito faldero, totalmente pendiente de la pregunta de Zaydi.

—Entonces tal vez puedan ayudarme —dijo Zaydi—. Nadie en mi equipo trabaja con armas pesadas, y necesitamos decidir si las modificaciones son demasiado peligrosas. Dijeron que son nuevos aquí, ¿no? Así que podrán mantener una mente abierta, ¿verdad?

—No trabajamos para Deepak —respondió Rovo—. Me encantaría ayudarte.

Gregor sintió un ligero toque en su tobillo. En la parte delantera. Movió el codo, tirando su cuchillo de la mesa al suelo, donde rebotó con un chasquido agudo. Se agachó para recogerlo, lanzó una mirada hacia Rovo mientras Zaydi daba más detalles sobre la cuestión de la armadura, y captó la mano derecha de Rovo que se demoraba abajo, haciendo señales con la mano.

Rovo aún no dominaba a la perfección las señales manuales de Sever, pero logró transmitir la idea lo suficientemente bien. El novato lideraría, Gregor debería seguir.

¿Liderar a dónde, seguir cómo? Eso seguía siendo un misterio.

Al menos parecía que Rovo entendía que algo no estaba bien con Zaydi.

—¿Tienen tiempo ahora? —preguntó Zaydi al final de su descripción—. No debería llevar mucho.

—¿Lo tenemos? —Rovo le preguntó a Gregor—. No creo que el capitán quisiera que volviéramos a la nave hasta tarde.

Gregor se encogió de hombros. Como todo el escuadrón había perdido sus pulseras, Aurora había vuelto a la edad de piedra y había fijado una hora después de la cena para que todos regresaran a la *Prisa*. El *Nautilus* tenía relojes en pantallas por todas partes, así que el seguimiento del tiempo no era un problema, y ahora todavía les quedaban horas por quemar.

—Ahí tienes tu respuesta —le dijo Rovo a Zaydi—. Guíanos.

Zaydi los llevó desde el comedor hacia la proa, evitando los ascensores para mantenerlos en el nivel más bajo del *Nautilus*. Gregor no había pasado mucho tiempo fuera del comedor aquí abajo, ya que los espacios estaban más dedicados a la ingeniería, almacenamiento de carga y análisis.

Pocos martillos y menos objetivos que destrozar que en los otros niveles.

El comedor bisecaba el pasillo central del nivel inferior, y al salir del comedor se encontraron de nuevo en lo que, un nivel o dos más arriba, habría sido una sección abarrotada. El pasillo hacia la proa debería haber estado repleto de robots y escuadrones corriendo de un lado a otro. Deberían haber estado reproduciéndose mensajes por los altavoces.

En cambio, salir del comedor a través de las pesadas puertas dobles (Gregor notó que estas estaban blindadas contra explosiones, a diferencia de las otras salidas del comedor) los llevó a un pasillo tranquilo. Los laterales, en lugar de tener carteles motivacionales y lemas de Defense-Corp, estaban cubiertos de directrices de seguridad, recordatorios sobre requisitos de formularios y duras advertencias rojas de que el trabajo podría poner en peligro toda la nave.

—Parece un lugar divertido —dijo Rovo mientras caminaban—. No había pasarelas móviles para acelerar las cosas aquí, tal vez debido a las multitudes, tal vez debido al peligro—. ¿Alguna vez viniste por aquí, Gregor?

—Una vez —dijo Gregor—. Hace mucho tiempo, para conseguir mi martillo.

—¿Martillo? —preguntó Zaydi, con genuina curiosidad en la pregunta.

—Mi arma favorita —respondió Gregor—. La mayoría prefiere los rifles. Yo los encuentro demasiado fáciles.

—Ya... veo —dijo Zaydi, claramente sin ver. En su lugar, señaló una puerta amarilla, que tenía un escáner de identificación—. Aquí está el laboratorio que estamos usando.

La etiqueta sobre la puerta indicaba que lo que había más allá era *Armas Tres*. Más adelante en el pasillo, entonces, estarían *Armas Uno* y *Armas Dos*. Este último había sido donde Gregor obtuvo su martillo, comprado con la mayor parte del dinero de DefenseCorp en la cuenta de Gregor en ese momento, y sin duda había valido la pena.

—Recuerden —dijo Zaydi—. Ni una palabra de lo que vean aquí dentro.

La puerta se abrió con un silbido para revelar... otra puerta con un pequeño pasillo sin rasgos distintivos entre ellas. Una brecha de control, destinada a evitar que cualquiera que se asomara pudiera ver el interior. El trío se apiñó en el espacio, Zaydi tocó su identificación en la segunda puerta y, con un pitido, su camino de regreso se cerró y el de adelante se abrió.

Armas 3 no era mucho más grande que el espacio

central de reunión de la *Prisa* o la sala de estar en la cápsula donde Gregor había vivido en el cometa. No es que necesitara serlo: el techo estaba repleto de brazos mecánicos y otros dispositivos, todos deslizados en soportes que podían ser liberados por el enorme centro de control frente a la puerta.

El centro de la habitación albergaba la estrella. Mientras que el suelo exterior reflejaba el plateado pulido visto en todo el *Nautilus*, un círculo de acero pintado de amarillo intenso reclamaba el centro del escenario. Esa pintura amarilla mostraba arañazos y quemaduras de pruebas realizadas hace mucho tiempo.

Aunque, dado el enorme traje de armadura potenciada que descansaba en ese círculo, tal vez estuviera listo para comenzar de nuevo.

Gregor había usado su buena parte de los trajes, había destruido a un sinfín de enemigos con sus brazos y piernas cargados cinéticamente, sus fundas para cien armas diferentes. Los trajes más antiguos, sin embargo, habían sido diseñados pensando en el movimiento, en dar al cuerpo un caparazón que se moviera según las exigencias de su dueño.

Este parecía más un tanque que rodearía al usuario y lo convertiría en una máquina de muerte de movimiento lento. Los brazos y las piernas sobresalían del denso metal carmesí, pero rodeando las extremidades había numerosas otras, bueno, extremidades. La mayoría estaban vacías, accesorios esperando a que un dueño emprendedor decidiera qué implementos mortales quería llevar hoy. Algunos parecían configurados para *Armas* 3, sosteniendo un rifle tubular, una bola con pinchos conectada a un lanzador estrecho, y uno con una gran caja con una cruz blanca en la espalda del traje.

—Es grande, ¿verdad? —dijo Rovo, y Gregor gruñó en acuerdo.

—¿Cierto? —dijo Zaydi—. Nos sorprendió un poco encontrarlo aquí. Tu Deepak tiene ciertamente un sentido de la aventura.

No eran las palabras que Gregor usaría para describir a un hombre que se escondía de las líneas del frente y enviaba escuadrones a hacer el trabajo, pero bueno.

—¿Qué querías que hiciéramos? —preguntó Gregor.

Zaydi se adentró más en la habitación, hasta el panel de control y comenzó a teclear, —Verán, ustedes dijeron que usan armaduras potenciadas. Yo no lo he hecho. Así que no estoy segura de si esto está funcionando o no.

Algo que hizo Zaydi tuvo efecto, y la armadura potenciada se iluminó. Las juntas a lo largo de su cuerpo se liberaron, haciendo que el frente de la armadura se abriera y alejara. Lista para su próximo usuario.

—¿Quieres que nos metamos dentro? —dijo Rovo.

—Uno de ustedes —respondió Zaydi—. A menos que crean que pueden caber los dos.

—Las armaduras potenciadas son para uno solo —dijo Gregor—. Rovo, esta me quedaría a mí.

—Adelante. —Rovo se frotó los hombros—. Estoy bien quedándome fuera de la armadura potenciada por un tiempo. Malos recuerdos.

—¿Oh? —preguntó Zaydi, cruzando para pararse junto a Rovo mientras Gregor se movía hacia el traje.

—Un edificio le cayó encima —gruñó Gregor—. Mala suerte.

Acercándose a la armadura, Gregor posicionó su rostro cerca del visor y se quedó inmóvil. La armadura potenciada detectó su postura, y una tenue luz azul emanó desde el interior del traje mientras medía el tamaño y la forma de

Gregor. Los trajes grandes no podían transformarse por completo, pero al apretar y aflojar varios tornillos y bandas, podían lograr el mayor confort posible.

La luz parpadeó en verde y Gregor dio un paso adelante. Mientras sus pies se introducían en las botas, la espalda de la armadura se cerró en su lugar, sellando a Gregor dentro del traje. Siseos y chasquidos resonaron alrededor mientras la armadura se ajustaba al tamaño de Gregor.

El visor se encendió, transformando lo que había sido una negrura total en una vista clara del centro de control. Palabras amarillas parpadeantes en la esquina superior izquierda indicaban que la armadura estaba en modo de prueba. Sin armas habilitadas, así que Gregor no podría ir por ahí destruyendo la nave porque hubiera tenido un mal día.

Rovo y Zaydi aparecieron a la vista, esta última regresando al centro de control. Rovo saludó con la mano frente al rostro de Gregor, y Gregor le devolvió el saludo, con la mano lenta y pesada. Quienquiera que estuviera diseñando este traje tendría que ajustar esa configuración, porque tener que levantar un brazo solo para saludar se volvería cansado rápidamente.

—¿Cómo se siente ahí dentro? —dijo Rovo—. ¿Te sientes como en el futuro?

¿El futuro? Gregor estaba a punto de decir que se sentía como un prototipo cuando el parpadeante modo de prueba en su visor cambió a un duro *BLOQUEO* en rojo. No era un modo que Gregor hubiera usado antes, pero su antiguo entrenamiento le había enseñado su propósito: evitar que el traje hiciera algo estúpido mientras se realizaban cambios.

A través del visor, Gregor vio a Zaydi alejarse del centro de control, su movimiento respondiendo quién podría haber puesto la armadura en bloqueo. La sospecha que Gregor había sentido en el comedor se convirtió en pleno peligro.

Zaydi ya no se movía como una inspectora frívola. Tenía la postura segura de una profesional, llevando a cabo su misión.

—¿Me escuchas, amigo? —dijo Rovo, inclinándose hacia Gregor y riendo—. ¡Sé que estás ahí dentro!

Gregor intentó moverse. Pronunció las palabras clave que deberían haber activado una liberación de emergencia del traje. Nada funcionó. Si los brazos habían sido pesados mientras el traje estaba encendido, en modo de bloqueo y sin ninguna asistencia, eran inamovibles.

Rovo golpeó con la mano el visor de la armadura. Detrás de él, Zaydi metió la mano en su uniforme, adoptó una expresión dura y decidida, y sacó una pequeña pistola.

Gregor escuchó sus propios gritos.

El novato no los oyó.

4

MOSTRAR Y CONTAR

Sever Escuadrón pensó que habían regresado a casa cuando la *Prisa* aterrizó en el *Nautilus*, pero Eponi comprendió la realidad: la *Prisa* era ahora el verdadero hogar del escuadrón. Robada, sí, pero su hogar al fin y al cabo.

Y Eponi no podía estar más feliz por ello.

Desde que competía con karts, Eponi no se había encontrado pilotando una nave tan rápida y ágil. Con un cuerpo de tres puntas y su cabina estrechándose en el centro, la *Prisa* mantenía las cosas esbeltas. Dos torretas salpicaban ambas puntas laterales, controlables por quien ocupara los asientos de artillería en esos extremos. Un cañón láser retráctil y un lanzador de misiles pesados se ubicaban debajo de la cabina por si Eponi misma quería ponerse juguetona.

Ahora, sin embargo, Eponi se encontraba en la popa de la *Prisa*, con la amplia parte trasera extendiéndose a lo largo de esas puntas. Los estrechos camarotes de la tripulación, apretados para media docena, se situaban encima de Eponi, mientras que su ubicación actual, los bancos de motores, se desplegaban por debajo. La *Prisa* utilizaba propulsores en racimo, anidando un centenar de pequeños chorros agrupados a lo largo de su parte trasera. Lo que sonaba como una pesadilla, y era muy costoso, le daba al piloto un control preciso sobre dónde apuntar y qué tan rápido volar.

—Nunca me había sentido así con una nave —dijo Eponi, pasando un dedo por la consola que delineaba, en alegres tonos verdes, el estado óptimo de la *Prisa*—. Tú y yo nos vamos a llevar de maravilla.

Al menos, eso esperaba Eponi. Dado que Sever aparentemente era buscado por la corporación más poderosa de la galaxia, y acababan de aterrizar en uno de los cruceros pesados de DefenseCorp, salir con la *Prisa* aún intacta estaba lejos de ser un hecho.

Un timbre brillante interrumpió esos pensamientos, haciendo eco a través de la *Prisa* y repitiéndose cada pocos segundos mientras Eponi trepaba desde los motores de vuelta a la cabina. Tal vez alguien de Sever había regresado temprano, encontrando que el *Nautilus* no estaba a la altura de sus recuerdos.

En su lugar, Eponi vio a una sola persona esperando abajo, sosteniendo en alto su muñequera para mostrar que eran ellos quienes estaban llamando a la *Prisa*. El hombre fornido llevaba un uniforme formal de DefenseCorp, carmesí con algunas nuevas franjas negras a los lados que le daban al traje un aire de carreras. No era una mala adición.

—¿Hola? —preguntó Eponi, acomodándose en el asiento de la cabina.

Por reflejo, echó un vistazo a los contadores de energía de la *Prisa*. Los escudos y las armas no estaban activos, pero podían encenderse en un instante. Los motores podían impulsar la nave al espacio poco después. El *Nautilus*, como parte de las negociaciones de Aurora —y por insistencia de Eponi— había dejado las puertas de la bahía abiertas. El blindaje magnético de la nave mantendría el aire, las personas y todo lo demás sin ser succionado al vacío de todos modos, y Eponi no tenía ningún deseo de quedarse encerrada en una nave con personas que intentaban matarla.

—Hola, hola —rio el hombre, mostrando una sonrisa desarmante mientras saludaba con la mano—. Espero que no te importe que lo diga, pero nunca he visto una nave tan hermosa como esta. ¿Dónde la encontraste?

Eponi se reclinó en la silla, mirando al hombre. Había trabajado en el *Nautilus* el tiempo suficiente para saber que la gente no simplemente deambulaba por bahías de atraque al azar y charlaba con los pilotos. DefenseCorp te mantenía ocupado, y este tipo estaba en uniforme, así que ciertamente no estaba fuera de servicio.

—Tuvimos suerte —Eponi decidió mantenerse neutral. Ver qué podía sacarle al hombre—. Gracias por el cumplido.

—Muy afortunados, diría yo —El hombre se inclinó hacia adelante, como si estuviera examinando el tren de aterrizaje delantero de la *Prisa*—. ¿Estás dando recorridos?

Ja, ni de broma.

—Lo siento, está cerrada para visitantes.

—¿Ah, sí? —El hombre hizo el gesto más exagerado de sacudir la cabeza, su cuerpo entero girando a medias con el movimiento. Eponi tuvo la impresión de que no era capaz de quedarse quieto—. Qué lástima. Tal vez podrías explicármela entonces. ¿O al menos dejarme conocer al piloto con la suerte de llamar hogar a esta nave?

Eponi tocó el programa de comunicaciones de la *Prisa*, haciéndolo aparecer en un panel a su izquierda antes de recordar que Sever ya no tenía ninguna maldita muñequera.

Quería llamar a Aurora o a Sai, avisarles que había una molestia molestando a su nave.

—Mira, amigo —dijo Eponi, tratando de pensar en una táctica diferente—. Agradezco el interés, pero acabamos de aterrizar aquí. Estoy ocupada cuidando de mi nave. ¿Tal vez puedas volver más tarde?

El tipo se deshizo en un ceño fruncido, cruzó los brazos y miró al suelo de la bahía. Sin embargo, no se fue. Eponi volvió a su panel de comunicaciones. Decidió probar con el centro del *Nautilus*.

—Oye, *Nautilus*, aquí la *Prisa*, en la bahía... —Eponi miró el gran número pintado de negro en la pared trasera de la bahía—. Siete. Estoy buscando al Almirante Deepak, y en realidad, a alguien que está con él. ¿Mi capitana, Aurora? ¿Podrían ayudarme?

El comunicador crepitó, —*Prisa*, el Almirante Deepak no está disponible en este momento. No estamos familiarizados con su capitana. ¿Hay alguien más con quien podamos comunicarnos?

—¿Tal vez? —Eponi miró hacia afuera nuevamente, pero el hombre había desaparecido. Se concentró en las puertas de salida de la bahía, cerradas y silenciosas. No había forma de que se hubiera ido tan rápido—. ¿Les importaría enviar algo de seguridad aquí abajo? Hay alguien husmeando por aquí que no me gusta.

El comunicador crepitó de nuevo, —Por supuesto, enviaremos un par de guardias.

—Gracias —dijo Eponi, y cortó la línea.

Tecleando, Eponi cambió los paneles de comunicaciones y estado de sistemas a las cámaras que rodeaban la *Prisa*. Estándar en cualquier nave hoy en día para dar una visión total del exterior. La vista frontal mostraba el largo morro de la *Prisa* atravesando la parte superior del encuadre, y nada debajo. Ambos lados revelaban prístinas paredes de la bahía, vacías salvo por el equipo estándar de reparación y carga.

La parte trasera mostraba estática. Eponi encendió y apagó la cámara. Seguía la estática.

Las cámaras podían fallar.

Claro.

Eponi se volvió hacia la última vista, la que estaba justo debajo del vientre de la nave. El hombre estaba allí, sosteniendo lo que parecía una pequeña pistola. Entrecerró los ojos mirando a la cámara, apuntó y disparó. Otra vista en negro.

—*Nautilus* —dijo Eponi, pulsando de nuevo el comunicador—. ¿Dónde está esa fuerza de seguridad? Este tipo está destruyendo mis cámaras, y voy a cobraros por todas y cada una de ellas.

—Lo siento, parece que el equipo que se dirigía hacia ti ha sido desviado —respondió la oficial de comunicaciones, sonando como si no creyera del todo lo que veía—. Yo, eh, me pondré en contacto.

—Hazlo.

Eponi cortó la llamada, se levantó y fue al armario de almacenamiento detrás de la cabina. Al abrirlo, mostró un rifle, una pistola y el extraño arma en forma de guadaña de Rovo que había ganado en Wexer e insistía en tener cerca. Mientras Eponi sacaba el rifle y comprobaba la batería para no quedarse escupiendo humo, la *Prisa* emitió un pitido de alarma diferente.

—Ahora te das cuenta —dijo Eponi, colgándose el rifle al hombro y enganchando la pistola con su funda—. La próxima vez, avísame cuando el tipo destruya la primera cámara, ¿quieres?

Había dos formas de salir de la *Prisa*, una larga rampa

central y un ascensor más rápido junto a la cabina, destinado, suponía Eponi, a llevar a la tripulación justo donde necesitaban ir en caso de que fuera necesaria una escapada rápida. Sin embargo, la escapada no era la única opción.

—Oye —dijo Eponi, de vuelta en la cabina y transmitiendo por el altavoz de la nave—. Voy a bajar la rampa, y luego podemos charlar, ¿de acuerdo?

No esperó a que el bastardo respondiera. Eponi ordenó que bajara la rampa, luego fue al ascensor. Esperó hasta que la *Prisa* zumbó cuando la rampa comenzó su descenso, contó rápidamente hasta tres, y luego pulsó el botón de bajada del ascensor. Mientras la plataforma descendía, Eponi levantó el rifle y lo apuntó directamente a la espalda del hombre uniformado de carmesí.

—Vaya, ¿no esperabas dos salidas? —dijo Eponi mientras la plataforma se asentaba en el suelo de la bahía y el hombre, aún de cara a la rampa, levantaba sus manos ahora vacías—. Mantén esas manos arriba y empieza a hablar. ¿Quién demonios eres y qué le estás haciendo a mi nave? Si respondes muy rápido, le diré a Deepak que te mate más rápido.

De nuevo el hombre hizo ese movimiento de cabeza que implicaba todo el cuerpo, esta vez puntuándolo con un suspiro ondulante.

—Vaya —dijo el hombre—. No se suponía que lo ibas a hacer tan difícil.

—¿Dije que fueras críptico? —replicó Eponi—. No, no lo dije. Habla claro.

—Sois traidores, y no podemos permitir eso.

—Te equivocas, amigo, somos desertores. Gran diferencia. Pero, ¿quién es ese "nosotros" del que hablas? ¿Es una situación de plural mayestático? —Eponi se había encontrado con muchos pilotos de karts engreídos que adoptaban un habla altiva con sus trofeos. Nada se sentía mejor que quitarles el reluciente hardware a los conductores pomposos —. ¿O tienes amigos, por difícil que me resulte creerlo?

—Amigos en abundancia, me temo. Malas noticias para ti, pequeña dama, sin importar lo que estés planeando hacer con ese rifle.

Eponi puso los ojos en blanco.

—Llámame pequeña dama una vez más.

—Puedo hacerlo, pequeña dama.

Bien. ¿El tipo quería que le dispararan? El tipo iba a recibir un disparo. Eponi inclinó su puntería justo fuera de la zona letal, puso su mano en el gatillo, cuando, detrás de ella, las puertas de la bahía de atraque se abrieron de golpe. Sosteniendo el rifle con su mano derecha, su peso facilitado por la gravedad limitada del *Nautilus*, Eponi abrió su postura, sacando la pistola con su izquierda y apuntándola hacia las puertas abiertas.

Algunos podrían llamarlo paranoico recibir un sonido repentino con un arma desenfundada, pero el medidor de mierda de Eponi había llegado al máximo, y ya no estaba jugando.

Tres personas atravesaron la puerta, llevando rifles y los chalecos de seguridad comunes al personal del *Nautilus*. El alivio que debería haber enfriado el temperamento ardiente de Eponi se congeló cuando notó, debajo de esos chalecos, los mismos uniformes carmesí y negro que el destructor de cámaras. Más que eso, los malditos chalecos ni siquiera estaban bien puestos, con sus correas colgando sueltas y los tamaños todos mal.

Como si hubieran noqueado a una fuerza de seguridad real y se hubieran puesto su equipo.

—Quedaos atrás —dijo Eponi, y el trío se detuvo, aunque no bajaron sus rifles—. Estoy teniendo una vibra muy fea ahora mismo, pero si uno de vosotros quiere explicar qué está pasando, puede que no actúe según esa vibra y os dispare a todos.

—Los informes decían que serías violenta —dijo el destructor de cámaras—. Una lástima, realmente. Me habría gustado ver esta nave, ¿sabes?

Eponi paseó su mirada entre ambos lados, sabiendo que no podía mantener la mira en ambos grupos. Cuanto más se prolongara este enfrentamiento, alguien cometería un error, y Eponi no podía permitirse que ese alguien fuera ella.

—No puedo discutir con los informes —dijo Eponi, y apretó los gatillos.

El disparo del rifle dio en el blanco, quemando al destructor de cámaras y enviándolo aullando al suelo de la bahía. El disparo de la pistola se desvió cuando el trío se dispersó, levantando sus rifles y buscando cobertura en la bahía desnuda. Eponi no esperó, golpeando el elevador del ascensor con el dorso de su mano.

La *Prisa* obedeció, succionando a Eponi hacia arriba antes de que llegara cualquier fuego de respuesta. Tan pronto como el ascensor hizo clic en su lugar, Eponi dio dos largos pasos hacia la cabina y golpeó el botón para subir la rampa. Escuchó su rechinar mientras cambiaba los paneles de la *Prisa* a esas cámaras, maldiciendo mientras un vacío negro mostraba donde debería estar el destructor de cámaras.

La rampa hizo clic al subir. Eponi se dio la vuelta, levantando el rifle y la pistola, y no vio nada, a nadie desde la cabina hasta el espacio central de la nave. Dejó salir un aliento largamente contenido muy despacio, luego echó un vistazo por el frente de la nave.

Dos hombres arrastraban al destructor de cámaras por el

suelo, dejando un rastro sangriento hacia las puertas de la bahía.

Dos hombres.

Un ruido metálico resonó a través de la *Prisa*, haciendo eco en su interior silencioso. Luego otro.

Pasos.

5

IMPACTO FALLIDO

El visor de la armadura potenciada no mostraba mucho desde fuera, pero Rovo captó los ojos de Gregor, y eso fue suficiente. Las órbitas del hombre grande estaban entrecerradas, enojadas y enfocadas detrás de Rovo. Sumado a la extrañeza general de Zaydi, Rovo se giró, agachándose y moviéndose a un lado al mismo tiempo.

Zaydi disparó, el tiro de la pistola rozando el costado de Rovo y enviando una quemazón siseante a través de sus nervios, seguida rápidamente por el olor a quemado de su ropa ahora arruinada. Zaydi no parecía satisfecha con su fallo y apuntó a Rovo para el segundo disparo.

Así que Rovo optó por la embestida.

Armas 3 no tenía mucho espacio para sus experimentos, y el traje gigante de Gregor actualmente reclamaba la mayor parte de ese espacio para sí mismo. Zaydi tenía tres metros entre el centro de control de la sala y la armadura, distancia que Rovo cerró con una embestida lateral.

Pero Zaydi tuvo tiempo suficiente para soltar una segunda descarga, esta vez acertando a Rovo en el pecho.

Una ola caliente se sumó al ardor del primer láser, los pulmones de Rovo sintiendo como si estuvieran a punto de derretirse. Sin embargo, los láseres no hacen nada para detener el impulso, y el de Rovo lo llevó a través, directo hacia Zaydi.

Cayeron al suelo en una lucha sin palabras, Rovo intentando arrebatar la pistola mientras Zaydi trataba de acertar un tercer disparo. La mujer tenía habilidad, pero Rovo tenía desesperación. Zaydi logró doblar su muñeca incluso mientras Rovo la sujetaba, alineando la pistola para un disparo fatal a la cabeza de Rovo. Este, en cambio, usó su cabeza para propinar un fuerte golpe a la de Zaydi, chocando contra ella con un impacto que dejó borrosa la visión de Rovo y el cuerpo de Zaydi inerte.

—Vaya, eso fue horrible —siseó Rovo, su respiración silbando por su garganta y desvaneciéndose en un dolor ardiente.

Lo primero era lo primero: Rovo arrancó la pistola de las manos de Zaydi. Podría haberla eliminado allí mismo, y vaya que quería hacerlo, pero Rovo había visto demasiados informes de inteligencia cruzar su antiguo escritorio como para ignorar el valor que podría tener un rehén. En su lugar, se puso de pie, mirando hacia el centro de control.

Mientras Rovo se enderezaba, su visión se distorsionó de nuevo, esta vez volviéndose borrosa. Sus brazos y piernas se sentían ajenos, como si hubiera dormido con rocas sobre todas sus extremidades. Un paso hacia la consola difusa se sintió como tropezar a través de otro mundo, y Rovo vagamente se dio cuenta de que esto era lo que sucedía cuando un láser quemaba tu interior.

Nunca antes había recibido un disparo real. No así. No sin armadura potenciada o un chaleco o algo que amortiguara el golpe.

Resultó que ser alcanzado por un láser no era nada bueno.

Un segundo paso tembloroso envió a Rovo en una caída tambaleante hacia la consola, sus manos soltando la pistola para agarrarse al borde de la consola mientras se apoyaba en su base. Una respiración ardiente después y Rovo se incorporó de nuevo, optando por ignorar la profunda mancha roja donde había golpeado la consola.

Afortunadamente, DefenseCorp no hacía sus sistemas demasiado complicados. *Armas 3* ofreció un sencillo menú de opciones, y Rovo desbloqueó el traje de Gregor con solo presionar un botón. Detrás de él, se escucharon pitidos y siseos mientras el traje respondía una vez más a los comandos de Gregor.

Unos brazos agarraron los hombros de Rovo y lo arrojaron de vuelta desde la consola al suelo. Zaydi, ahora sosteniendo un pequeño cuchillo que debía haber sacado de alguna parte, fue a dar una estocada hacia el corazón de Rovo.

El novato rodó, abrazando la agonía, usando la adrenalina. La puñalada de Zaydi, que pretendía ser el golpe de gracia en el día de un hombre moribundo, fue lenta y falló, el cuchillo resbalando por el suelo. Levantando la pierna, Rovo pateó a Zaydi contra la consola de control. Ella golpeó la cosa metálica y cuadrada, sacudió la cabeza y maldijo.

—No se supone que seas tan difícil de matar —dijo Zaydi, lanzándose de nuevo contra Rovo, cuchillo sostenido con ambas manos.

—Lamento decepcionarte —dijo Rovo, atrapando el ataque en picada con sus manos envolviendo las muñecas de Zaydi.

Zaydi tenía el peso, el impulso y la fuerza menguante de Rovo a su favor. El cuchillo descendió, su punta apuntando a la garganta de Rovo. Un objetivo que alcanzaría, y Rovo sintió un extraño pánico al darse cuenta de que no había nada que pudiera hacer al respecto.

Pero no tuvo que hacerlo. Dos enormes manos metálicas se precipitaron, aplastando los hombros de Zaydi y apartándola de Rovo. Ella gritó, se retorció tratando de escapar, y fracasó cuando Gregor levantó a la agente sobre su cabeza y la arrojó directamente contra la consola de control. Las pantallas se hicieron añicos, chispearon cuando Zaydi se estrelló y rodó lejos de la computadora.

—Buen lanzamiento —Rovo apoyó la cabeza en el frío suelo—. Buena sincronización.

Detrás de él, el traje hizo un chasquido cuando Gregor salió, y la cara del hombre grande llenó la vista de Rovo por un solo momento de preocupación.

—Mal impacto —dijo Gregor.

—Ajá.

Rovo, usando sus brazos, intentó sentarse. Vio a Zaydi tirada en el suelo, sin moverse. Gregor corrió al otro lado del traje. Por un segundo, Rovo se preguntó si el hombre lo había abandonado. Luego recordó: el botiquín, por supuesto. El buen Gregor, cuidando del novato después de todo.

—¡Vacío! —maldijo Gregor, luego volvió alrededor de la armadura potenciada, mirando a Rovo con tanta preocupación como el novato había visto jamás en los ojos del hombre—. La bahía médica no está lejos. ¿Puedes caminar?

—Mírame —dijo Rovo, sonriendo a pesar de sí mismo—. ¿Tú qué crees?

—Cierto —dijo Gregor—. Aguanta tus tripas.

—¿Qué?

Gregor se agachó, deslizó sus manos bajo las piernas y la espalda de Rovo, y luego levantó al novato. Rovo logró contener un grito por el dolor repentino, reduciendo el ruido a un jadeo sibilante. Las lágrimas inundaron sus ojos sin previo aviso. Un calor se acumuló alrededor de su pecho, acunado en los brazos de Gregor.

No necesitaba preguntar qué era.

La sala de *Armas 3*, como la mayoría de las habitaciones en el *Nautilus*, requería una identificación para entrar pero no para salir. Entraron en la pequeña habitación, Gregor girándose de lado para caber con su carga, y luego se apresuraron hacia el pasillo.

Rovo observaba estos eventos con un desapego entumecedor. Sabía, objetivamente, que la razón por la que ya no sentía tanto dolor constante se debía al shock. Su cuerpo estaba haciendo lo que tenía que hacer para mantener a Rovo con vida, o al menos haciéndole sentir así. ¿Su mente? Oh, su mente daba vueltas.

La inconsciencia tiraba de él, pero Rovo la apartó. Se concentró, en cambio, en Zaydi. En el uniforme de la mujer, su aparición aparentemente aleatoria en la fila del comedor. Había estado tan dispuesta a pagar por sus comidas, tan lista para sentarse con ellos y tener una conversación, como si no tuviera otros amigos comiendo en la nave.

¿Y el comentario sobre Aurora? ¿Saber que su capitana era una mujer?

Todo eso llevando al intento de asesinato.

¿Por qué matar a Rovo y, presumiblemente, a Gregor? De vuelta en Wexer, en su breve sesión de cautiverio, el mensaje de video de quienquiera que fuera ese oficial implicaba que DefenseCorp quería a Sever vivo para un interrogatorio. Aparentemente esa postura había cambiado, y aparentemente el *Nautilus* no era el tratado de paz que Aurora pensaba.

Más importante aún...

—Tenemos que avisar a los demás —croó Rovo, empujándose de vuelta a la plena conciencia.

—Primero voy a conseguirte ayuda —dijo Gregor entre jadeos mientras corría por el pasillo—. Ya casi llegamos.

Por encima del hombro de Gregor, Rovo distinguió una forma blanca y roja flotando. Un bot médico, enviado cuando alguien en el *Nautilus* notó a Gregor sosteniendo la forma herida de Rovo. El bot, un óvalo de un metro de largo, estaba erizado de pequeños compartimentos. Cada uno lleno de suministros de emergencia, las cosas que podrían mantener a Rovo, tal vez, con vida hasta que llegara una mejor atención.

—El bot —dijo Rovo, tratando de levantar un brazo para señalar y encontrándose sin fuerzas. Como si los hilos que conectaban su cerebro con sus músculos se hubieran deshilachado, dejando solo una presión sorda—. ¿No puede ayudar?

—Demasiado lento —respondió Gregor—. Calla ahora.

La enfermería del *Nautilus* tenía espacio para cien pacientes. Rovo no había pasado tiempo allí, pero entendía que la mayoría de Sever había disfrutado de sus brillantes confines después de una de sus misiones. Dispuesta en anillos descendentes, con los pacientes más críticos en habitaciones más amplias hacia el centro, toda la enfermería permitía a los proveedores humanos en su centro rastrear y operar los bots que hacían la mayor parte de la atención real.

Oscura con iluminación localizada para dejar dormir a los pacientes, la enfermería se asemejaba a una nebulosa de neón, la rampa por la que Gregor descendía brillaba con un suave tono púrpura. Las habitaciones salpicaban sus niveles con paredes a intervalos regulares, cada una emitiendo un suave aura hacia el exterior según la condición de su paciente. La baja población significaba que las habitaciones verdes y azules brillaban entre tramos vacíos y negros.

En el aire alrededor y por encima de ellos, los bots médicos como el que seguía a Gregor se deslizaban de habitación en habitación. Comida, medicamentos y actualizaciones de diagnóstico se entregaban a través de estas pequeñas máquinas, y ocasionalmente se podía escuchar la voz de un médico a través de los altavoces de un bot, dando un alta remota. Solo en el centro de alta intensidad de la enfermería ocurría alguna acción real.

Cuando Rovo pasó por allí en su recorrido de la primera semana en la nave, encontró la enfermería un lugar tranquilo y sanitario donde la competencia mecanizada ponía a las tropas de DefenseCorp de vuelta en acción antes de que tuvieran derecho a estar allí.

Ahora, mientras Gregor bajaba los escalones con Rovo en sus brazos, toda esa calma se desvaneció. Bots y humanos despejaron una habitación para que Gregor dejara a Rovo en una cama, y apenas el hombre grande lo depositó, los médicos enmascarados lo apartaron.

Luces brillantes chocaron contra él mientras nuevos pinchazos encontraban su camino más allá de los nervios entumecidos por el shock de Rovo. Sonaron pitidos, largos y agudos mezclados con cortos y apagados. Rovo saboreó hierro, olió algo pegajoso y dulce.

—¿Rovo? —la voz de Gregor se elevó por encima del parloteo médico—. Voy a avisar a los demás. Volveré.

Rovo intentó decir que había escuchado al hombre grande, pero entonces un médico le puso una máscara de oxígeno sobre la cara y no pudo pronunciar otra palabra. Tampoco podía imaginar otra que decir, ya que las drogas comenzaban a hacer su efecto.

El dolor no desapareció tanto como se retiró a una

pequeña burbuja, allí en el borde absoluto, mientras Rovo flotaba. Sus ojos se nublaron de nuevo, pero distinguió un bot flotando sobre él, sus muchos pequeños miembros metálicos sosteniendo una bolsa de suero. Casi lindo, el aparato. Sever debería tener uno en el *Prisa*, dado cuántas veces era probable que les dispararan.

El *Prisa*. Eponi le daría a Rovo un sinfín de problemas por esto. Siempre le estaba diciendo que se mantuviera alerta, que vigilara a alguien haciendo algo estúpido. Aquí había sabido que Zaydi tenía algo raro, y aún así le había dado la espalda a la mujer.

Error de novato.

6

INVERSIÓN

Incluso con el aire acondicionado del simulador, Aurora salió de la sala de entrenamiento cubierta de sudor, con los detalles en blanco y negro de su uniforme Sever húmedos, el cabello pegado a su rostro junto con una sonrisa afilada. Su media docena había salido victoriosa en la escaramuza contra el equipo A de Sever gracias a una combinación de inteligencia, órdenes rápidas y el doble disparo salvador de Aurora a unos generadores olvidados cerca de la base enemiga.

Nadie la llamó novata después de eso.

—Tengo que decir que estoy impresionado —dijo Deepak cuando Aurora salió de la sala de entrenamiento. Su escuadrón se marchó, algunos mirando hacia atrás en dirección a Aurora, pero ella les hizo un gesto para que continuaran. Los veía todos los días, todo el día—. Eres astuta.

—¿Suenas sorprendido? —dijo Aurora, cruzando los brazos mientras permanecían de pie en el concurrido pasillo.

—Yo, eh...

—Solo estoy bromeando. —Aurora esbozó una sonrisa, observando el uniforme siempre impecable de Deepak—. ¿No se supone que deberías estar haciendo algo importante?

Rescatado de sus propias palabras, Deepak se relajó un poco, aunque no podía dejar de entrelazar y separar las manos.

—Tiempo de descanso. Vi a tu escuadrón en el horario y pensé en pasar por aquí. ¿Tienes planes para almorzar?

—Estoy bastante asquerosa ahora mismo.

—Entonces diría que, entre los dos, estamos en el punto justo —respondió Deepak.

Era difícil resistirse a esos ojos brillantes, pasar el subidón de la victoria compartiendo una comida con alguien divertido. Se rieron durante ese almuerzo, y el siguiente, y el de después, hasta que el *Nautilus* llegó a su destino y comenzaron a llegar las asignaciones.

Con dos guardias detrás de ella, un mentiroso en Deepak a su lado y un misterioso enemigo señalando una silla, Aurora jugó la única carta que podía: se sentó.

Con el tono establecido, el movimiento hacia la silla fue tanto rápido como lento. Aurora examinó la habitación con ojos diferentes a los que la había visto por primera vez, buscando esta vez armas, posturas, posibles salidas u oportunidades.

Primero, Deepak. Parecía preocupado, casi en pánico. Nada parecido a alguien que acabara de atraer a su presa a una trampa. Su uniforme, pulcro y perfecto, carecía de la holgura o las fundas para llevar armas. Aurora no recordaba que el almirante fuera un gran luchador, pero su actitud sudorosa y nerviosa sugería que podría ser tanto un prisionero allí como ella.

Los guardias detrás de ella, visibles mientras Aurora caminaba hacia su silla, la sacaba y se sentaba, mostraban un tipo diferente de despreocupación. Una confianza insulsa en su inevitable victoria. Eso, al menos, Aurora lo había visto una y otra vez en los rostros de sus futuras víctimas. Todos se creían ganadores hasta que perdían.

Estos dos llevaban pistolas, las armas colgando de los cinturones en sus cinturas. Mantenían los ojos fijos en Aurora, pero uno dejó que su mirada se desviara hacia su brazalete mientras el otro se rascaba la nariz. Difícilmente robots, entonces. Relajados con su poder.

Fáciles de sorprender.

El oficial frente a ella, con su uniforme carmesí desprovisto de medallas y rangos aparte de las franjas negras que corrían por los costados —al igual que los guardias—, mostraba una sonrisa complaciente en su rostro ancho y suave. Mantenía las manos entrelazadas, pero Aurora notó la presión blanca en la piel. Nervioso también, aunque quizás de una manera diferente a Deepak.

El peso de la situación recaía sobre sus hombros, y alguien no estaría muy contento si fallaba.

—Ya estoy sentada —dijo Aurora—. ¿Qué quieren?

—No —respondió el oficial—. La pregunta es quién. ¿A quién queremos?

El mensaje en la celda de Dynas llenó cualquier vacío. El oficial quería a cualquiera que supiera sobre Kaia, la niña pequeña que, hasta donde Aurora sabía, era la única superviviente del virus adaptable de Helix.

—Ya los tienen —dijo Aurora—. A nosotros. Sever Escuadrón.

—Incorrecto —dijo el oficial—. Eso no es todo.

—¿Qué, quieren a los dos guardias? ¿A Lani, la agente de DefenseCorp que voló con nosotros fuera del mundo? —dijo Aurora—. No sabemos dónde están.

—¿Eso era todo? —dijo el oficial—. ¿Nadie más?

Aurora podría haber sido cautelosa con la información, pero no estaba jugando ningún juego complicado aquí. No tenía un arma, estaba en inferioridad numérica y superada en armamento, y no tenía nada que ocultar. Si darle al hombre lo que quería la sacaría de esta habitación y permitiría que su escuadrón saliera vivo de esta nave, bueno, le diría todo.

—Anaskya. Kashmal, el padre de Kaia. Eso es realmente todo. —Aurora se recostó en la dura silla, lanzando una mirada fulminante a Deepak para asegurarse de que entendiera que no lo perdonaría por no mencionar esta pequeña emboscada—. Parece que eres un hombre paranoico, así que déjame decirte que no estamos en el negocio de hacer amigos.

El hombre, al menos, se rio de eso.

—No, no lo están. Tuvimos problemas para encontrar a alguien en esta nave, aparte de Deepak, a quien le importara que su escuadrón desertara. Es bastante difícil hacer un perfil de personas cuando nadie sabe quiénes son.

Aurora no dijo nada. No había nada que decir.

La sonrisa del oficial tembló en el silencio. Deepak, tomando la silla junto a Aurora, bajó la mirada hacia su regazo como un niño a punto de ser regañado.

—¿Sabes por qué DefenseCorp no persigue a muchos desertores? —dijo el oficial, desenlazando sus manos y apoyándolas sobre la mesa, como si estuviera a punto de revelar una sorpresa—. Porque la mayoría no valen un carajo. Los pocos que sí, descubrimos que una recompensa lo suficientemente dulce nos da lo que buscamos.

—A nadie le importamos tanto —dijo Aurora—. Cualquiera que sí, no sabría dónde estamos.

Sai y Rovo tenían familias. Habían enviado mensajes

por Wexer, pero unos pocos días no serían suficientes para que esos haces llegaran ni a mitad de camino a casa.

—Eso es cierto. Sin embargo, a Lani sí le importa mucho su propia persona —dijo el oficial—. No quería morir, y no quería volver a Dynas. En su lugar, nos entregó a ustedes.

La ira llegó fácilmente, Aurora la mató con más facilidad aún. Lani compró su vida ayudando a Rovo a sobrevivir la fuga de Dynas, entregando la armadura de poder de Aurora. Sever podría haber lanzado al espacio a la agente de DefenseCorp, pero lo habían jugado bien.

Si alguna vez volvía a ver a Lani, Aurora apretaría el gatillo. Ese pensamiento fue suficiente para evitar que algo se reflejara en su rostro, y una vez más la sonrisa del oficial tembló, desvaneciéndose cuando Aurora no le dio la satisfacción.

—Nada te sorprende —dijo el oficial—. Supongo que es una señal de que entrenamos bien a nuestros soldados.

—Él lo hizo —dijo Aurora, asintiendo hacia Deepak—. Usted no.

—¿Él? —El oficial se rio de nuevo, un ruido molesto y estridente que Aurora atribuyó a las evidentes operaciones faciales del hombre—. Él hace lo que se le ordena, igual que tú lo harás. Lani mencionó a la chica, esta Kaia. Sabes dónde está.

—No lo sé.

El oficial levantó un dedo. Ambos oficiales sacaron sus pistolas, apuntando a Aurora.

—Según Lani, sí lo sabes —dijo el oficial—. Y Lani ha acertado en todo lo demás hasta ahora.

—Los dejamos en Wexer —respondió Aurora—. Tomaron un transporte a algún lado. No es mi problema.

—Es tu problema, porque lo estoy convirtiendo en tu problema. O me das una solución, o ellos te borrarán ahora mismo, tal como estoy borrando a todos tus colegas en este preciso momento.

Espera. ¿Qué?

Casi todo Sever había abandonado la *Prisa* después de la presentación de Deepak. Aurora podía verlos a todos separándose. Podía ver a más agentes como estos dos rastreándolos, uno por uno. ¿Superados en número, atacados por sorpresa en el único lugar que Sever consideraría seguro?

—Repita eso —dijo Aurora.

—Me dices dónde está Kaia, y quizás cancele las misiones —dijo el oficial, ahora, finalmente, teniendo su oportunidad de regodearse—. Date prisa, sin embargo, porque se te está acabando el tiempo.

¿Estaba fanfarroneando? ¿Detendría estos ataques, incluso si Aurora supiera dónde encontrar a Kaia?

¿Realmente quería pasar otro minuto escuchando a este tipo?

El *Nautilus* mantenía, a través de su masa y campos magnéticos, suficiente gravedad para mantener los pies en el suelo, para que la mayoría de las cosas funcionaran como la naturaleza lo había previsto. Intenta presionar contra ello, sin embargo, y te encontrarías saltando hacia el techo.

—Deepak —dijo Aurora—, estoy cansada de esto. ¿Tú no?

Cuando el oficial abrió la boca, probablemente para soltar alguna amenaza u otra, Aurora volteó la mesa.

La gran cosa de falso granito se fue hacia arriba y por encima mientras Aurora la empujaba, estrellándose contra el oficial y empujándolo contra la pared detrás. Deepak captó la táctica de Aurora y demostró que no estaba jugando el juego del oficial al poner su cuerpo entre los dos guardias y Aurora, haciendo que sus rápidos disparos se disiparan en el suelo de la habitación.

—Lo siento —dijo Aurora, empujando a Deepak contra el guardia de la izquierda, luego agachándose mientras el de la derecha alineaba otro disparo que pasó sobre su cabeza.

La baja gravedad ayudó de nuevo cuando Aurora se impulsó desde su posición agachada, un movimiento que le habría dado un buen saltito en la mayoría de los planetas, pero que, en el *Nautilus*, la envió como un cohete contra el pecho del guardia de la derecha. Mientras Aurora empujaba al guardia hacia atrás contra la puerta, miró y agarró su mano que empuñaba la pistola con su propia mano izquierda.

El otro guardia empujó a Deepak al suelo, despejando el camino para su propio disparo, solo para encontrar que su compañero, cortesía del rápido agarre de Aurora, le estaba disparando. Aurora presionó el gatillo dos veces más mientras clavaba su codo en el estómago de su víctima, obteniendo gruñidos que se mezclaban bastante bien con los gritos del guardia tres veces disparado.

La cuarta explosión acabó con los gritos.

Aurora, inmovilizando al otro guardia, presionó su pie contra el suelo en la intersección de la puerta y el piso. Girando su hombro, usando su cintura, Aurora volteó al guardia sobre ella, liberando la pistola con el movimiento y enviando al guardia al suelo. El hombre golpeó el suelo con un jadeo mientras el aire abandonaba sus pulmones, sus ojos se abrieron de par en par y vieron su propia pistola apuntando directamente a sus ojos.

—Muévete de nuevo —dijo Aurora—, te reto.

El guardia se quedó muy quieto.

—Hombre inteligente —continuó Aurora—. Deepak, ¿te importaría ver si nuestro amigo sigue vivo ahí abajo?

El almirante, después de tomar la pistola del guardia abatido, dudó antes de despejar la mesa. Le lanzó a Aurora una mirada que decía que aquí había un momento propicio para cometer errores.

—No le dispares —advirtió Deepak.

—Pero realmente quiero hacerlo.

—Lo sé, pero Renard es el único que podría sacarnos de esta con vida.

Un nombre al fin, pero no uno que Aurora reconociera. No un ejecutivo o oficial público de DefenseCorp, aunque Aurora no estudiaba exactamente los rangos de la enorme compañía. Da igual. Los nombres no importaban, las acciones contaban más.

Aurora inclinó la cabeza, —Estoy bastante segura de que él es quien está tratando de matarnos, Deepak.

—Hay una historia más grande aquí —replicó Deepak—. Solo, no lo frías. Aún no.

Aurora agitó la pistola hacia la mesa, —Cuanto más me hagas esperar, más probable es que empiece a quemar agujeros en ella y vea qué pasa.

Eso, al menos, puso a Deepak en acción. El hombre pasó por encima del guardia rendido y retiró la mesa. Renard, tan arrogante hace un momento, tenía una mano sobre su nariz tratando de detener la sangre que goteaba, mientras que la otra sostenía su propia pistola pequeña como un pez retorciéndose. Incluso Deepak hizo una mueca ante la vista.

Aurora adoptó su mejor imitación de tiburón.

—Suéltala —dijo Aurora, manteniendo su pistola apuntando al guardia caído—, o tu amigo aquí recibirá un tiro en el corazón.

Pensó que las probabilidades de que a Renard le importara el guardia eran del cincuenta por ciento, pero a Aurora le preocupaba más que el guardia intentara algo si la muerte desaparecía de su futuro inmediato, que el oficial pudiera hacer un buen disparo con su pequeña pistola fláccida.

—Todos ustedes son unos brutos —gruñó Renard, perdiendo rápidamente su actitud arrogante y convirtiéndose en un cobarde lloriqueante—. Como si la violencia pudiera resolver todos sus problemas.

—Parece que los creó —dijo Aurora—. Bien podría terminarlos también. ¿Decías que mis amigos podrían estar en problemas? Tal vez quieras elaborar, antes de que te derrita y me arriesgue.

—Aurora —advirtió Deepak, y Aurora deseaba desesperadamente enviarle algunas réplicas airadas al almirante, pero mantuvo su atención en Renard.

¿Por qué demonios estaba Deepak defendiendo a este oficial? ¿Qué sabía Deepak que no estaba compartiendo?

—¿Quieres salvar a tus amigos? —dijo Renard, dejando caer su arma—. Bien. Llévame al puente y transmitiré el mensaje codificado. Por toda la nave, se detendrán. Tus amigos sobrevivirán.

—¿No puedes hacer eso desde aquí? —dijo Aurora, luego miró a Deepak—. ¿No puede hacer eso desde aquí?

—El *Nautilus* no te permite transmitir a toda la nave desde cualquier lugar —Deepak, sin obtener el permiso de Aurora, ayudó a Renard a ponerse de pie. Al menos el almirante mantenía su pistola lista—. Eso sería un caos. El puente es el lugar más cercano que podemos usar.

Bien. Los hechos eran hechos, y Aurora no iba a discutir más sobre eso.

—¿Qué hay de este tipo? —dijo Aurora, señalando con la cabeza al guardia que había hecho un gran trabajo cumpliendo su orden de no moverse—. ¿Y su amigo chamuscado?

Deepak ofreció una solución decente. Los tres salieron de la sala de conferencias, Deepak utilizando su seguridad de almirante para cerrar la habitación detrás de ellos mientras enviaba una alerta de seguridad para resolver la situación.

—Mantén tu arma enfundada —le dijo Deepak a Aurora mientras salían de la habitación—. Si alguien te ve caminando con una pistola desenfundada, habrá problemas.

—Como si no hubiera problemas ya.

Renard se rió, una risa débil. —¿Para ti? Esto es solo el comienzo.

Aurora puso los ojos en blanco mirando a Deepak. —¿Estás seguro de que no podemos simplemente dispararle?

—Aurora —suspiró Deepak—, si matas a este hombre, no habrá nada que pueda hacer para mantenerte con vida. Para mantenerme con vida.

Y el rostro duro de Aurora se suavizó ante las palabras de Deepak, no por lo que dijo —cualquier misión ponía en riesgo las vidas de Sever Escuadrón, esto no era muy diferente—, sino por cómo lo dijo, cómo se veía.

A pesar de tener a Renard desarmado, ensangrentado y bajo su custodia, Deepak parecía muy, muy asustado.

7

PELEA DE CUCHILLOS

La conversación civilizada duró hasta que la puerta de los aposentos de invitados se deslizó tras ellos. A la derecha de la puerta había una cama de tamaño completo, con un pequeño escritorio en un nicho coronado por un monitor oscuro más allá. A la izquierda de Sai, un armario estrecho permanecía cerrado. El gris predominaba.

El *Nautilus* no era un hotel de lujo. Sin embargo, era un buen lugar para una pelea.

Con el clic de la puerta, el joven que había seguido a Sai todo este tiempo deslizó un cuchillo corto y delgado de un bolsillo en su manga. Sai retrocedió mientras el hombre avanzaba, tomándose su tiempo el asesino para asegurarse de que Sai no tuviera a dónde moverse.

Detrás del uniforme carmesí, el hombre parecía en forma. Su cabello estaba un poco más encrespado de lo esperado para un miembro regular de DefenseCorp, pero las rayas negras que subían por los lados ahora parecían significar algo más que un simple recluta. Ciertamente, ningún recluta común llevaría una navaja delgada como esta.

Más inquietante aún, la sonrisa del hombre permanecía ligera y fija. Sus ojos brillantes. Como si matar a Sai fuera el evento principal de su día.

Bueno, el hombre se llevaría una decepción.

El empuje vino con un espasmo, una estocada directa al cuello de Sai que habría terminado las cosas de un golpe. Lo habría hecho, excepto que los ojos del hombre lo traicionaron, cayendo del rostro de Sai justo antes del ataque, verificando el objetivo, la puntería, la velocidad.

Sai se hizo a un lado con una carga de hombro, sintiendo la hoja rozar su cuello. El golpe de Sai fue más fuerte, empujando al hombre fuera de balance. Mientras caía, Sai agarró la muñeca del cuchillo del hombre y la torció, sintiendo los tendones tensarse y viendo caer la hoja al suelo. Con su pie, Sai pisoteó la hoja, atrapándola.

Un dolor atravesó el estómago de Sai, y miró hacia abajo para ver al hombre retrocediendo para otra estocada, con la mano izquierda aplanada como una flecha.

Eso no iba a pasar.

Sai tiró con fuerza, lanzando el brazo que sostenía y enviando al hombre a estrellarse contra el techo de la habitación, cortesía de la gravedad ligera del *Nautilus*. De espaldas, el hombre gruñó al golpear, su cabeza rebotando hacia atrás mientras Sai soltaba la mano cautiva para sellar el impulso del movimiento. Cuando el asesino cayó, un poco más lento de lo que Sai vería en mundos más densos, no tenía forma de controlar su descenso. No había forma de hacer nada excepto caer en línea recta. Justo sobre su propio cuchillo.

El asesino había fallado el cuello de Sai.

Sai no falló.

Se sentó en la cama. Miró el rojo húmedo en su mano, luego lo limpió en el uniforme del hombre muerto. El carmesí no coincidía exactamente con la sangre, pero era lo suficientemente cercano. Sai sintió que su ritmo cardíaco se ralentizaba, su respiración volvía a un ritmo normal. La pelea había sido tan rápida que la adrenalina llegó precipitadamente después de que terminó, aumentando mientras Sai trataba de encontrar el siguiente paso a dar.

De todos los lugares de la galaxia, durante años, el *Nautilus* había sido seguro. Nadie se atrevería a asaltar un crucero de DefenseCorp, e incluso si los asesinatos o juegos sombríos barrían el mundo civilizado, el Sever Escuadrón nunca había tenido la posición para justificar una diana en sus espaldas.

Hasta ahora, aparentemente.

La pulsera del hombre no ofrecía ninguna pista. Su pantalla se había oscurecido, y no importaba lo que Sai hiciera, la cosa no despertaba. A veces, los más fanáticos ataban sus pulseras a sus bioseñales, borrando la máquina si su dueño moría. Tal vez eso había sucedido, o la pulsera se había bloqueado sola. De cualquier manera, Sai no obtendría respuestas allí.

La pequeña unidad en el bolsillo de Sai, sin embargo, ofrecía una mejor oportunidad. Sai podría conectarla directamente al monitor, pero quedarse en una habitación con un cadáver parecía una mala idea. Alguien entraría, ya sea para usar la habitación o para limpiarla, y ver a Sai usando una computadora en lugar de buscar ayuda podría provocar una mala reacción.

—Gracias por la ayuda —dijo Sai al cadáver mientras se levantaba.

Un vistazo al pasillo de las habitaciones de invitados confirmó que estaba vacío, así que Sai cruzó el pasillo y bajó una habitación, dejando el cuerpo encerrado detrás de él. Una desagradable sorpresa para alguien.

Sai hizo una mueca. ¿Una desagradable sorpresa? ¿Era así como Sai pensaba en los cadáveres estos días? ¿Realmente había visto tantas muertes que se deslizaban por su conciencia como el agua se escurría de la hoja de su katana?

En medio de una misión, equipado con enemigos a su alrededor, aliados para rescatar y objetivos por cumplir, Sai podía recurrir a esas distracciones y seguir adelante. Empujar hasta el final y luego pasar al siguiente antes de colocar lo que había hecho y visto en el contexto mental adecuado. Incluso en esas semanas posteriores a Dynas, buscando un destino entre las estrellas, Sai y Sever habían pasado el tiempo juntos hablando, riendo, sobreviviendo.

De pie en la habitación de invitados, inmaculada y sin personalidad, Sai se dio cuenta de que estaba realmente solo por primera vez en mucho tiempo.

Vaciló.

Las dudas se clavaron en el silencio, diciéndole a Sai que sus elecciones lo habían alcanzado. Que todo su plan —tomar el papel mejor pagado de Sever para garantizar el sustento de su familia— ya no funcionaba, no cuando había dejado atrás la indemnización por muerte de DefenseCorp y el mejor equipo para prevenir esa muerte en primer lugar.

Aquí estaba, apuñalando a asesinos, considerado un criminal por un poderoso enemigo, y sentado solo con una unidad que contenía quién diablos sabía qué.

Sai metió la mano en su bolsillo y sacó el pequeño objeto. Deepak quería que él, o al menos alguien de Sever Escuadrón, lo encontrara. Pasó el dedo por la superficie plástica del dispositivo, mientras sus ojos se dirigían al monitor apagado.

No podía irse ahora. Esas decisiones ya estaban tomadas. Pero si Sai lograba salir de esta…

Tomaría todo el dinero que pudiera sacar de sus cuentas y volvería con su familia. Vería cuánto tiempo podría recuperar, si es que podía recuperar algo.

El monitor se llevó bien con el dispositivo y mostró su contenido. Archivo tras archivo se desplegaron, decenas de ellos. Sai supuso que alguien había volcado todo lo que pudo aquí. Los nombres de los archivos en sí no ofrecían pistas: todos eran crípticos, series aleatorias de letras y números que hablaban de un código que Sai no tenía tiempo de descifrar.

Al hacer clic en algunos al azar, Sai se quedó mirando fijamente. El primero mostraba ecuaciones, una serie de fórmulas que conducían a lo que parecía ser una configuración de componentes, como lo que Sai esperaría ver si construyera un nuevo explosivo. El siguiente mostraba planos de un extraño traje nuevo, con el nombre en clave *Casparian*. A diferencia de la mayoría de las armaduras potenciadas, el traje parecía pequeño. Ligero.

El último ofrecía una jerarquía. Sai reconoció el rostro, uno de los dos en la cima. El oficial del vídeo de Wexer. La otra, una mujer de cabello oscuro que Sai no reconocía. Debajo de ellos, media docena en la segunda línea. No había ningún título, ningún diseño oficial de DefenseCorp.

Fuera lo que fuese esta organización, vivía fuera de los canales habituales.

Arrancó el dispositivo. Lo volvió a meter en su bolsillo. Sai podría haber seguido navegando por los archivos, y lo haría, pero un lugar más seguro para hacerlo sería de vuelta en la *Prisa*, donde podría asegurarse de que ningún otro asesino lo estuviera esperando.

O cualquier otra persona.

El asesino había seguido a Sai desde el Intendente, pero no lo había estado buscando específicamente. Al menos, no daba esa impresión. Sai había sido el objetivo porque Sai había aparecido donde estaría el objetivo. Si alguien lo hubiera cazado, era muy probable que hubiera más.

La mujer le había dicho que tuviera cuidado.

Si Sai había ido corriendo hacia el Intendente, se tomó su maldito tiempo para volver hacia la *Prisa*. Atento a los uniformes carmesí con esas franjas negras, Sai tomó las pasarelas móviles lentamente y observó. El *Nautilus* y su continuo alboroto que había sido tan agradable a su llegada ahora tenía un matiz diferente, uno que gritaba un enemigo oculto en cada sonido, en cada acción.

¿Esa llamada para que el personal médico respondiera a un evento crítico en la bahía médica era un accidente o un acto intencional? ¿Qué hay de la alerta por megafonía un minuto después pidiendo un control de seguridad no muy lejos de la bahía de atraque de la *Prisa*?

¿Y qué hay del especial de la cena que aparecía en todos los monitores? ¿Eran las albóndigas una señal codificada para un motín?

Sai sacudió la cabeza, se rió y atrajo algunas miradas curiosas. No había forma de que los asesinos estuvieran usando los menús de comida para comunicarse entre ellos. Había gente peligrosa en el *Nautilus*, pero tal vez solo querían eliminar a Sever Escuadrón como desertores. Nada más que un complot para hacer volver a la tripulación a donde DefenseCorp pudiera dispararles.

No hacía falta una vasta conspiración.

Excepto que la bahía de atraque de la *Prisa* tenía sangre en el suelo. Olía a ropa chamuscada y carne quemada. Sai se paró en la entrada y vio una nave que tenía las rampas levantadas. Que, a juzgar por los trozos de vidrio en el suelo alrededor de la nave, había recibido algunos impactos de algo.

—¿Eponi? —llamó Sai, entrando en la bahía y dejando que la puerta se cerrara detrás de él—. ¿Estás ahí?

Sai podía ver la cabina de la *Prisa* desde el suelo, su parabrisas mostraba que no había nadie en esos asientos. Tal vez Eponi se había ido. Tal vez se la habían llevado.

Corriendo hacia el puntal delantero, Sai levantó un pequeño panel oculto que revelaba un teclado numérico cuadrado. La mayoría de las naves tenían estos, códigos de entrada de emergencia para entrar si perdías tu pulsera. Sai tecleó el código, que Eponi había configurado con la frecuencia de banda del escuadrón Sever. El panel emitió un pitido y la rampa de la nave descendió.

Sai deseó haber registrado al asesino en busca de armas y habérselas llevado. El cuerpo y su desastroso final lo habían desconcentrado. Ahora miraba hacia arriba por la rampa estriada y se preguntaba si estaba corriendo directamente hacia otra pelea.

Bueno, no se iba a ir sin su espada. No para volver al maldito *Nautilus*.

Sai subió sigilosamente por la rampa, tomando el metal con lentitud. Cualquiera que estuviera prestando atención en la nave habría sentido que la rampa bajaba, pero eso no significaba que tuvieran que saber exactamente dónde estaba Sai, exactamente a qué velocidad se movía.

En la parte superior de la rampa, Sai entró en la cámara central de la *Prisa*. El espacio rectangular no era enorme, pero los sofás eran agradables. Verlos hizo que le picara la piel por las quemaduras que había sufrido en Wexer, unas que aún no habían sanado del todo, incluso con la crema de acción rápida untada sobre ellas. El producto hacía milagros, har-

Otro hombre de uniforme carmesí cayó desde los camarotes de la tripulación de arriba, aterrizando en posición frente a Sai con su rifle desenfundado, apuntado y listo para disparar.

Entonces el hombre explotó.

Sai se tiró al suelo mientras el fuego láser atravesaba los restos del hombre, quemándolos. Algunos disparos perdidos golpearon el interior de la *Prisa*, estropeando el limpio color cobre. De pie detrás del hombre, de espaldas a la cabina y sosteniendo su rifle en alto, estaba Eponi.

—Hola —dijo Eponi mientras Sai la miraba desde el suelo—. ¿Qué hay?

—Creo que estamos en problemas —dijo Sai, antes de recordar que había bajado la rampa. Apresurándose, Sai golpeó el botón para que comenzara a subir de nuevo—. Y, buen disparo.

—Ayuda cuando están quietos —dijo Eponi—. Debe haber pensado que eras yo. Así que, gracias por eso.

—Hago lo que puedo. —Sai se agachó y recogió el rifle del hombre—. ¿Tú también causaste el desastre de allá afuera?

Eponi esbozó una sonrisa, —Intentaron llevarse mi nave. Eso no va a pasar.

—Sí, bueno, intentaron matarme en el *Nautilus*, así que no creo que sea la nave lo que quieren —dijo Sai—. ¿Has tenido noticias de alguien más?

—Ni un susurro.

—Bien —Sai se colgó el rifle del hombre muerto al hombro y entró en la *Prisa*, dirigiéndose hacia su taquilla—. Mejor preparémonos entonces.

—¿Para ir a rescatar a nuestros amigos de un montón de asesinos extraños?

—Maldita sea que sí.

LA ÚNICA REGLA

Gregor no había dado ni diez pasos desde la cama de Rovo cuando uno de los robots le bloqueó el paso hacia arriba y fuera de los anillos descendentes de la bahía médica. El robot, una máquina secretarial, abordó a Gregor con preguntas sobre el nombre de Rovo, su edad y varios hábitos personales que Gregor despachó con una sacudida de cabeza, un encogimiento de hombros o un *no lo sé* tras otro.

—Búscalo —dijo finalmente Gregor cuando el robot empezó a indagar sobre el historial médico de Rovo—. Te di su identificación.

Rovo tenía que tener un historial médico con Defense-Corp. Tenía que tenerlo. Uno no llegaba desde la contratación hasta un escuadrón como Sever sin un rasguño. Por un segundo, mientras el robot consideraba su declaración, Gregor se preguntó si aún mantenía el récord del *Nautilus* por la mayor cantidad de visitas a la enfermería sin morir.

Deepak le había dado a Gregor una medalla improvisada que decía "Recupérate pronto" para la ocasión. Había estado en el traje de poder perdido en Wexer. Excepto por su martillo, las posesiones de Gregor tendían a quemarse o ser arrastradas por el viento.

—Registro localizado, gracias —trinó el robot, y Gregor reprimió un suspiro ante el resultado obvio—. ¿Cómo deberíamos contactarle sobre su condición?

Otro momento de incertidumbre. Sin brazalete, sin cuartos privados en el *Nautilus*.

—Hay una nave, la *Prisa*. Estaré allí.

—Registrado. ¡Que tenga un buen día!

Mientras el robot se alejaba zumbando, Gregor se dirigió a las escaleras. Echó una última mirada hacia Rovo, cuyo cuerpo estaba oculto por los confines de su habitación. Los médicos y robots quirúrgicos continuaban entrando y saliendo, el rojo en sus guantes haciendo que el ceño de Gregor se frunciera aún más.

Estos eran los mejores de los mejores. La herida de Rovo parecía grave —los láseres en los pulmones solían ser duros—, pero si algún equipo podía salvar al novato, sería este.

Y tendrían más víctimas que tratar si Gregor no advertía pronto a Sever.

Gregor llegó a la explanada, rozando otra camilla que entraba. Una sábana cubría un cuerpo. Gregor alcanzó a ver una pierna, el uniforme carmesí, la franja negra.

—¿Dónde encontraron a ese? —preguntó Gregor mientras llevaban el cuerpo a la bahía médica.

—Cuartos de invitados —respondió uno de los camilleros.

—¿Solo?

—Si quieres saberlo, ve a buscar a seguridad —el camillero entregó la respuesta y siguió adelante, el carro desapareciendo por la rampa de la bahía médica.

No valía la pena aceptar las coincidencias. No en esta nave, no ahora mismo. Si otro cuerpo con franja negra aparecía, entonces Gregor tenía que asumir que alguien más de Sever había sido atacado. Y, a juzgar por lo que había visto, había ganado.

Bien. Se lo merecían quienes hubieran enviado a estos bastardos.

La explanada no parecía importarle. El extremo de la bahía médica, bajo el puente y sobre el centro de armas que Gregor acababa de dejar atrás, tenía tráfico peatonal dirigiéndose a las salas de entrenamiento en el área y poco más. Escuadrones, vagamente formados, trotaban hacia centros designados para ejercicios físicos o simuladores, mientras los oficiales charlaban afuera, algunos observando los eventos en pantallas diseñadas para mostrar lo que sucedía dentro.

El público siempre está mirando. Otro eslogan de DefenseCorp martillado a través de la práctica.

¿Otra cosa martillada? Cuando las luces cambian, detente y escucha.

La iluminación blanca y suave de la explanada parpadeó, cambiando a un azul tenue. Gregor, por costumbre, detuvo su caminata —correr probablemente atraería la atención equivocada— como todos los demás en el corredor. El azul no era un color peligroso como el rojo o el amarillo, pero significaba un mensaje del puente, algo a lo que prestar atención.

—Habla su almirante —la voz de Deepak sonó pesada por los intercomunicadores, como si estuviera anunciando la muerte de un amigo cercano—. Como muchos de ustedes saben, el *Nautilus* ha visto muchos recién llegados en la última semana. Nuestro itinerario ha cambiado. Ahora, también lo ha hecho nuestro papel dentro de DefenseCorp. Para facilitar esta transición, estamos pidiendo que todas las tropas activas regresen a sus barracas y esperen nuevas órdenes. Para el resto de ustedes, continúen y esperen más detalles pronto.

Las luces azules volvieron a parpadear a blanco, el cambio viniendo con fuertes gritos mientras los oficiales al mando sacaban a sus soldados de las salas de entrenamiento y los formaban en filas trotando de vuelta hacia sus barracas. Gregor se encontró atrapado mientras la explanada se llenaba de soldados asalariados cumpliendo la orden de Deepak.

Una orden extraña y sospechosa. La orden despejaría las explanadas del *Nautilus* de soldados armados, aquellos que podrían conocer a Sever, que podrían ayudar al ver a alguien ser atacado. O, por otro lado, podría ser una simple llamada antes de un cambio importante en cómo la nave organizaba su fuerza.

Gregor, habiendo sobrevivido a un ataque sorpresa, eligió la proposición más peligrosa. Y con la explanada despejándose, él—

Dos manos, diferentes, aterrizaron en sus hombros desde atrás. Dos sensaciones punzantes golpearon su cintura, disparándose por sus nervios. Electrocutadores, destinados a espasmar sus músculos hasta que se rindieran y dejaran a Gregor flácido. Un ataque que debería haber derribado a la mayoría de los soldados en unos segundos.

Gregor cayó al suelo, viendo cómo las últimas tropas en retirada se desvanecían por la explanada mientras sus párpados se crispaban, mientras sus brazos y piernas se golpeaban contra el suelo. Luego, esas mismas manos aterrizaron sobre Gregor de nuevo, volteándolo. Dos personas, un casparian y un hombre, ambos vestidos con uniformes médicos de DefenseCorp, lo miraban desde arriba.

Otro ataque. Otra emboscada. ¿Cuántos enemigos tenía Sever en esta nave? Estos dos no llevaban los uniformes carmesí y negro, pero tenían la mirada de Zaydi: personas en una misión, siguiendo órdenes en las que creían firmemente.

—Lucha —dijo el casparian, su cuerpo blanco y esbelto parecía encogerse y reformarse bajo su ropa, como una nube atrapada en una red—, y terminaremos lo que Zaydi no pudo.

Los ojos del hombre destellaron al oír el nombre de Zaydi, y se arrodilló junto a la cabeza de Gregor.

—Dame una razón, Gregor.

El Shocker tenía sus usos, pero los destellos se desvanecían rápidamente si la víctima tenía suficiente voluntad, suficiente fuerza para resistir. Gregor se entregó a los temblores incluso cuando los impulsos morían, manteniendo sus brazos en movimiento, sus piernas sacudiéndose lo mejor que podía. Aurora siempre decía que Gregor no era muy bueno para el sigilo, pero cuando importaba, Gregor podía hacerse el muerto.

—No lo alientes —dijo el casparian—. Vamos a moverlo adentro antes de que alguien regrese.

Gregor mantuvo su mirada en el casparian mientras los dos se movían para intentar levantarlo. Los alienígenas tenían especialidades, ninguna de las cuales se desarrollaba en combate abierto. Hasta donde Gregor sabía, los casparians en DefenseCorp desempeñaban roles auxiliares, apoyando a los escuadrones o trabajando en el brazo clandestino de la compañía.

El brazo clandestino. Los agentes en Dynas. Gregor repasó su breve tiempo con el trío de agentes en ese desastre pantanoso de mundo. Habían estado tan interesados en la idea de un virus exitoso. Habían obligado a Gregor a volar y mostrárselos, y se habían sentido terriblemente decepcionados cuando no había funcionado.

Solo un agente había logrado salir de Dynas con Sever Escuadrón. Lani, quien había dicho que no tenía planes de volver a DefenseCorp cuando la dejaron en la estación comercial.

Pero los planes podían cambiar.

El casparian y el hombre intentaron levantar a Gregor y fallaron. Lo levantaron unos centímetros del suelo antes de que el casparian soltara los pies de Gregor y maldijera.

—Es grande —admitió el casparian—. Vamos a arrastrarlo.

Deepak dijo que intercambiaría la libertad de Sever Escuadrón por la ubicación de Kaia. Entregar el único ejemplo vivo del virus funcional. El propio Deepak nunca había mostrado interés en las mejoras genéticas. Era un almirante que seguía las reglas al pie de la letra, cumpliendo contratos en su camino hacia un cómodo retiro en algún mundo resort.

Había huecos aquí que Gregor no podía llenar. El mensaje de vuelta en Wexer sugería que DefenseCorp quería saber sobre cualquiera con quien Sever Escuadrón hubiera hablado sobre Kaia, sobre Dynas. No obtendrían esa información matando a Gregor, Rovo y el resto.

Algo había cambiado, y mientras el casparian y el hombre arrastraban a Gregor de vuelta a la bahía médica, Gregor intentó descubrir qué.

En lugar de arrastrar a Gregor hacia el concurrido centro de la bahía médica, los dos tiraron del hombre grande hacia un lado, hacia un nivel de bajo grado destinado a recuperaciones más largas. La mayoría de las camas aquí no estaban ocupadas, una señal de que el *Nautilus* no había estado realizando muchas misiones importantes últimamente. Los dos arrastraron a Gregor pasando tres camas vacías, alejándolo bien de la rampa principal, antes de meterlo en una habitación y soltarlo.

—Vigilalo —ordenó el casparian—. Confirmaré si podemos eliminar.

—Entendido.

El hombre sacó una pistola, se paró en la puerta de la habitación mientras Gregor yacía en el suelo. Observó a Gregor, una nube aferrada a un rostro que se movía entre dientes apretados y un profundo ceño fruncido.

—Puedes dejar de fingir —dijo el hombre—. Un tipo de tu tamaño, el shock ya debería haber pasado.

—Has atrapado a una bestia —respondió Gregor, complaciendo la orden del hombre y sentándose—. ¿Puedes mantenerla enjaulada?

—Preferiría matarla.

—¿Por lo de Zaydi?

Los ojos del hombre se estrecharon.

—Ella no merecía lo que le hiciste, pero no. Es más que eso.

—¿Me lo cuentas?

Una risa que pertenecía a los perdidos salió de los labios del hombre.

—No lo creo. De todos modos estarás muerto en un minuto.

—¿Entonces por qué no explicarlo?

El hombre casi, casi parecía que iba a empezar a hablar. La boca se torció del ceño fruncido a una pequeña sonrisa, la mirada del vencedor. El casparian, sin embargo, regresó en ese momento y lo arruinó. El rostro fantasmal se burló de Gregor.

—Tienes suerte —dijo el casparian—. Tu comandante no sabe dónde encontrar a la chica. No mataremos a ninguno de ellos todavía.

El hombre maldijo. Gregor negó con la cabeza. No solo esta gente era peligrosa, eran idiotas. ¿Quién mataría a los que sabían lo que necesitabas saber?

—¿Tú sí? —preguntó el hombre a Gregor—. ¿Sabes dónde está la chica?

—¿Tal vez? —Gregor no tenía ni idea, pero el hombre todavía tenía su pistola apuntándole—. ¿Por qué te lo diría?

Los imbéciles ya habían desperdiciado su mejor amenaza. Al mostrar que estaban listos para matar a Sever Escuadrón, cualquier impulso de dar información se había esfumado. De todos modos matarían a Gregor, así que ¿para qué hablar?

—¿Puedo? —preguntó el hombre al casparian, quitando los ojos de Gregor por un segundo crítico—. Simplemente diremos que intentó escapar.

Gregor se encogió y saltó hacia el casparian, moviéndose lo suficiente hacia un lado para que el disparo de la pistola del hombre fallara por milímetros. Gregor no se molestó en intentar agarrarlo, ni hacer nada elegante. Simplemente golpeó al alienígena con fuerza con su mano derecha, levantándose mientras lo hacía. Con la gravedad del *Nautilus*, el casparian voló hacia atrás y hacia arriba por la fuerza, cayendo al siguiente nivel y aterrizando en otra habitación.

El hombre se recuperó lo suficiente para apuntar su pistola hacia Gregor, justo a tiempo para que las paredes de la habitación se volvieran rojas. Un fuerte pitido resonó, desviando la puntería del hombre lo suficiente para que Gregor siguiera corriendo desde su golpe al casparian. El botón de emergencia hizo su trabajo, enviando la habitación a un pánico parpadeante. Los robots invadieron el lugar mientras Gregor se dirigía al pasillo del nivel, los anfitriones mecanizados volando, caminando, rodando y bloqueando cualquier disparo que el agente pudiera hacer a la espalda de Gregor.

Gregor no era de los que huían de una pelea, pero el hombre tenía armas. Tenía posición.

Llegar a la rampa principal de la bahía médica ofrecía una elección. Gregor podía volver a subir a la explanada, reanudar la carrera hacia el *Prisa* y su martillo. Sin embargo, hacer eso dejaría a Rovo solo en el foso de la bahía médica. ¿La regla principal de Sever Escuadrón?

No abandones a tu compañero de escuadrón.

Los agentes tenían armas, pero mientras Gregor giraba a la derecha por la rampa y luego se lanzaba a otro nivel, escondiéndose entre las camas, los robots y el equipo colgante, el hombre grande sabía que tenía algo casi tan bueno:

El factor sorpresa.

9

AL RESCATE

La sangre salpicaba el suelo de su nave. Sus paredes. A decir verdad, el desastre era obra de las propias manos de Eponi, al apretar el gatillo que convirtió al intruso en poco más que una papilla.

Aun así. Eponi había limpiado a fondo esta nave hace solo unos días, antes del asalto a Wexer.

Cada uno tiene sus detonantes. A algunos no les gusta quedar en ridículo. Otros no pueden soportar perder un juego. A Eponi le importaba un bledo su apariencia personal, pero ¿su nave?

—Sé que me vas a decir que no podemos limpiar esto ahora —dijo Eponi a Sai mientras miraban el desastre—. Pero ¿puedo limpiarlo ahora?

—No.

—Maldición.

Habían escuchado el mensaje de Deepak mientras Sai le mostraba el acertijo del disco. Eponi tampoco había entendido mucho de las tres líneas, y la transmisión general hizo que el acertijo se le fuera de la mente. Ninguno de los otros había regresado aún, y Deepak despejando los pasillos de cualquier parte neutral que pudiera ayudar en un ataque de uno de los asesinos de franjas negras...

Sai lideró el camino por la rampa, con la katana desenvainada y lista mientras Eponi levantaba su rifle para cubrirlo. Al llegar al suelo de la bahía, Eponi hizo que la rampa subiera rápidamente, cerrando la *Prisa*.

—Volveré por ti —susurró Eponi mientras se dirigían a la puerta de la bahía.

—Primero al puente —dijo Sai—. Sabemos que Aurora está con Deepak, o él sabrá dónde está. Gregor y Rovo deberían poder arreglárselas solos.

—¿Crees que el novato podría enfrentarse a esta gente?

—Creo que Gregor puede cubrirlo.

Justo, aunque Gregor no tenía su martillo. ¿Seguiría luchando, incluso sin él? ¿Eso era siquiera una pregunta?

Gregor pelearía con cualquier cosa que tuviera. Puños, dientes, dedos de los pies. Si alguien podía sobrevivir a un intento de asesinato, sería él.

Fuera de la bahía, el vestíbulo de atraque tenía su habitual conjunto de robots. El personal no militar continuaba con sus rondas, aunque todos se detuvieron al ver a Sai con su katana desenvainada. Al principio, la pausa confundió a Eponi: los soldados de DefenseCorp habitualmente llevaban armas visibles en la nave.

Oh. Los uniformes. Ni Eponi ni Sai llevaban ninguno. Parecían civiles, unos cubiertos de armas y Sai, al menos, tenía sangre por toda la ropa.

—Eh —dijo Sai, aflojando el agarre de su katana bajo las miradas.

—Ignórennos —anunció Eponi—. Hay una amenaza para la nave que estamos manejando bajo las órdenes de Deepak. Continúen.

Había usado esa voz antes, hablando con los fans

después de las victorias en las carreras de karts. Inyectando autoridad y un poco de fanfarronería para mantener a la gente escuchando, confiando en lo que decía. Solo que esta vez, en lugar de prometer futuras victorias para su equipo, esperaba conseguir un pase libre para llevar armas directamente al *Nautilus*.

—Muévete —susurró Eponi a Sai—. Y tal vez guarda esa espada.

El experto en demoliciones hizo lo que Eponi le pidió, sus palabras penetrando el velo paralizante. Sai se puso en marcha y Eponi lo siguió, avanzando por el vestíbulo y pasando a los primeros trabajadores. Eponi cruzó miradas, asintió en señal de solidaridad y, cuando nadie murió, las tripulaciones del muelle volvieron a lo suyo.

—Estoy impresionado —dijo Sai mientras avanzaban, pasando a una pasarela móvil más allá de los amarres para acelerar las cosas—. ¿Cómo sabías que te escucharían?

—Porque soy increíble, y lo sé.

—Claro...

Más allá de los amarres, el vestíbulo se transformaba en una extensión más vacía. Las tropas ausentes deberían haber llenado estos pasillos, destinados a salas de reuniones y estrategia para los contratos actuales y futuros. En su lugar, los paneles junto a cada puerta declaraban los espacios abiertos y los robots de limpieza dominaban. Al final del corredor, los bancos de ascensores los llevarían al puente, o bajarían a la enfermería y al comedor.

—¿Alguna idea de quiénes son estas personas? —dijo Sai mientras avanzaban—. No tuve mucha oportunidad de hablar con el mío.

—Voy a aventurarme a adivinar que son de Defense-Corp —respondió Eponi—. Además, que son unos imbéciles. Destruyeron las cámaras de la *Prisa*.

—Y trataron de matarnos.

—Sí, eso también —Eponi frunció el ceño—. Sabemos que llevan uniformes oficiales. Están en la nave y pueden moverse por ella. Creo que también sometieron a un equipo de seguridad.

Eso le valió una mirada de Sai.

—¿Así que no solo van a por nosotros?

—No creo que les importe.

—Indiscriminados. Eso no está en nuestros libros.

Sai se refería a los reglamentos de DefenseCorp para los escuadrones. Las bajas innecesarias, particularmente civiles, debían evitarse a menos que, y era un gran a menos que, cualquier accidente apoyara los objetivos de DefenseCorp. Si sus enemigos consideraban justificable eliminar a un equipo de seguridad era una pregunta que Eponi no podía responder.

—Ya no tenemos ningún libro, ¿recuerdas? —dijo Eponi —. Solo tienes que vivir contigo mismo.

—Tal vez no por mucho tiempo más.

El ascensor llevó al dúo hasta el puente, dejándolos en otro corredor. Casi vacío de nuevo, salvo por los omnipresentes robots de limpieza en forma de disco que se apresuraban por los suelos. Para esas máquinas, la ausencia de personas debía ser una gran oportunidad.

—Me alegro de que algo esté disfrutando esto — murmuró Eponi mientras se dirigían al puente.

—¿Qué?

—Nada.

Si los niveles medios del *Nautilus* eran funcionales, mantenidos de manera sencilla para que las tropas y los trabajadores de la bahía de atraque pudieran concentrarse en sus trabajos, y los niveles inferiores como el comedor y la enfermería adoptaban cierto carácter individual, el puente y las instalaciones de nivel superior jugaban con su doble papel como centros operativos y escaparates.

Cualquier visitante importante pasaría su tiempo aquí arriba —había habitaciones especiales para invitados demasiado importantes como para ser metidos en los barracones—, así que Deepak había decorado las paredes con arte de verdad. Líneas de colores entrelazados, una combinación de rojo, azul, crema y negro que representaba las principales ramas de DefenseCorp, se extendían por el centro de la pared a lo largo de todo el pasillo. Las figuras importantes de DefenseCorp tenían sus retratos colocados de vez en cuando, mezclados con naves cruciales del pasado de la empresa.

El entretejido de colores captó la atención de Eponi. Los cuatro trabajaban en concierto. El rojo, los escuadrones en servicio activo de DefenseCorp, cumplía contratos y realizaba las misiones más duras. El azul representaba las fuerzas estabilizadoras de DefenseCorp, un grupo en el que tanto Sai como Gregor habían pasado tiempo, aceptando contratos para mantener los mundos bajo control. El negro contenía a los agentes, el brazo de espionaje de Defense-Corp, que tomaba contratos más sutiles y ayudaba a encontrar información para las grandes misiones.

El crema incluía a todos los demás. Todo el personal de apoyo en las literas, los intendentes, los cocineros.

—Mira esto —dijo Eponi mientras Sai se dirigía hacia el puente—. ¿Ves algo interesante?

—¿Los colores?

—Sí, los colores —respondió Eponi—. Carmesí y negro. Esos eran los uniformes.

Sai miró las líneas.

—Estás pensando que son agentes.

—Siempre supe que eras listo.

—Eponi, por supuesto que son agentes —Sai le lanzó una mirada de exasperación—. Vamos. ¿Quién más iba a subir al *Nautilus* y actuar así?

Sai volvió a ponerse en marcha y Eponi lo siguió.

—Espera, ¿lo sabías y no dijiste nada? —Eponi aceleró para alcanzar a Sai, quien parecía querer compensar cada segundo perdido hablando con otra zancada precipitada.

—Pensé que ya habías hecho la conexión.

—Pero, abajo, tú...

—La pregunta es de quién son agentes —dijo Sai—. ¿Quién está dirigiendo esta operación?

—Oh. La próxima vez, sé más obvio.

—Lo haré.

El puente no respetó su urgencia. Las grandes puertas, con sus ángulos inclinados hacia abajo y hacia afuera, permanecieron cerradas cuando Sai y Eponi se acercaron, con luces de seguridad rojas declarando cerraduras que ningún miembro de Sever podía abrir.

Sai y Eponi se quedaron mirando el obstáculo, esperando que alguien entrara o saliera. El puente debería haber sido un hervidero, incluso durante cualquier emergencia a la que Deepak se hubiera referido en su anuncio por megafonía. La gente debería haber estado entrando y saliendo corriendo, llevando mensajes, equipos o simplemente trasladándose de un lugar a otro. En cambio, nada se movía.

—Esto es extraño —dijo Eponi—. Aunque, todo es extraño ahora mismo.

Sai alzó la mano y tocó la empuñadura de su katana.

—Me pregunto si podría cortar...

—Si lo haces, me voy a quedar bien lejos para que cuando te acribilles a balazos, pueda decir que no fue idea mía.

Sai retiró la mano y asintió. Tenía que haber otra forma

de entrar, alguna manera de abrir esas puertas. El experto en demoliciones se acercó a ellas y golpeó varias veces con el puño. Las reverberaciones metálicas resonaron por el pasillo.

Las luces se apagaron de nuevo. Todo el blanco desapareció, dejando todo a oscuras salvo por los cuadrados reflectantes de emergencia a lo largo de los bordes del pasillo.

—Mira lo que has hecho —dijo Eponi.

Sai no tuvo tiempo de preparar una respuesta. Las luces volvieron a encenderse, pero cambiaron a un rojo intenso y cálido. Si la orden de Deepak había preparado al *Nautilus* para un cierre, esto era el seguimiento natural: invasión.

—En serio, Sai, creo que ya teníamos suficientes problemas —dijo Eponi, llevando su rifle a posición de combate y girando en fracciones de segundo a izquierda, derecha y atrás para mirar a lo largo del pasillo central—. ¿Tenías que provocar esto?

—¿Llamar a la puerta del puente? —Sai desenvainó su katana—. ¿Crees que son tan paranoicos?

—Alguien está asustado —respondió Eponi—. Quizás tú les has asustado.

—Entonces quizás me lo gane.

Entrar en modo invasión significaba que esas mismas tropas que se habían puesto en alerta recibirían nuevas órdenes. Se dirigirían a puntos críticos de la nave para asegurarse de que el *Nautilus* permaneciera bajo el control de DefenseCorp. Uno de esos puntos, naturalmente, sería el puente, donde dos personas armadas sin identificación ni uniformes se encontraban actualmente.

Sai invirtió el agarre de la katana y la clavó en la puerta. La hoja golpeó el metal, soltó chispas y rebotó. Resultó que DefenseCorp había puesto verdadera fuerza en la barrera que protegía el espacio más valioso del *Nautilus*.

—Esto no va a funcionar —dijo Sai, mirando su katana como si la espada le hubiera decepcionado de la manera más devastadora.

—Entonces corramos —dijo Eponi—. Ahora.

No esperó a Sai, sino que salió corriendo directamente por el pasillo central. Cuanto antes pusieran distancia entre ellos y el puente, menos probable sería que les disparara un escuadrón de sus propios aliados.

—¿Qué hay de Aurora? —dijo Sai, corriendo detrás de ella mientras pasaban por salas administrativas cerradas—. ¡Todavía está ahí dentro!

—Y se quedará así un poco más —respondió Eponi—. No podemos ayudarla si estamos muertos.

Aunque tampoco iban a ayudar a su capitana huyendo. Necesitaban un objetivo, algo que pudiera ayudarles a entrar en el puente.

—Podríamos volar la puerta —dijo Sai—, si encontráramos suficientes explosivos.

—Oh, sí, tiene mucho sentido. —Eponi echaba vistazos rápidos a los carteles que pasaban, marcando las zonas de la nave con grandes letras. Estaban a punto de dejar el área administrativa del puente y entrar en las residencias VIP—. Bombas en naves espaciales. ¿Creía que sabías cómo funcionaba eso?

—Mira, confía en mí —dijo Sai—. Puedo prepararlo para que estemos bien.

—Ese tono me asusta.

—Debería.

Si iban a conseguir explosivos, solo había un lugar en el *Nautilus* que los tendría. El Intendente.

Dejaron de correr en los ascensores centrales, Sai golpeó el botón de llamada mientras Eponi mantenía la vigilancia. El pasillo, sin embargo, estaba tranquilo. Los robots habrían sido llamados a sus estaciones base con el cierre, y cualquier miembro del equipo crema debería haber vuelto a posiciones protegidas. Los soldados enviados desde los barracones podrían tardar un tiempo en ponerse en marcha.

—El botón de llamada no funciona —dijo Sai—. No tengo una pulsera, y los ascensores ya no están libres. Tenemos que esperar a alguien.

—Podríamos tener suerte —dijo Eponi, atreviéndose a pensar que algo en este desastre podría salir bien por una vez.

Antes de que pasara un minuto, con Sai tratando de pensar en otra forma de llegar al Intendente, el ascensor sonó, las puertas se abrieron y una docena de soldados armados les miraron fijamente.

Adiós a la suerte.

10

TRATAMIENTO POSTOPERATORIO

Parche rápido. Si alguna palabra definía la actitud de DefenseCorp hacia la atención médica, Rovo elegiría esa. Coser a la persona hasta que pudiera empuñar un rifle y enviarla de vuelta al frente. En su rol anterior, había leído los estudios y análisis, y Rovo vio los datos crudos que indicaban que la mayoría de los soldados de DefenseCorp se jubilarían o morirían antes de que los efectos acumulativos de apresurar a alguien de vuelta a la línea tuvieran un impacto real.

En otras palabras, usar y desechar.

Sin embargo, tendido bajo una anestesia ligera mientras los robots y los médicos hacían su trabajo, Rovo apreciaba la rapidez con la que los medicamentos aniquilaban su dolor, los geles curativos eliminaban y reemplazaban la piel quemada, y los cirujanos con sus láseres manuales extirpaban y reconstruían sus pulmones carbonizados.

—Estarás más débil durante una semana más o menos. Te recomendaría descansar durante ese tiempo —explicó uno de los médicos, su voz llegando nublada y onírica a la conciencia de Rovo—. Para entonces, tu cuerpo debería haberse recuperado. No al cien por cien, entiéndeme, y te aconsejaría encarecidamente que evites recibir otro impacto sin protección en tus vías respiratorias, pero podrás volver al servicio activo.

Rovo habría dicho algo en respuesta, habría reunido las fuerzas para agradecer a los cirujanos sus esfuerzos, pero la conexión entre su cerebro y su boca se había perdido.

—Si estás intentando hablar, no te preocupes. Deberías recuperar la voz pronto. Te mantendremos aquí durante el próximo día para asegurarnos de que todo va bien. Mañana estarás de vuelta en los barracones, lo que seguro te emociona escuchar —dijo el cirujano, y Rovo captó los extremos de una sonrisa en las mejillas del hombre.

Barracones que no tenían espacio para Rovo. El personal de la enfermería eventualmente descubriría quién era. ¿Merecía un potencial criminal el mismo tratamiento que un soldado activo de DC?

Esa pregunta persistió mientras los proveedores terminaban, los miembros humanos disminuyendo hasta que solo los robots flotaban sobre el cuerpo de Rovo. Terminaron de coser a Rovo, y cuando la última revisión de signos vitales salió verde, la cama se estremeció cuando un robot de enfermería conectó su camilla a su enlace y lo sacó rodando.

Toda la operación había tomado menos de treinta minutos de principio a fin. Con un simple estimulante, Rovo podría ser lanzado al combate ahora, aunque podría arrepentirse más tarde. Un procedimiento eficiente destinado a mantener a los soldados recibiendo y dando rayos láser tanto como fuera posible.

El robot de enfermería llevó a Rovo al segundo nivel, a uno del centro y de los pacientes más críticos de la enfermería. El viaje fue suave, sobrenaturalmente así, como lo era todo lo que hacían los robots. Sin vacilaciones, sin preguntas, sin preocupaciones por parte del cuidador de Rovo, ni siquiera cuando un rostro que parecía haber tenido un mal día alcanzó la cama.

—Dime que eres Rovo —dijo el hombre, con la amargura que viene con haber sido agraviado impregnando su voz. El uniforme del hombre, esas franjas carmesí y negras, daban razones por las que eso podría ser—. No mientas ahora, porque soy bueno detectando mentiras.

Rovo parpadeó. Su garganta le raspaba ahora, y sus manos y piernas se estremecían con un potencial nervioso, pero lo más probable es que el hombre no lo supiera. Si Rovo tuviera que elegir un lado del espectro de la inteligencia para el tipo, se inclinaría hacia la idea de que había sido reclutado para dar golpes.

—Eso servirá —dijo el hombre—, si no puedes hablar. Parpadéalo. Una vez para sí, dos para no.

Rovo parpadeó.

—Ahora estamos en marcha —continuó el hombre mientras el robot de enfermería encontraba la habitación de Rovo y lo metía rodando—. Escucha con atención ahora, porque no voy a querer repetir esto. No tengo tiempo.

Pequeños pinchazos puntuaron las palabras del hombre mientras el robot de enfermería conectaba varios sueros intravenosos a los brazos de Rovo. Los monitores alrededor de la habitación se iluminaron con números que Rovo no podía interpretar, pero los diversos verdes, rojos y amarillos sugerían que el novato no estaba precisamente en la cima de la salud.

Todavía.

—Aquí está la cosa —el hombre se sentó al final de la cama de Rovo, acunando una pistola en su regazo—. He oído decir que eres tú el que podría tener la respuesta que estamos buscando. ¿Sabes a qué me refiero?

Rovo parpadeó dos veces.

—Me lo imaginaba. Ustedes, los tipos de infantería, nunca fueron rápidos para captar lo que ha estado sucediendo bajo sus pies todo este tiempo. —El hombre hizo un gesto hacia Rovo con su pistola—. Siempre tan concentrados en pelear que se perdieron por lo que realmente estaban luchando.

Rovo no parpadeó, no hizo nada excepto probar los nervios de sus dedos, sus dedos de los pies. El suero inundó a Rovo de calor, pero los hormigueos en las extremidades le dijeron que podía moverse, podía hacer algo si llegaba a eso.

Aunque, Rovo realmente, realmente no quería recibir otro disparo. Una vez hoy era suficiente.

—Estás aquí porque necesitamos saber algunas cosas —el hombre adoptó un tono discursivo, como si Rovo fuera un estudiante y el hombre un sabio maestro—. Hay una niña pequeña que estamos buscando. Olvido su nombre en este momento, pero creo que sabes de quién estoy hablando.

¿Mentir o no? A pesar de sus palabras, el hombre aún sonaba maltrecho. Ahora que Rovo lo veía mejor, apoyado en el respaldo inclinado de la cama, parecía como si hubiera recibido un par de golpes. Arriesgarse a una explosión de frustración no parecía valer la pena si el hombre ya tenía la información correcta.

Rovo parpadeó una vez.

—Buen chico, buen chico —el interrogador se inclinó hacia Rovo—. Entre tú y yo, me llamo Conyers. Pensé en ser justo, ya que conozco el tuyo. —Conyers se rascó la nariz y miró hacia afuera de la habitación, hacia la oscuridad salpicada de neón de la bahía médica—. La siguiente parte de esta sesión, y es la más importante, es el paradero de la chica. ¿Lo tienes?

Rovo parpadeó dos veces.

Conyers asintió. —Lo sospechaba. Enviaron a Zaydi tras ustedes dos porque es una borradora, y no lo habrían hecho si hubiera quedado claro que sabías dónde estaba la chica. Desafortunadamente, eso significa que ya no estamos en buenos términos.

El agente, asesino, Rovo no estaba seguro de cómo llamar a Conyers, sostuvo la pistola en vertical frente a su rostro y suspiró. Rovo intentó parpadear una vez. Luego dos. Pero Conyers no estaba mirando.

Conyers apuntó la pistola al rostro de Rovo con un movimiento lento. Movió un dedo hacia el gatillo.

Ahora o nunca.

Rovo intentó moverse, intentó saltar de la cama, pero descubrió que sus piernas se agitaban sin fuerza y sus brazos apenas podían temblar lo suficiente como para provocar una risa de Conyers.

—Amigo mío, te va a tomar más tiempo que eso para recuperarte —dijo Conyers—. Pero no te preocupes, porque si fallo, simplemente te remendarán. El mejor lugar para recibir un disparo en toda la nave, justo aquí.

De nuevo la pistola se niveló, ese cañón negro mirando a Rovo directamente a la cara.

Con Zaydi, el ataque había sido rápido. Una lucha instintiva por sobrevivir que impidió cualquier introspección real hasta después. No hubo vida pasando frente a los ojos de Rovo en ese momento, ¿y ahora? Rovo no tenía tiempo para eso.

Seguía intentando forzar sus músculos a moverse, y los nervios respondían diciendo que lo estaban intentando con todas sus fuerzas, pero los músculos carecían de motivación. No había oportunidad. Rovo cerró los ojos, tomó una última bocanada de aire esterilizado y saboreó el aroma médico mientras bajaba a sus pulmones quemados.

Conyers no disparó.

Rovo entreabrió un ojo. El hombre aún tenía la pistola apuntando a su cabeza, pero Conyers movía los ojos, mantenía el silencio. Esperando, o buscando algo.

—¡Arriba! —gritó una voz desde fuera, maltrecha y con un tinte nebuloso de Casparian.

Conyers levantó la mirada hacia el techo de la habitación, llevando la pistola con él. Un estruendo sacudió la habitación, haciendo temblar la cama de Rovo y balanceando las bolsas de suero. ¿Estaba el *Nautilus* bajo ataque? ¿Acaso uno de los robots enfermeros se había vuelto rebelde al ver la pistola y había venido en defensa de Rovo?

El segundo estruendo vino acompañado de un crujido, con el delgado techo de la habitación fracturándose y cayendo. Conyers disparó, el tiro se perdió en el techo que se derrumbaba.

Abriendo una entrada.

Gregor cabalgó los escombros hacia abajo, aterrizando sobre Conyers, sobre Rovo, e inclinando la cama, enviando a los tres hombres a amontonarse en su base.

Rovo rodó, sintiendo cómo se arrancaban los sueros, y pasó por encima de Gregor para caer en el suelo de la habitación. Justo en el umbral de la puerta, con la cabeza de un lado y los pies del otro. Gregor luchaba con Conyers, ambos propinándose golpes mientras se enredaban con la cama, las sábanas y los pedazos del techo.

Con sus manos y piernas volviendo a la vida, Rovo se giró, observó la lucha y notó que la pistola de Conyers había resbalado cerca de su cabeza. Si pudiera alcanzarla, tal vez...

—Ríndete, monstruo —dijo el Casparian, pasando por encima del cuerpo tendido de Rovo y apuntando otra pistola a Gregor—. Si dejas de pelear ahora, no mataremos a tu amigo.

Gregor le propinó otro buen golpe a Conyers, luego se detuvo, dirigiendo al Casparian la mirada inexpresiva de un guerrero que conocía a su próxima víctima. Rovo seguía intentando alcanzar la pistola. Conyers se empujó a sí mismo a un metro de distancia hacia la pared lateral de la habitación, jadeando entre respiraciones maltrechas.

—No matarás a mi amigo porque no tendrás la oportunidad —dijo Gregor.

—Palabras audaces —replicó el Casparian—. Conyers, ¿quién es el que conoce a la chica? No es él, ¿verdad?

Rovo se estremeció. Un centímetro más. Su brazo izquierdo ya estaba en posición. Solo tenía que levantar el hombro y tendría la pistola.

—Dispárale —dijo Conyers—. Es un imbécil.

—No es lo que pregunté —dijo el Casparian—. Sé que es un imbécil. Lo que quiero saber es si tendremos problemas si termina muerto.

Otro espasmo. Sus dedos tenían el agarre.

—No los tendremos. —Conyers se sumió en un ataque de tos, hablando entre los intervalos—. No sabe nada.

—Bien.

El Casparian fue por el gatillo, y Rovo disparó. Su tiro salió bajo, fallando todo excepto las sábanas arrugadas al pie de su cama, que absorbieron la energía caliente del láser y estallaron en llamas azul-naranja. El Casparian se sobresaltó, Gregor no.

Los Casparianos como especie son seres ligeros, mantenidos unidos más por una sustancia etérea que por huesos. Cuando Gregor propinó uno de sus característicos ganchos, su golpe casi atravesó al Casparian como un puño a través de la gelatina.

Casi.

El alienígena voló hacia atrás a través de la puerta, sus

pies pateando a Rovo al pasar. La criatura ni siquiera logró soltar un grito. Un KO de un solo golpe que habría arrancado un vítore de Rovo si su boca hubiera podido manejarlo. Gregor se volvió hacia Conyers, las sábanas ahora realmente ardiendo y enviando humo, activando las alarmas de la bahía. Robots médicos, personal de seguridad, cualquiera que estuviera cerca llegaría rápido.

—La próxima vez —dijo Gregor, luego empujó la cama sobre Conyers, atrapando al hombre—. Rovo, es hora de irnos.

Rovo habría asentido, pero en su lugar se aferró con fuerza a la pistola mientras Gregor lo levantaba, salía de la habitación y corría hacia la rampa de salida de la bahía médica. No exactamente siguiendo las órdenes de su doctor, pero Rovo estaba vivo, y a veces, eso era suficiente.

11

INFESTACIÓN

La reunión informativa comenzó puntualmente, mientras Aurora aún tenía el burrito de desayuno elaborado en el laboratorio en la boca. Los otros oficiales de DefenseCorp solían ser descuidados con sus tiempos, especialmente cuando se trataba de Sever. El escuadrón sería lanzado en medio del desastre con objetivos simples y peligrosos. No necesitaban el cuidado y la atención que requerían otros escuadrones y otras flotas.

Pero Deepak siempre se encadenaba al reloj.

Aurora reprimió una sonrisa mientras Deepak pasaba a la siguiente misión, un contrato de limpieza en un mundo vertedero que sus propietarios querían purgar antes de ponerlo a la venta. Suficientes personas se negaban a moverse, suficientes robots se habían vuelto salvajes con programación corrupta, que se había recurrido a DefenseCorp para limpiarlo todo.

Sever Escuadrón, por supuesto, sería enviado a la boca del lobo. Un enclave lleno de disidentes descontentos, con armas fabricadas a partir de los desechos que quedaron después de la minería a cielo abierto del planeta.

Mientras Deepak explicaba las rutas, le guiñó un ojo a Aurora, y luego colocó a Sever Escuadrón justo en la retaguardia. Servicio de reserva, una posición de bajo riesgo y baja recompensa que prometía tiempo observando la lucha desde lejos. No era para lo que Aurora se había inscrito, no era el papel que llenaría sus cuentas con el dinero de las recompensas que DefenseCorp otorgaba por rendimiento.

El capitán de Sever, a su lado, resopló por lo bajo, y Aurora no pudo estar más de acuerdo. Deepak vio su mirada, tomó un gran trago en medio de la reunión, y cuando concluyó, cuando Deepak se quedó para hablar, Aurora no lo hizo.

El puente resultó ser una mala idea. Deepak y Aurora escoltaron al oficial quejumbroso a través de la gran puerta doble hacia el brillante espacio del *Nautilus*. Una enorme burbuja curva tallada en el costado del asteroide, el puente resplandecía con su vista panorámica del espacio. Como en tantas naves, el puente proyectaba su suelo hacia adelante, con lados descendentes que daban espacio para que miles de oficiales e ingenieros manejaran todo el trabajo minuto a minuto necesario para mantener al *Nautilus* en vuelo.

En la parte delantera del puente, el timón se alzaba imponente. Dos pilotos trabajaban en sincronía para mantener el *Nautilus* en movimiento, sus matrices de pantallas se fusionaban con la burbuja de cristal, proyectando datos hacia arriba y sobre la barrera transparente. Niveles de energía, correcciones de curso y quién sabe qué más volaban a través de su vista.

Extendiéndose desde la división central por la que caminaban Aurora y los demás, el puente descendía en niveles escalonados organizados según su importancia para el almirante. Las comunicaciones venían primero, con su diseño tipo mezzanine fluyendo hacia afuera. Debajo de eso, los niveles dedicados a varios sistemas daban paso a secciones específicas de la misión destinadas a manejar preguntas y solicitudes entrantes de los escuadrones en acción.

Sever probablemente tenía uno de estos mientras estaban en Dynas, aunque Aurora no tenía forma de contactar al *Nautilus* durante la mayor parte de esa misión.

Pocos ojos se volvieron para observar al trío entrante, y aquellos que lo hicieron tomaron la rápida decisión de no participar, volviendo a sus tareas sin un grito, una pregunta o cualquier preocupación.

El aire fresco arremolinaba en el espacio más amplio, llenando los huecos silenciosos mientras Deepak y Aurora llevaban al oficial hacia el centro del puente, donde varias consolas se encontraban a la altura de pie para el almirante. El parloteo de las comunicaciones aumentó, preguntas que atravesaban el puente llevando indicios de que el *Nautilus* no estaba del todo bien. Se había encontrado un cuerpo en los cuartos de huéspedes, y un equipo de seguridad había desaparecido.

Nada de eso hizo que los nervios de Aurora se dispararan.

No, eso ocurrió cuando Deepak empujó al oficial contra las consolas, donde el hombre se estabilizó. Deepak sacó la pistola que aún tenía de los guardias y la apuntó hacia Aurora.

—Lo siento —dijo Deepak, apuntando el arma hacia ella mientras el oficial se sacudía—. Tengo demasiadas vidas en esta nave para sacrificarlas por ti.

—Ya las estás perdiendo si crees que él va a olvidar lo que hiciste allá atrás —respondió Aurora.

—No necesito olvidar —Renard se puso de pie, apoyándose en una consola para sostenerse—. Deepak entiende de dónde viene su carrera y quién puede garantizarla. —Negó con la cabeza cuando Deepak comenzó a hablar, y el almirante mantuvo la boca cerrada—. Si ambos se quedan callados por un momento, vamos a comprobar si he cometido un terrible error.

Mientras el oficial se volvía hacia las consolas, abriendo la pantalla de comunicaciones y dictando nombres para contactar, Aurora volvió a lo que había hecho en la sala de reuniones. Analizar la situación, encontrar debilidades y explotarlas.

La pistola desenfundada de Deepak había atraído miradas, pero no la alarma sostenida que debería haber causado un arma en el puente. Aurora vio ceños fruncidos, vio algunas sacudidas de cabeza, pero la mayoría se mantuvo agachada y ocupada con sus trabajos. O Deepak les había dicho lo que podría estar pasando, o ya habían decidido unirse al equipo de Renard.

Pero entonces, todos en el puente eran oficiales. No un escuadrón que se lanzaba a contratos en mundos peligrosos. Deepak dijo que tenía que salvar las vidas de su gente. Tal vez se refería a este grupo, tal vez se refería a estas vidas.

—Cinco personas, Aurora —dijo Deepak—. Eso es todo. Cuando vino al *Nautilus* y nos pidió que fuéramos tras de ti, ¿qué se suponía que debía hacer?

—No matarían a todos —respondió Aurora.

Deepak tenía la pistola, pero no había desarmado a Aurora. Ella no podía sacar y disparar mientras él la tenía bajo la mira, pero con una distracción o un cambio repentino, Aurora podría ser capaz de lograr algo. Solo necesitaría prestar atención.

—Esto es un lado diferente de DefenseCorp. No sé de qué son capaces —dijo Deepak—. Ni siquiera sé cuántos hay en mi nave. En este puente. Me amenazó con las vidas de mi tripulación, y le creo.

—Entonces estás haciendo exactamente lo que él quiere.

Deepak negó a medias con la cabeza cuando Renard se dio la vuelta, con una mirada fulminante dominando su rostro.

—¿Malas noticias? —dijo Aurora.

—Bastante —respondió Renard—. Al parecer, tu escuadrón es muy capaz. Deberías estar orgullosa.

—Lo estoy.

El oficial asintió y luego extendió la mano hacia Deepak.

—Su arma, almirante.

Deepak dudó.

—No me hagas pedirlo de nuevo —dijo Renard—. Las circunstancias están cambiando. El *Nautilus* debe considerarse una zona de guerra hasta que se despache a Sever Escuadrón. Bloquearás este puente y ordenarás a tus soldados que regresen a sus barracones mientras mi gente completa la misión.

Esta vez, Deepak no esperó. Pasó junto al oficial hacia las consolas y activó el proceso de bloqueo. Un único alarma dejó escapar un chillido mientras las luces superiores parpadeaban. Eso llamó suficiente atención como para que Deepak tuviera que decirles a todos que no se preocuparan, una declaración que, con Renard apuntando la pistola a Aurora, contenía tan poca verdad que ella no pudo reprimir una risa.

—¿Te parece gracioso todo esto? —dijo Renard—. Porque yo lo encuentro mortalmente serio.

—Estoy segura de que sí —dijo Aurora—, y créeme,

seguirás sintiéndote así cuando te metamos en una esclusa de aire.

—Sin duda.

Deepak siguió el bloqueo con una transmisión ordenando a todos los soldados que regresaran a sus barracones para esperar asignaciones, una orden ridícula pero que Aurora sabía que sería obedecida. Toda esta gente dependía de DefenseCorp para su dinero, ¿y quién arriesgaría eso cuestionando una orden?

—Ahora —continuó Renard—, me gustaría que hicieras algo por mí.

Como si fuera a hacerlo.

—Por favor, dime qué es para que pueda decirte que te vayas a...

—Aurora —dijo Deepak, interrumpiendo desde la consola—. Por una vez, piensa en la nave. Haz lo que él necesita, y podrías salir de esta con vida. Toda esta gente podría salir de esta con vida.

¿Quién sabía que Deepak era tan cobarde? Aurora no había imaginado que el almirante tuviera tan poca columna vertebral.

—Escucha a tu almirante —dijo Renard.

—Ya no es mi almirante.

—Puedo ver por qué. Claramente te falta la disciplina para ser una buena soldado de DefenseCorp, pero quizás puedas ayudar a tu escuadrón de todos modos. —Renard señaló hacia la consola—. Emitirás una transmisión por toda la nave ordenando a tu escuadrón que se coloque fuera de estas puertas. Una vez que lleguen, tendremos una discusión, determinaremos la ubicación de la chica y pondremos fin a este conflicto.

En la experiencia de Aurora, nada de lo que Renard acababa de decir se acercaría ni remotamente a poner fin al conflicto. Sever olería esa trampa a kilómetros. Pero darle a Aurora el comunicador le daría poder. No podía dejar pasar eso.

—¿No matarás a mi escuadrón? —preguntó Aurora.

—Claramente eso no es muy fácil —respondió Renard, manteniendo aún esa pistola nivelada. Nada que ver con el agarre flojo en la sala de reuniones. O Renard había fingido ser un debilucho, o se había recuperado del vuelco de la mesa—. Mi misión es la chica. Ustedes no son nada.

—Bien. —Aurora miró más allá del oficial—. Oye, Deepak. ¿Has terminado allí?

El almirante se hizo a un lado, y Renard le dio a Aurora un camino pasando junto a él hacia el comunicador. Ella dio un paso, luego otro que la llevó a la altura del oficial. Sus ojos se encontraron con los de Deepak, y él debió haber reconocido ese fuego, esa determinación, porque los del almirante se abrieron de par en par, su cabeza comenzó a sacudirse.

Demasiado tarde.

Aurora giró bruscamente a la izquierda, retorciendo su cuerpo para alejarlo de la línea de tiro de la pistola. Renard no logró disparar. El dedo del hombre en el gatillo no estaba listo, su mente aún pensando que había ganado esta ronda. Aurora agarró la muñeca del oficial, lanzó un golpe a la garganta del hombre que lo hizo ahogarse.

Con una patada fuerte, Aurora envió a Renard volando fuera del puente, cayendo los dos metros hasta el nivel inferior. Mientras el oficial caía, Aurora dejó que su mano se deslizara por la muñeca del hombre, arrancando la pistola y volteándola a su propio agarre mientras el oficial se estrellaba contra las consolas de abajo. Continuando el movimiento, Aurora apuntó la pistola robada hacia Deepak mientras sacaba la que aún tenía en su cinturón.

Igualando la puntería para poner un arma sobre cada uno, aunque Renard parecía haber perdido el conocimiento, Aurora se permitió una pequeña sonrisa en su rostro.

—Lo siento, Deepak. La oportunidad estaba ahí.

—Aurora —dijo Deepak lentamente—. Mira a tu alrededor.

Las sillas se movieron, algunos insultos fluyeron mientras los miembros del personal a lo largo del puente se levantaban de sus estaciones. Varios sacaron pistolas propias, y al menos dos sacaron rifles de debajo de sus consolas. Mientras Aurora recorría el puente con la mirada, contó al menos un tercio sosteniendo armas apuntando hacia ella o hacia otros miembros de la tripulación.

—Como dije —suspiró Deepak—, esto no es solo un tipo. Es una infestación.

Sin cobertura. Sin lugar a donde correr.

—Suelta las pistolas —dijo una mujer con rifle, subiendo los escalones alrededor de la plataforma principal del puente hasta el centro del escenario—. No lo pediré de nuevo.

—Hazlo, Aurora —dijo Deepak—. Han estado tomando el control del *Nautilus* durante meses. No había nada que pudiera hacer.

A Aurora ya la habían desarmado con una pistola en la cara dos veces hoy, y una tercera vez resultaba una experiencia enloquecedora. Quería darse la vuelta, disparar rápidamente y eliminar a la que sostenía el rifle, luego correr y disparar por todo el puente para acabar con el resto.

Eso es lo que le decían sus emociones. La parte que leía la situación con la mente de una capitana de escuadrón decía que Aurora no viviría más allá de unos segundos.

—¿Todo esto por una chica? —dijo Aurora, bajando las pistolas.

—Todo esto por lo que ella es —respondió Deepak—. Todo esto por lo que viste en Dynas.

—Dynas fue un desastre. Un fracaso.

La mujer se acercó a Aurora y le quitó las pistolas. Otros comenzaron a atender al oficial, que gimió mientras lo sacaban del escritorio que había usado como almohadilla improvisada. Aurora esperaba que aún tuviera algunos fragmentos de vidrio clavados.

—Eso dijiste —Deepak puso una mano en el hombro de Aurora—. Aparentemente, ellos ven las cosas de manera diferente, y te ven como una amenaza para sus planes.

—Bien. —Aurora miró hacia el comunicador—. ¿Supongo que ahora puedo hacer mi anuncio?

Se oyó una tos desde abajo. Renard se puso de pie, con ayuda de uno de los otros traidores. Le ofreció a Aurora una mirada de plástico mientras cojeaba hacia las escaleras. Aurora no podía hacer mucho excepto observar a Renard hacer su lento camino alrededor. Para sentirse mejor, Aurora echó un largo vistazo al rifle que le apuntaba a la cara, luego encontró los ojos del agente que lo sostenía, y negó con la cabeza lenta y prolongadamente.

La mirada desconcertada del agente calentó el corazón de Aurora. Con suerte, el agente pensaría que algo andaba mal con su rifle, o incluso con la forma en que lo sostenía. Siempre era divertido jugar con tus captores.

Cuando Renard llegó hasta ellos, varios golpes fuertes provinieron de las puertas selladas del puente, atrayendo la mirada de Aurora y de todos los demás. Un hombre de abajo dijo que había dos civiles armados afuera.

—No se acerquen a esas puertas —croó Renard, su voz hecha un desastre después del golpe de Aurora—. Son hostiles y nos ocuparemos de ellos cuando estemos listos. En cuanto a esta, he cambiado de opinión. Llevadla a la esclusa de aire y arrojadla afuera.

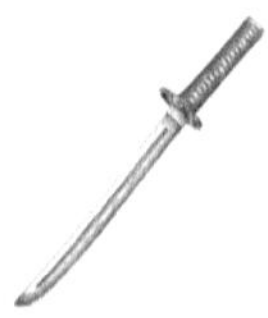

12

VIEJOS AMIGOS

Dos contra diez no eran buenas probabilidades. Especialmente cuando esos diez soldados llevaban puestos sus chalecos, rifles listos, y parecían no desear otra cosa que enfrentarse a una fuerza invasora. Sai y Eponi, armados y sin armadura, no eran una fuerza invasora. Ni siquiera eran un dúo invasor.

Simplemente tenían mala suerte.

—¿Sai? —dijo una voz cerca del frente mientras las tropas levantaban sus rifles y los dos de Sever bajaban los suyos—. ¿Qué haces aquí?

El comandante del escuadrón, un hombre canoso y agotado que había sido golpeado por mil batallas y seguía volviendo por más, emergió de su grupo con un ojo entrecerrado. Jarret Jones, o JJ para aquellos a quienes no se había molestado en derretir con su rifle, se había hecho un nombre entre los oficiales de DefenseCorp como un tipo de las filas.

A JJ le gustaba el barro. Se quedaría en él toda su vida.

—Larga historia, comandante —dijo Sai—. Digamos que estamos lidiando con un problema.

—¿Ese problema tiene algo que ver con la alarma? —dijo

JJ, y luego notó los brazos en alto de su escuadrón—. Escuadrón Beacon, dispérsense. Revisen el corredor y mantengan el camino hacia el puente. Estos dos no son el enemigo.

Beacon, un grupo más grande que Sever y designado para misiones que necesitaban más botas en el terreno, tomó las palabras de JJ como evangelio y se puso en marcha. Por un segundo, Sai se sintió como una roca colocada en medio del camino de un río embravecido mientras las tropas se derramaban desde el ascensor y se dirigían hacia el puente.

—Dime que no estoy cometiendo un error con esa orden —dijo JJ, con las manos planas contra su cintura, mirando a Sai—. Luego sigue hablando, porque lo último que supe es que habías muerto en una misión de la que no tenía derecho a saber nada.

—¿Conoces a este tipo? —interrumpió Eponi, sus ojos yendo y viniendo entre Sai y JJ.

—El primer oficial bajo el que serví con DC —dijo Sai —, y uno malditamente bueno.

—¿Por eso te fuiste? —JJ sonaba como si necesitara un cigarro—. ¿Beacon era demasiado bueno para ti?

—Beacon no pagaba lo suficiente para alimentar a mis hijos —respondió Sai—. No tiene nada que ver contigo.

JJ asintió, sus ojos brillando mientras los pasaba sobre las armas de Sai y Eponi—. Este es el trato. Ustedes dos van a caminar conmigo hasta el puente. A Beacon se le ha encargado asegurarse de que lo mantengamos a salvo de cualquiera de estos payasos que estén atacando nuestra nave. Me contarás tu historia en el camino, y asegúrate de incluir por qué estás sosteniendo esa espada en ropa de civil.

Había personas en DC en las que Sai no confiaría con la verdad. Algunas que tomarían cualquier cosa que Sai soltara y encontrarían la manera de convertirla en más dinero para ellos mismos, o una posible promoción, o simplemente para clavar a un desertor. Sin embargo, Sai había compartido las trincheras con JJ. Había cabalgado junto al comandante en la rebelión de plasma en Cóndor Tres. Había sofocado una insurrección de las especies nativas en Lector Cuatro.

No sobrevives a enfrentamientos como esos sin aprender mucho sobre el hombre que está a tu lado.

Con Eponi siguiéndolos detrás y ofreciendo comentarios ocasionales, en su mayoría sobre cuánto trabajo tendría que hacer reparando y limpiando el *Prisa*, Sai describió los ataques que habían ocurrido desde que Sever había encontrado su camino de vuelta a bordo del *Nautilus*.

—Así que me estás diciendo que nuestros agentes, agentes de DC, están tras tu escuadrón —reflexionó JJ mientras avanzaban por el pasillo que parpadeaba en rojo—. Antes de que llegues al por qué, no quiero saberlo.

—¿No quieres saberlo?

Los ojos de JJ miraron hacia adelante y dio el más pequeño asentimiento hacia los soldados del frente—. Mantienes tu lugar en una compañía como esta no metiéndote en asuntos que están por encima de tu salario. Todos estos chicos y chicas cuentan conmigo para mantenerlos a salvo, Sai. No voy a hacer eso aprendiendo la cosa que está poniendo dianas en sus espaldas.

—Pero nosotros tampoco intentamos aprenderlo —dijo Sai—. DefenseCorp nos envió a Dynas, JJ. No es como si hubiéramos tenido elección.

—Mala suerte, entonces —dijo JJ—. El punto es que parece que están en una situación complicada. Sabes que no tengo amor por los espías, Sai. Nadie aquí lo tiene, pero han estado infestando nuestra nave como ratas estelares últimamente. O trabajamos con ellos, o encontramos un cuchillo en nuestros cuellos.

Sai podía entender eso. Aurora había mencionado la misma filosofía a Sai muchas veces. Mantener al escuadrón con vida por encima de todo, una responsabilidad que recaía en el comandante más que en cualquier soldado individual. Excepto que, a veces, mantener al escuadrón con vida significaba hacer más que lo que estaba inmediatamente frente a ti.

En los días de misiones por dinero, Sai había abrazado el molde de DefenseCorp y se había mantenido en sus líneas. Sever ofrecía misiones más duras por más dinero, pero por lo demás mantenía las cosas igual: entrenabas con tus compañeros de escuadrón, te recuperabas durante el tránsito, luego te lanzabas a unos días de combate infernal antes de repetir. No había habido ninguna razón para mirar más allá del objetivo actual, ninguna necesidad de pensar en las maquinaciones más grandes de DefenseCorp.

—Eso ya no va a funcionar, JJ —dijo Sai—. Lo creas o no, DefenseCorp está cambiando.

—¿Ah, sí? ¿Porque resulta que ahora estás fuera?

—Sí —dijo Sai—, porque ahora puedo verlo realmente.

—Ilumíname —replicó JJ—. Si puedes hacerlo sin que me maten.

—DC quiere que sean mejores soldados, pero no quieren hacerlo con equipamiento —dijo Sai—. Quieren cambiarlos, convertirlos en armas biológicas en lugar de mecánicas.

JJ se rió—. ¿Acabas de leer un libro o algo así? El proyecto Raider terminó hace mucho tiempo.

Sai había oído hablar de ellos, los soldados supersoldados originales que habían salido muy mal. Toda la violencia maniática, sin ningún control. Era difícil saber si Dynas apuntaba a algo similar, pero Helix y DefenseCorp definitivamente querían jugar con el código genético de sus fuerzas.

—No sé nada de eso —dijo Sai—. No puedo decirte mucho más sin arruinar tu ignorancia, pero empiezo a pensar que DC se está preparando para hacer una jugada que lo cambiará todo.

—Y cuando lo haga, reaccionaré —dijo JJ—. Hasta entonces, ¿qué tal si ustedes dos se quedan conmigo y solucionamos todo esto con el almirante?

JJ lo preguntó como si fuera una pregunta, pero el verdadero significado pendía en la sombra de la frase: compañero de escuadrón o no, si Sai intentaba escapar, se encontraría con un láser en la espalda.

Llegaron a la puerta sellada del puente, varios miembros del escuadrón formándose alrededor de JJ mientras los otros miembros de Beacon continuaban despejando habitaciones por los otros pasillos a la izquierda y a la derecha. JJ le dijo a Sai y Eponi que se sentaran en el centro de la intersección, y que mantuvieran sus rifles abajo, mientras él iba al panel de comunicaciones fuera del puente y tocaba su pulsera contra él.

—Entonces, ¿tu amigo nos va a sacar de esta? —dijo Eponi—. Porque por la forma en que hablaba, parece que podría sangrar carmesí DC.

—Es un buen hombre —respondió Sai—, pero yo mantendría el dedo en el gatillo inquieto.

—Oh, genial. Porque mira estas probabilidades. Debería haberme quedado en el *Prisa*.

Sai no tenía mucho que decir a eso. Tampoco tuvo tiempo de decir mucho, porque cuando JJ se alejó del panel y su conversación silenciosa, las puertas del puente se estremecieron, luego se deslizaron para abrirse cuando se desactivó el bloqueo.

Aurora estaba de pie en el centro de la puerta, dos agentes con franjas carmesí y negras detrás de ella con pistolas listas. Cojeando alrededor de ellos vino un oficial que Sai no reconoció hasta que Eponi siseó que la cara venía del video que habían visto en Dynas: plástica y, como Gregor lo había dicho, enmascarando un montón de miedo.

El almirante mantuvo su distancia. Deepak estaba un poco más atrás en el puente, hablando con algunos de los miembros del personal. Su voz mantenía las cosas medidas, las palabras decían que Deepak estaba más preocupado por el estado del sistema del *Nautilus* y su dirección actual que por la toma de rehenes que estaba ocurriendo justo fuera de su puente.

JJ conocía a Aurora, tal vez no tan bien como conocía a Sai, pero todos los comandantes de escuadrón tenían sus propios eventos, sus propias reuniones para mantener a los oficiales de la nave en armonía. Sai quería, esperaba, ver un estallido de JJ, pero el estoico comandante se mantuvo en silencio. Dio un paso atrás cerca de Sai y Eponi y juzgó la situación con su pasividad granítica.

—Comandante Jones —dijo el oficial cojeando—. No creo que nos hayamos conocido nunca. Me llamo Renard Phyce.

JJ tomó la mano ofrecida, la apretó una vez, la soltó.

—No puedo decir que lo haya visto por aquí, señor. ¿Le importaría explicarnos qué está pasando aquí? Tiene a un excelente capitán de escuadrón a punta de pistola.

Había ahora seis soldados de Beacon alrededor de ellos, todos con las manos en sus rifles. Dos agentes más el oficial. Sai y Eponi. Sin saber de qué lado se pondrían JJ y sus soldados, Sai no podía moverse para liberar a Aurora. Por su parte, Aurora parecía un poco maltratada pero bien, y le ofreció a Sai una mirada silenciosa que decía que estaba bien.

Por el momento.

—Nada menos que insubordinación, insurrección y deserción —declaró Renard—. Aurora se llevó a su escuadrón después de completar su misión, y ahora han regresado para llevarse el *Nautilus* con ellos.

—¿Qué? —dijo Eponi—. ¿Llevarse el *Nautilus*? Estás loco.

Renard miró a Eponi, estiró un ceño brillante sobre sus labios.

—¿Lo estoy? Aurora intentó agredirme en el puente. Ya asesinó a uno de nuestros hombres. No hay locura aquí, solo evidencia. —Renard se volvió hacia JJ—. Supongo, comandante, que tiene una buena razón para dejar a estos dos traidores armados.

—No me di cuenta de que eran traidores, oficial —dijo JJ—. Lo aclararemos. Sai, Eponi, ¿les importaría dejar sus armas? No queremos que las cosas se pongan picantes ahora.

—JJ —advirtió Sai—. Esta no es la jugada que debes hacer.

La intersección parecía congelada en el espacio, los rostros se desvanecían en el fondo mientras Sai fijaba la mirada en JJ. Intentó, en virtud de la telepatía que existía entre amistades profundas, transmitir cuán malo sería ponerse del lado de Renard. Cuán equivocado.

—No es mi elección, Sai —dijo JJ—. No es que esté feliz por ello, pero un soldado es un soldado. No estoy en esto para tomar este tipo de decisiones.

Los soldados de Beacon se acercaron, el rostro petulante de Renard observando todo el tiempo mientras la fuerza de JJ desarmaba a Eponi y Sai. Una vez más, Sai vio cómo la katana de su familia era robada de su vaina, tomada en manos de un soldado que miraba y sostenía la hoja como si no tuviera idea de qué hacer con ella.

—Gracias, comandante —dijo Renard—. Tengo una petición más para usted. Si pudiera enviar a un par de sus tropas más leales para ayudar a mis agentes, aquí, me gustaría enviar a estos tres por la escotilla de aire. Un juicio sumario por sus crímenes.

—¿Sin juicio? —dijo JJ—. La mayoría...

—Juicio sumario, comandante —repitió Renard—. En caso de que lo haya olvidado, el *Nautilus* está bajo amenaza. Este no es el momento de enredarse en particularidades. Defienda su nave, defienda a su almirante y defienda a su empleador.

—Por supuesto, señor —dijo JJ, haciendo señas a varios soldados de Beacon—. Los escoltaré yo mismo.

—Oh, no creo que eso sea necesario —dijo Renard—. La escotilla de aire no está lejos. Preferiría que se quedara en el puente con el almirante y conmigo para asegurarnos de que estamos lo más seguros posible. Hay, creo, dos miembros más de Sever en algún lugar de esta nave.

Sai vio a JJ debatirse con la petición de Renard. JJ se enderezó, le dio a Renard una mirada nivelada que decía que no era estúpido, luego ladró la orden a los cuatro soldados de Beacon que se habían formado alrededor de Sai y Eponi.

—Sai —dijo JJ mientras los soldados tomaban los brazos de Sai con los suyos—. Ha sido un honor. Lamento que las cosas tuvieran que terminar así.

—Yo también, JJ. Yo también —dijo Sai mientras los soldados los formaban en una línea con Aurora.

Juntos, los tres marcharon hacia una escotilla de aire de emergencia cercana, una destinada a ayudar a evacuar a los oficiales si el *Nautilus* caía bajo fuego enemigo. Una a punto de ser utilizada para enviar a Sever a una muerte eterna y congelada.

—Al menos no dolerá —murmuró Eponi—. Mejor de lo que esperaba, viniendo aquí.

Sai, sin embargo, no estaba prestando mucha atención a los murmullos de Eponi. Más bien, tenía los ojos en las manos de Aurora. Ella las mantenía sueltas al frente, los dedos trabajando muy ligeramente en un lenguaje que pocos conocían, enviando un mensaje que Sai estaba más que feliz de leer:

Prepárate.

13

DIPLOMACIA

G regor estaba dentro del lavabo, esperando a la izquierda de la puerta mientras el escuadrón afuera pasaba apresuradamente, dirigiéndose de vuelta hacia la bahía médica. Rovo estaba sentado en el inodoro, respirando lentamente. Las respiraciones rápidas y profundas lastimaban los pulmones reparados del novato, según decía.

Cargando a Rovo como a un niño, Gregor había logrado alejarse de los robots médicos, los doctores curiosos —un cirujano, al parecer dándose cuenta de que Gregor no iba a detenerse, había gritado "¡ten cuidado!"— y los dos agentes que los perseguían. La luz roja del pasillo sugería lo que estaba a punto de suceder, y después de unos segundos de avanzar ruidosamente por el pasillo vacío, el sonido de apertura de un ascensor hizo que Gregor se dirigiera a un pequeño lavabo.

—Esconderse en un baño —dijo Rovo, tosiendo mientras hablaba—. No puedo decir que hubiera imaginado esto.

—Hacemos lo que debemos para sobrevivir —Gregor se miró en el espejo, asintiendo ante su aspecto magullado. Se había ganado esos moretones—. Ahora tenemos que hacer un plan.

—¿Un plan? —Rovo se sujetó el pecho con un brazo—. Por si no te has dado cuenta, toda la nave está en confinamiento. Los escuadrones están peinando los pasillos. No hay forma de que volvamos a la *Prisa*. Si es que todos siguen vivos.

—Lo están.

—¿Cómo lo sabes?

—Porque somos Sever Escuadrón —dijo Gregor—. Somos mejores que los que nos persiguen.

—Repito, estamos escondidos en un baño.

—Y somos más inteligentes también.

Sin embargo, el novato tenía un punto. Gregor llevaba ropa civil maltratada, mientras que Rovo aún vestía una bata azul cielo de la bahía médica. El novato no tenía un arma, ni siquiera zapatos. Llegar a cualquier parte sin preguntas sería difícil. Responder cualquier pregunta sin que les dispararan sería imposible.

A menos que...

—Volvemos por el traje —dijo Gregor—. Abajo.

—¿Cómo dices?

Rovo miró al suelo, y Gregor se preguntó si el novato estaba a punto de vaciar su estómago en las baldosas grises y lisas.

—De vuelta a los laboratorios —dijo Gregor—. Justo debajo de nosotros. Tomamos el ascensor más cercano un nivel abajo, y estamos allí.

—No tenemos una pulsera ni una identificación —Rovo soltó las palabras de golpe, luego cerró la boca de golpe.

—Déjame eso a mí —respondió Gregor—. Tú quédate aquí.

—Puedo hacerlo.

Gregor, nunca un hombre dado a la sutileza, se acercó a la puerta del lavabo y parpadeó cuando esta se abrió por sí sola. El pasillo salpicado de rojo recibió a Gregor, lleno de los sonidos de una nave en leve pánico. Las botas resonaban por el pasillo, sus ecos staccato adquiriendo tonos metálicos mientras se mezclaban con órdenes gritadas y los ocasionales anuncios por megafonía llamando a los escuadrones a sus puestos.

El grandullón tenía que tomar una decisión al salir del baño. O intentar escabullirse, corriendo de un lugar a otro con la esperanza de que nadie lo viera, o abrazar el momento y actuar como si Gregor estuviera exactamente donde debía estar.

Detrás de él, Rovo gimió.

No era el momento de aprender el arte del espionaje.

Gregor salió al pasillo, manteniendo los brazos despejados, los hombros nivelados y su rostro cubierto con una sonrisa suelta y nerviosa. Como la que podría tener un civil atrapado fuera de su sección durante una redada. Al menos tan bien como Gregor, un tipo fornido que parecía pertenecer a un uniforme, podía fingir.

El brillante letrero del ascensor cercano resplandecía con un verde natural, irradiando cerca del techo del pasillo. Debajo, dos soldados estaban de pie con los rifles listos. Sus ojos escaneaban el pasillo, sus brazos tensos.

Gregor podía perdonarles la atención. La alarma de invasión aún no se había despejado, y el anuncio de Deepak hacía parecer que los enemigos podían estar en cualquier parte.

—Hola —dijo Gregor, dirigiéndose hacia el ascensor y acentuando el saludo con un gesto amistoso—. Estoy un poco confundido. Estaba en ese baño de allí, y cuando salgo, ¿todo está rojo?

Los dos soldados lo miraron, el más lejano caminando desde su puesto para unirse a su compañero en una inspección visual. Gregor sintió los ojos escrutadores, el análisis tomando en cuenta su camisa rasgada, su atuendo maltratado. Los soldados estarían acercándose a sospechas que Gregor no podía permitirles tener.

—Sé lo que están pensando —dijo Gregor—. Que parezco una mierda. Lo sé, no se puede negar, pero a veces tenemos días malos en los laboratorios.

—Los laboratorios —repitió el soldado más cercano. Ambos eran de rangos bajos, sus chalecos protectores y equipo estándar los ubicaban en los escuadrones terrestres de DC. Los destinados a enfrentamientos más grandes. No exactamente carne de cañón, pero no lejos de serlo—. ¿Qué hace aquí arriba entonces?

—Tuve que visitar a un amigo en la bahía médica —dijo Gregor—. Mal momento.

—He visto mejores. ¿Tiene alguna identificación? —El soldado dirigió una mirada penetrante a las muñecas desnudas de Gregor.

—Lo siento, no usamos pulseras con las pruebas que estamos realizando. Lo que hacemos las freiría.

No era una mala mentira. Tal vez Gregor debería intentar esto más a menudo.

—Claro —el soldado arrastró la palabra, como si estuviera considerando cómo Gregor habría subido aquí sin el dispositivo—. ¿Quién está haciendo pruebas con usted? ¿Alguien a quien podamos llamar para verificar? La nave está en confinamiento por posibles intrusos. No podemos dejarlo deambular.

—De acuerdo —Gregor necesitaba un nombre, cualquier nombre. Su mente quedó en blanco—. Gregor, Gregor Evanoff.

El soldado levantó su pulsera, comenzando a teclear el nombre. Gregor dio otro paso más cerca, murmurando que podía ayudar a encontrar el correcto. El otro soldado hizo exactamente lo que Gregor esperaba, aprovechando la oportunidad para mirar hacia el pasillo.

Mientras el soldado tecleaba el nombre —el propio nombre de Gregor, el único que se le ocurrió en el momento — surgió una pregunta diferente. Gregor había estado planeando un par de golpes rápidos, noquear a los soldados, seguido de una huida corriendo para él y Rovo hacia el ascensor y hacia abajo.

Estos soldados, sin embargo, no eran sus enemigos. A Gregor no le pagaban para golpear a tropas aleatorias de DefenseCorp, que simplemente hacían su trabajo según las órdenes. Como habría hecho Gregor años atrás, durante sus primeras misiones con DC.

De vuelta en Wexer, las fuerzas de DefenseCorp habían llegado para acabar con Sever. Gregor había estado luchando por su vida y la de sus amigos en esa bola de roca. Aquí existía la misma amenaza, pero no provenía de estos dos.

—¿Es cierto eso? —preguntó el soldado, sacando a Gregor de sus pensamientos.

Cada letra estaba en la posición correcta.

—Sí —dijo Gregor.

El soldado tocó su muñequera. La pantalla cambió mientras la muñequera buscaba en el directorio del *Nautilus*, rastreando a alguien con el nombre de Gregor. Después de varios segundos, la pantalla parpadeó en rojo. Nadie en los registros con el nombre de Gregor.

Un soldado activo de DefenseCorp durante más de una década, y ahora Gregor no existía.

Antes de que Gregor pudiera responder, detrás de él y

más abajo en el pasillo, un ruido de *whoosh* acompañado del golpe seco de un cuerpo cayendo al suelo. Todas las miradas se dirigieron hacia la forma de Rovo mientras el novato se apoyaba sobre un brazo, miraba en su dirección y tosía.

—Lo siento —dijo Rovo, su voz llevando y compartiendo suficiente debilidad como para impulsar a los soldados hacia adelante—. No era la entrada que tenía planeada.

—¿No dijiste que estabas solo en ese baño? —le dijo el primer soldado a Gregor mientras se dirigían juntos hacia Rovo.

—Me equivoqué —dijo Gregor—, aparentemente.

El segundo soldado se detuvo, dio un paso para distanciarse de Gregor y levantó su rifle.

—Mira, amigo, este juego ya ha durado demasiado. Te vas a quedar ahí y voy a llamar a alguien que pueda decirme si debo dispararte o no.

—¿Alguna vez has oído hablar del Sever Escuadrón? —preguntó Gregor, tirando de hilos para ver si algo pegaba.

Mientras hacía la pregunta, el primer soldado se arrodilló junto a Rovo. El soldado echó un buen vistazo al compañero herido de Gregor y cortó cualquier respuesta a la pregunta de Gregor diciéndole a su compañero que llamara a ayuda médica.

—No sé de qué estás hablando —el segundo soldado parecía dividido entre continuar el interrogatorio de Gregor y seguir la orden de su compañero, y Gregor aprovechó esa indecisión.

Reconocía a un novato cuando lo veía.

Un largo paso puso a Gregor fuera del campo de tiro del segundo soldado. Antes de que el soldado pudiera retroceder, Gregor agarró el cañón del rifle y arrancó el arma de las manos del soldado. Las correas, dejadas sueltas en el rápido intento de ponerse en posición, permitieron que el arma se desprendiera de los hombros del hombre y cayera en las manos de Gregor.

—No lo hagas —dijo Gregor cuando el primer soldado, recuperándose más rápido que su amigo desarmado, intentó apuntar con su propio rifle—. No somos el enemigo. No queremos hacerles daño. Solo necesitamos el ascensor por un minuto.

Gregor tenía su nueva arma apuntando en la dirección correcta ahora, y un reloj marcando en su cabeza le decía que no pasaría mucho tiempo hasta que otro escuadrón apareciera e interrumpiera esta encantadora reunión. Era hora de que Rovo se pusiera en marcha.

—Ayúdalo a levantarse —le dijo Gregor al primer soldado—. Estará bien.

—¿Quién demonios eres? —preguntó el segundo soldado, siendo inteligente y no alcanzando su arma lateral.

—Ya te lo dije —Gregor retrocedió, poniendo algo de espacio entre él y los dos soldados mientras el primero seguía las órdenes y ayudaba a Rovo a ponerse de pie temblorosamente—. Sever Escuadrón. Solíamos ser DC.

—¿Solían ser?

—La misión salió mal. Nos largamos —Gregor empezó a caminar hacia atrás, hacia la entrada del ascensor. Mantuvo ese rifle apuntando donde el negocio necesitaba hacerse—. Si alguna vez te piden elegir entre lo que es correcto y lo que vale dinero, elige lo correcto y terminarás aquí.

Ahora los soldados parecían confundidos, aunque el primero hacía un buen trabajo ayudando a Rovo a dar un paso tras otro.

—¿Aquí? ¿El *Nautilus*? —preguntó el segundo soldado.

—No... —empezó Gregor, pero entonces el segundo soldado, usando la respuesta de Gregor como una oportunidad, fue por esa maldita arma lateral.

Gregor disparó. Apretó el gatillo y envió energía ardiente directamente a los pies del segundo soldado antes de que el hombre tuviera su arma libre. El segundo soldado reaccionó como lo haría una persona inteligente: dejó que su mano se alejara, mantuvo los brazos abiertos.

—Otro consejo —dijo Gregor, sintiendo las puertas del ascensor contra su espalda—. No uses el mismo truco que acabo de usar contigo. Es aburrido —Con su mano izquierda, Gregor hizo un gesto hacia el panel del ascensor —. Llámalo, por favor.

El primer soldado, aún con su rifle colgado sobre el pecho, aún ayudando a Rovo a caminar, aunque al menos el novato tenía los ojos abiertos ahora, tocó su muñequera contra el panel del ascensor. Tenía una boca que parecía estar respirando, aunque hablar parecía estar más allá de las capacidades del novato.

No era algo malo. Rovo siempre hablaba demasiado.

—No llegarán lejos, ¿saben? —dijo el segundo soldado, decidido a mantener su bravuconería—. El *Nautilus* está despierto ahora. Hay escuadrones por todas partes. Los encontraremos.

—Como dije, nosotros no somos el problema —Gregor sintió el ascensor zumbando detrás de su espalda. Pronto—. Los de carmesí y negro son sus verdaderos enemigos. Están arrastrándose por esta nave, y los apuñalarán mientras duermen.

El ascensor se abrió detrás de él. Gregor observó los ojos de los soldados para ver si el ascensor tenía a alguien en él, pero sus miradas permanecieron en él. Un recipiente vacío. Gregor extendió su brazo izquierdo.

—Pásame al chico —dijo Gregor, y el primer soldado obedeció. Rovo aprovechó su libertad para medio caminar, medio caer hacia Gregor, quien retrocedió hacia el ascensor.

El primer soldado jugó inteligentemente, no aprovechó la oportunidad para alcanzar su rifle. Una cabeza más fría que viviría para ver otro día. O al menos otro minuto.

—Recuerden lo que dije —Gregor se deslizó hacia el lado izquierdo del ascensor, donde otro panel esperaba que eligiera un destino—. Carmesí y negro. Esos son los que hay que vigilar.

Cuando las puertas del ascensor se cerraron, los dos jóvenes soldados aún estaban allí, todavía mirando a Gregor, como si él y Rovo fueran fantasmas en una historia que no entendían del todo.

[14]

GIRO EN EL VACÍO

Podrías pensar que, creciendo alrededor del espacio, saltando a las estrellas, brincando entre mundos y surfeando las nebulosas, el vacío no sería tan aterrador. Como un peligro omnipresente, se desvanecería en el trasfondo de su vida, un susurro que informaría cada acción con un poco más de precaución. No estropees esa reparación, no pulses ese botón, ni abras esa escotilla o todo tu aire sería succionado y tus entrañas explotarían como un globo de una película de terror.

Y sin embargo. Y sin embargo.

Eponi aún sentía que su corazón se aceleraba cada vez que recordaba el momento sobre Dynas, el arrastrarse por el túnel gris que conectaba su lanzadera secuestrada con la nave de Anaskya y su salvación. El tubo que se sacudía, el crepitar mientras el suministro de oxígeno de su nave a la de Anaskya se enredaba y amenazaba con arrancar a Eponi.

Así que mantenía la boca bien cerrada, las piernas sintiéndose bloqueadas mientras caminaba al paso con los cuatro soldados, dos agentes, Sai y Aurora hacia la escotilla más cercana del *Nautilus*. La sentencia estándar para desertores: desterrados al frío oscuro para flotar hasta que algún pozo gravitatorio te redujera a cenizas. Un riesgo que Eponi había aceptado cuando se había unido a Sever Escuadrón en su deserción post-Dynas, uno que, en el apogeo algo cargado de adrenalina después de escapar de ese maldito pantano de mundo, parecía que nunca llegaría.

—¿Qué tal si sustituimos los castigos? —dijo Eponi, ya que ni Sai ni Aurora parecían estar hablando. Los soldados y agentes también estaban callados y, maldita sea, Eponi no podía soportarlo más—. Podéis sacar a estos dos por la escotilla. Estoy segura de que les encantaría. Adelante. Pero, ¿yo? Creo que aún podríais usar a una piloto hábil. Lanzaderas que necesitan aterrizaje y todo eso.

Nadie respondió. Los agentes, los soldados, ni se molestaron en mirar en su dirección. Mantuvieron sus pistolas enfocadas donde debían mientras sus pasos con botas marchaban por el pasillo iluminado de rojo. El escuadrón Beacon expandía su alcance alrededor del puente, despejando una habitación tras otra, y eventualmente el pequeño escuadrón de la muerte pasó más allá de su radio asignado. Solos, ahora, en su marcha.

—¿Acaso vosotros, como que, no habláis? —dijo Eponi—. ¿Es esta una nueva regla, que mientras se realiza una ejecución las víctimas no existen?

—Órdenes —dijo una de las soldados a la derecha de Eponi, y ella, al menos, no sonaba muy entusiasmada de estar haciendo esto—. La única razón por la que estás hablando con nosotros es para argumentar por tu vida, o para que tomemos una decisión diferente. Al no involucrarnos, podemos preservar el objetivo.

—Oh, ¿qué demonios de palabras son esas? —dijo Eponi mientras la señalización de la escotilla aparecía a la vista—. ¿Eres un robot o algo así?

—Solo repito las mismas directrices que aceptaste cuando te uniste a DefenseCorp.

—Bueno, apestan. Y tú apestas por escucharlas. Si vas a tirarme por el inodoro cósmico, lo mínimo que podrías hacer es darme una última conversación para disfrutar.

Otro soldado se rió entre dientes, una risa que molestó a Eponi. Sí, sabía que había estado jugando con cierto tono en sus palabras, una cierta desesperanza despreocupada al final de su viaje, pero realmente obtener una risa perforó el velo.

Si iba a morir, mejor que valiera la pena.

Eponi fue primero a por un agente. La acción no se formó como un plan coherente, más bien como un impulso instintivo, guiado por las franjas carmesí y negras que caminaban un poco adelante y a su izquierda, con la pistola fuera y apuntando hacia Sai. Los soldados que caminaban detrás eran el seguro, los agentes los conductores.

El entrenamiento dirigió su ataque, un golpe simultáneo con su brazo izquierdo mientras su derecha tiraba de la segunda pistola del agente en su funda. El agente gritó —chilló, más bien— cuando Eponi hizo contacto, su brazo izquierdo haciendo una sucia embestida en el costado del agente mientras su cuerpo servía para bloquear la pistola del agente de hacer cualquier puntería decente hacia ella.

Los rifles se elevaron, enfocados mientras Eponi levantaba su nueva pistola contra la barbilla del agente. El agente mismo se congeló al contacto del cañón con su piel desnuda, una reacción que Eponi consideró eminentemente sensata y totalmente inútil. Había estado esperando una muerte ardiente y en su lugar terminó en una situación de rehenes, una que Eponi no tenía ninguna posibilidad de ganar.

Siete rostros la observaban, cinco de ellos con armas apuntando en su dirección, cada uno tratando de calcular si podían acertar un tiro entre sus ojos que no convirtiera al agente en ruina humeante. Un dilema verdaderamente complicado.

—Lo siento, amigos —dijo Eponi, acurrucándose cerca del agente y haciendo la menor luz posible entre su uniforme y su desastrosa indumentaria civil—. Nunca se me ha conocido por irme silenciosamente. No podía hacer de esta una excepción.

Su mirada sardónica, una media sonrisa y ojos juguetones, quizás maníacos, bailaron entre su audiencia. Eponi notó un ligero tropiezo cuando llegó a Aurora y Sai, los que deberían haber estado de su lado, pero que ahora parecían como si ella hubiera roto las reglas de algún juego. La molestia corría desenfrenada por sus rasgos, y la dosis aleccionadora hizo lo que pudo para apaciguar el entusiasmo de Eponi por su perversa salida.

—Lo vas a soltar —dijo el otro agente, con una voz que decía que había hecho demasiados interrogatorios con prisioneros dóciles. Eponi debería ceder, esa voz decía. Debería aceptar el destino porque se lo merecía—. Vas a soltar la pistola ahora mismo, y cuando lo hagas, recibirás lo que te corresponde y nada peor.

—No es una mala forma de irse —dijo la soldado que había hablado con Eponi—. Lo he visto suficientes veces. Rápido, indoloro.

—Oh, ¿sabes que es indoloro? —dijo Eponi, eligiendo interactuar con la soldado, con la que sonaba, un poco, como si tuviera alma—. ¿Alguna vez has entrevistado a alguien que haya sido succionado por el vacío?

—Sabes a lo que me refiero.

—¿Ah, sí? —Eponi presionó aún más la pistola contra la barbilla del agente, arrancándole un gruñido de dolor—. ¿Acaso parezco alguien que entiende a qué te refieres?

El otro agente ajustó su puntería, movió su cuerpo hacia

la derecha, y Eponi empujó al agente en esa dirección. El movimiento expuso su costado derecho a los soldados, y ellos lo sabían. Se había acabado el tiempo.

—Suelte la pistola o disparamos —dijo otro soldado, esta vez como una orden.

¿Una explosión lateral o el vacío? Eponi tenía que elegir aquí y ahora y, bueno, ante esas opciones, solo había un camino a seguir.

Así que Eponi empujó al agente lejos de ella, apartando la pistola de la barbilla del hombre y, en el mismo movimiento, apuntando hacia el otro agente y apretando el gatillo. El brillante rayo rojo destelló, alcanzando al otro agente en el hombro. Lo envió ardiendo al suelo.

Ningún disparo alcanzó a Eponi en la fracción de segundo posterior, así que dirigió su puntería hacia la derecha y le disparó a su antiguo rehén en la espalda, haciéndolo caer sobre la cubierta. Dos por uno hasta ahora, no era mal trato. Ahora era el momento de enfrentar las abrumadoras probabilidades y dejarse enviar a la otra vida.

Sai bajó el brazo de Eponi, dejándola frente a cuatro rifles alzados sin un arma.

—Detente, loca —dijo Sai, manteniendo el brazo de Eponi a su costado—. No hagas que te disparen.

—¿Que haga que me disparen? ¿No es ese su trabajo?

Eponi luchó contra el agarre de Sai hasta que Aurora se interpuso entre la piloto y los soldados. En lugar de hacer un movimiento desesperado por las armas de los soldados, o meterse en una pelea a puñetazos buscando un milagro, Aurora parecía completamente tranquila.

—Gracias por contener el fuego —dijo Aurora mientras Eponi se relajaba, mientras Eponi comenzaba a pensar que *tal vez* no sería reducida a cenizas en los próximos segundos —. Ella es una chispa.

—¿Estás hablando de mí? —dijo Eponi.

—Sí, y ahora te callarás, antes de que deje que estos soldados te disparen —respondió Aurora, antes de volverse hacia el cuarteto—. ¿Entienden lo que están haciendo?

—El *Nautilus* no les pertenece a ellos, comandante —dijo la mujer que había estado discutiendo con Eponi—. Nos pertenece a nosotros. Vamos a volver con JJ e informar que la misión está cumplida.

—¿Y si Renard pregunta por los agentes?

—Se fueron —respondió la soldado—. No dijeron adónde.

—Exactamente —dijo Aurora—. Manos a la obra.

Tres de los soldados recogieron a los agentes y los llevaron a la escotilla, después de que Aurora se rearmara con sus pistolas. Un soldado le devolvió la espada a Sai. Eponi observó toda la danza con creciente confusión hasta que Sai y Aurora la guiaron por el pasillo, alejándose del puente y hacia las bahías de cazas del *Nautilus*, situadas sobre los amarres más grandes para naves como la *Prisa*. El cuarto soldado los siguió, con el rifle suelto y una sonrisa en el rostro que igualaba la del hombre.

—Bien —dijo Eponi mientras avanzaban—. He guardado silencio todo lo que creo razonable. ¿Qué demonios fue eso?

Aurora y Sai se miraron entre sí, antes de que Aurora tomara la iniciativa:

—No has estado en DefenseCorp durante mucho tiempo, Eponi. Y entraste directamente como piloto, ¿verdad?

—Cierto. El sueldo era mucho mejor haciendo eso que yendo por la ruta de soldado raso.

—Exactamente. DC tiene sus divisiones, y trabajan

juntas cuando es necesario, pero no hay mucho amor entre los puñaleros y nosotros.

—¿Los puñaleros? ¿En serio?

—En serio —dijo Sai—. Esos bastardos siempre tienen algo terrible en mente.

—Entonces, estás diciendo...

—Beacon, como la mayoría de los otros escuadrones en esta nave, sabe que es mejor no confiar en lo que está pasando aquí —dijo Aurora—. Deepak me dijo que los agentes han estado infestando el *Nautilus* desde hace un tiempo, incluso antes de que fuéramos por Dynas. Lo que significa que todo este asunto de Renard no es solo sobre nosotros, sino algo más grande. Los soldados no quieren jugar su juego.

—¿No es eso insubordinación? —dijo Eponi—. ¿No podrían lanzarlos por la escotilla, igual que a nosotros?

—Deepak es su almirante —respondió Sai—. Renard ni siquiera está en su cadena de mando. Puede decir lo que quiera, pero los soldados no tienen que hacer nada a menos que Deepak lo diga. Está justo en el acuerdo que firmamos. —Sai ladeó la cabeza mientras llegaban a un ascensor—. ¿O es que no leíste la letra pequeña?

—¿Tú sí?

—DefenseCorp no es un gobierno, ese es el asunto. Somos empleados privados, que nos inscribimos para trabajar en una rama de nuestra elección —explicó Sai, con ese tono paciente que usaba cada vez que quería ser el padre en jefe de Sever. Normalmente, Eponi odiaba ese tono, pero aquí, atrapada en el torbellino después de casi ser lanzada al vacío, los suaves hechos la envolvían como una cálida y razonable manta—. Aurora y yo no podíamos saber si los soldados se mantendrían fieles a eso o no, pero cuando no te dispararon de inmediato...

—Elegimos nuestro bando —finalmente habló el soldado—. JJ lo dejó claro en los barracones. Trabajamos para Deepak, no para los malditos agentes. —El soldado tocó su brazalete contra el ascensor, llamando el transporte a su nivel—. ¿Estarán bien desde aquí? No puedo estar ausente mucho tiempo o se notará.

—Estaremos bien —dijo Aurora—. Gracias por la ayuda.

El soldado hizo un rápido saludo de DefenseCorp y volvió corriendo por el pasillo. Coincidiendo con esa partida, la puerta del ascensor se abrió, ofreciendo a Sever su propia vía de escape. Los tres se amontonaron dentro, y Aurora pulsó el nivel de la bahía de atraque.

—Bien, así que no estamos muertos —dijo Eponi—. Lo cual apruebo. Y hay una especie de rebelión aquí dentro, lo cual es genial. Aun así, tengo que preguntar, ¿por qué volvemos a las bahías de atraque?

—Porque el *Nautilus* está bajo ataque —dijo Aurora—. Es hora de hacerlo convincente.

15

FINO COMO EL PAPEL

Rodillas raspadas. Una muñeca rota por una mala caída de la bicicleta al pedalear por el vecindario. Rovo no había sufrido una lesión peor hasta que llegó a DefenseCorp, donde en cuestión de meses había recibido disparos láser de entrenamiento y reales en el pecho, la espalda, las rodillas, los brazos y la cara. La armadura de combate y los chalecos protectores habían amortiguado la mayoría de esos impactos, y lo que había logrado atravesarlos había sido remendado por el personal médico del *Nautilus*, al igual que esta herida.

Excepto que nunca había recibido un disparo en los pulmones como este. Sin más protección que su camisa casual, la herida dolía más que los escombros que caían de la torre derrumbándose en Wexer. Los medicamentos de la bahía médica mitigaron el ardor por un tiempo, aunque sus efectos secundarios retorcieron las otras entrañas de Rovo, nublando su visión hasta que cada mirada parecía estar embadurnada de aceite.

Cada respiración arañaba y quemaba, como si el

oxígeno que Rovo inhalaba tuviera que atravesar un bosque carbonizado y esponjoso.

Lo que Rovo necesitaba, lo que quería, era una cama y una larga semana para recuperarse.

En su lugar, Rovo tenía el grueso brazo de Gregor enganchado bajo sus hombros, sosteniéndolo mientras su ascensor se abría de nuevo en el mismo piso que le había valido sus heridas de explosión.

—Oh, maravilloso —dijo Rovo cuando las puertas revelaron el familiar vestíbulo lleno de señales de advertencia.

Como el de arriba, como todos los pasillos del *Nautilus*, este brillaba en rojo. Los invasores podrían llegar hasta aquí también, robar algún gran secreto de DefenseCorp y escapar con él. Piratas infames, llevándose lo que no les pertenecía.

Por supuesto, los piratas eran ellos. Sever Escuadrón, un montón de descontentos ladrones. A eso se había reducido Rovo, su glorioso-

—Concéntrate. —Gregor sacó a Rovo del ascensor, hacia el vestíbulo y en dirección a la puerta de aquella habitación en particular, *Armas 3*—. No falta mucho.

—Para ti, quizás —dijo Rovo—. Para mí, esto es un maratón.

—Entonces corre.

Ninguna simpatía de este tipo. Gregor siempre parecía tan empeñado en la misión. No podía molestarse con un ápice de compasión.

—¿Me odias, Gregor? —dijo Rovo—. Porque, ya sabes, no soy fan de esta actitud tan brusca.

Gregor no dejó de moverse. Aunque a Rovo le resultaba difícil distinguir formas con su visión distorsionada, no parecía que nadie hubiera reclamado aún este vestíbulo. Ningún escuadrón pasando por aquí. Quizás porque los laboratorios de armas estaban tan profundos dentro del *Nautilus* como se podía llegar: si los invasores llegaban hasta aquí, probablemente ya tendrían la nave.

—Estás delirando —dijo Gregor—. Camina. Será más fácil.

Claro, más fácil para él quizás. Cuando Gregor llegó a la puerta, dejó que Rovo se sostuviera solo mientras el hombre grande se enfrentaba al enigma de la puerta de *Armas* 3. Ya había un aviso colgado afuera, cerrando la sala debido a un accidente. El escáner de credenciales, buscando una pulsera, les brillaba con su rojo enfadado, un tono que combinaba bien con el color actual del vestíbulo.

Se preguntó si lo habrían coordinado, quienquiera que hubiera diseñado todo esto.

—Oye —dijo Rovo, tambaleándose hacia la pared y sosteniéndose con un brazo débil—. ¿Crees que todo esto estaba planeado?

—Sí —dijo Gregor—. Desde el momento en que escapamos de la instalación en Wexer, creo que quien sea que comande a estos agentes decidió llevarnos al *Nautilus* con el mejor cebo que podían ofrecer. Tal vez realmente quieran a Kaia, pero más aún, creo que nos quieren muertos.

—Claro, eso es lo que quería decir —dijo Rovo, persiguiendo las conexiones que Gregor hacía como un perro saltando tras hojas que caen. Atrapó una o dos y dejó ir el resto—. No hay manera de que piensen que pueden mantener a Dynas en secreto. Demasiada gente.

—No para siempre —dijo Gregor—. Solo el tiempo suficiente. Desertamos, ellos entraron en pánico.

—¿Porque arruinaríamos su fiesta? —Rovo se recostó completamente contra la pared del vestíbulo, mirando al otro lado a un cartel que exigía seguridad primero con un científico con chaleco sosteniendo un pulgar hacia arriba frente a la cámara—. ¿Por qué?

—El miedo hace que la gente haga cosas estúpidas.

Rovo podía estar de acuerdo con eso. No es que él hubiera conocido el verdadero miedo, no realmente. Incluso en Dynas, el caos y la alienación de toda la misión superaron cualquier temor por sí mismo. Wexer, bueno, Wexer había sido una desesperada carrera por el Talpa. Incluso aquí, incluso sintiendo sus pulmones luchar con cada respiración, el miedo no estaba en la cima de su lista emocional.

Eso no significaba que Rovo no pudiera hacer cosas estúpidas, sin embargo.

—¿Vas a atravesar esta puerta en algún momento pronto? —preguntó Rovo mientras Gregor seguía mirando fijamente el panel.

—No estoy seguro —respondió Gregor—. Esperaba encontrar a otra persona aquí abajo para aprovechar.

—¿Por qué no usas ese rifle?

—Disparar al panel no funcionará —dijo Gregor—. Están protegidos.

—¿Lo sabes, eh?

—Las películas son películas. Esto es la realidad, novato.

Rovo asintió, un movimiento que lanzó su cabeza hacia adelante y hacia atrás más lejos de lo que esperaba. El control muscular aún le fallaba. Pegó ambas palmas contra las paredes del vestíbulo para estabilizarse.

—¿Entonces qué tal si disparas a la puerta? —dijo Rovo—. Intenta justo en el medio.

Gregor se alejó del panel. Inspeccionó la puerta. Parecía escéptico.

—Escucha, hombre —dijo Rovo—. Hay presupuestos para todo. No van a blindar cada puerta de la nave, ¿y por qué hacerlo con estas?

—¿Porque son laboratorios de armas?

—Sí, y puedes asegurar estas con puertas blindadas, pero no las veo puestas ahora —los pensamientos fluyeron desde una especie de niebla interior, una serie de epifanías posibles porque Rovo ya no sentía que ninguna idea fuera tonta o descabellada—. Es decir, ¿quién se molestaría si no hay un experimento activo en marcha?

Gregor emitió una combinación de gruñido y suspiro que transmitía un desprecio demoledor hacia Rovo, pero el novato, envuelto en el resplandor invencible de los casi muertos y drogados, se lo sacudió de encima y se arrastró un metro más lejos de la puerta. Gregor retrocedió hacia el centro del pasillo, apuntó el rifle y, con una última mirada de fastidio hacia Rovo, apretó el gatillo.

Diez rayos azules se lanzaron contra el cuerpo plateado de la puerta, hundiéndose en la barrera y dejando agujeros carbonizados. El metal fino, no diseñado para soportar energía y calor, se curvó en los bordes de los impactos, dejando un portal acribillado que suplicaba ser derribado de una patada.

—¿Qué te dije? —soltó Rovo.

—Quizás te subestimo —Gregor se acercó a la puerta y le propinó una patada con todas sus fuerzas.

El panel debilitado se arrugó y se balanceó hacia dentro, sus ataduras izquierdas se aferraban con suficiente fuerza para evitar el colapso total de la puerta. Aun así, ya no se podía llamar barrera a aquel desastre.

—¿Ves? —dijo Rovo, volviendo a adoptar su posición sobre el hombro de Gregor—. Siempre tengo razón.

—¿Ah, sí? —cuestionó Gregor segundos después, mientras estaban de pie en una sala de descontaminación que, creyendo que la puerta principal estaba abierta (una creencia correcta, en realidad), mantenía su portal interior cerrado—. ¿Entonces qué me dices de esto?

—¿Si funcionó una vez, funcionará dos?

Rovo no se llamaría a sí mismo un genio, al menos no en voz alta, pero fuera lo que fuera que esos cirujanos le habían dado, había convertido su cerebro en puro fuego. Se sentó en el suelo de la pequeña cámara y observó cómo Gregor disparaba más rayos láser sobre él, se rio con una carcajada ronca mientras perforaban la puerta interior tal como lo habían hecho con su hermana exterior. Gregor propinó otra patada sólida y estaban dentro.

La enorme armadura de combate colgaba en el centro de la habitación, sin cambios. Las marcas de explosiones salpicaban el suelo detrás de ella, donde Rovo había luchado por su vida. El centro de control lucía sus propias adiciones, ennegrecido y chispeante por los disparos de Gregor que habían atravesado la puerta y seguido su camino.

—No puedo decir que quisiera ver esta habitación de nuevo —dijo Rovo.

—Entonces no lo hagas.

Gregor, todo un comediante nato.

El giro inesperado llegó cuando Rovo, quien esperaba ser la carga arrastrada de Gregor en esta aventura, descubrió que su musculoso compañero lo levantaba y lo llevaba hacia la armadura.

—Odio decírtelo, amigo, pero no voy a caber en esa cosa —dijo Rovo mientras Gregor lo apoyaba frente al traje abierto.

—Se ajustará.

—Eso requerirá mucho ajuste.

—Cállate, novato, y quédate quieto.

Bueno, está bien. Rovo esperaría a que el traje demostrara que Gregor estaba equivocado. Con su visión borrosa,

Rovo encontró que las luces de escaneo verdes eran un viaje que le hacía entrecerrar los ojos. El traje siseó, tintineó y crujió mientras sus diversas placas, engranajes y pernos se ajustaban para acomodar la forma más, eh, esbelta de Rovo. Mientras el tamaño completo de la armadura permanecía igual, las capas interiores se ajustaron más, finalmente parpadeando lista con un chirrido brillante totalmente discordante con el propósito de la armadura.

—Adentro —dijo Gregor, y empujó.

Rovo no tuvo tiempo de protestar. Cayó dentro de la armadura, sus pulmones recibiendo un doloroso golpe mientras el cuerpo de Rovo se acomodaba en los pliegues. La armadura registró su llegada y se cerró en su lugar. El visor cobró vida y extrañas líneas comenzaron a desplazarse por la pantalla sobre sus ojos. Líneas que hablaban de ajustes al piloto, compensando sus lesiones, su visión alterada.

Con la boca abierta tanto como el casco le permitía, Rovo sintió que la armadura desplegaba su propio consejo médico. Nuevos pinchazos salpicaron la piel de Rovo mientras el traje le inyectaba fluidos de emergencia, adrenalina para mantenerlo alerta y más agentes anestésicos para alejar el dolor de su reciente cirugía.

—¿Cómo? —preguntó Rovo cuando el traje se asentó en su estado de funcionamiento estable, dejándolo sintiéndose, si no increíble, al menos funcional.

—Me di cuenta de la evaluación antes —dijo Gregor, de pie justo donde Rovo había estado antes de que Zaydi se pusiera en modo asesino—. El traje, creo que está diseñado para operaciones de resistencia. A largo plazo, poco refuerzo.

—Mantener al soldado en marcha —al principio, Rovo admiró el ingenio, luego se dio cuenta de lo que realmente significaría—. Así podrían enviarnos más lejos, por más tiempo.

Gregor asintió.

—Tal vez sea bueno que nos hayamos retirado cuando lo hicimos.

—¿Retirado? Claro.

Rovo y Gregor continuaron hablando sobre planes mientras el novato se familiarizaba con el traje. Las cicatrices de los rayos en el centro de control no impidieron que Gregor liberara la armadura de sus restricciones, y Rovo se tambaleó, luego caminó e incluso se lanzó a través de la habitación con ella. A pesar de todas sus sofisticadas mejoras para salvar vidas, la armadura seguía sintiéndose familiar: propulsores cinéticos, compensadores de peso para cada extremidad y un visor que detectaría amenazas potenciales y las proyectaría en su pantalla.

Esto último se manifestó cuando Rovo completó otro giro, asegurándose de poder mover tanto las piernas como los brazos simultáneamente sin desmayarse. A pesar de la asistencia de la armadura, el maldito artefacto seguía siendo pesado y definitivamente no estaba dentro de las recomendaciones médicas del cirujano para la recuperación de Rovo.

El visor se iluminó de rojo por detrás y luego, cuando Rovo se dio la vuelta, por delante. El rojo solía significar armas fuera y apuntando al traje, o lo suficientemente cerca como para que las mil millones de cámaras del traje las consideraran amenazas.

Esta vez, esas amenazas pertenecían a dos agentes, sus uniformes rojos y negros obstruyendo la pequeña entrada que Gregor había volado.

—Tenemos compañía —dijo Gregor mientras Rovo se

colocaba entre los agentes y su compañero de escuadrón—. ¿Tú diriges?

—Por una vez, sí —aceptó Rovo—. ¿Puedes soportar que yo te proteja?

Los agentes, ambos con aspecto demasiado joven para saber en qué se estaban metiendo, tenían las pistolas levantadas. Aunque parecían a punto de entrar corriendo en la habitación, ver a Rovo provocó una apresurada retirada, seguida de una amenaza gritada para que se desarmaran y se rindieran.

—No necesito protección —respondió Gregor—, pero sería divertido verte aplastarlos.

—¿Entonces no nos rendimos?

—Creo que no.

—De acuerdo, entonces.

Rovo avanzó pesadamente hacia la pequeña cámara, girándose de lado para que la armadura pudiera pasar. Incluso con el giro, aplastó los restos de la puerta, abriéndose paso hacia el pasillo con la gracia de un bufón borracho.

Los dos agentes se habían separado, uno de cara a la espalda de Rovo, el otro a su rostro. Ambos dispararon sus pistolas, los míseros rayos salpicando la armadura sin el más mínimo efecto. A pesar de sus pulmones quemados, sus huesos magullados y un dolor de cabeza embotado por las drogas, Rovo esbozó una sonrisa arrogante, preparando los propulsores cinéticos del traje para el combate.

Tal vez se divertiría hoy después de todo.

16

DETRÁS DEL CRISTAL

Pasó una semana después de la misión, pero finalmente su capitán le dijo a Aurora que hiciera algo con Deepak, que se quedaba después de sus sesiones de entrenamiento. Aurora se lo explicó claramente al oficial subalterno, le dijo a Deepak sin rodeos que Sever Escuadrón, como todos los demás escuadrones, estaba aquí por el dinero.

—Y somos condenadamente buenos —continuó Aurora mientras compartían otro almuerzo en el comedor—. Danos lo que nos hemos ganado.

Deepak no retrocedió ante la crítica, no trató de descartarla, sino que recibió la sugerencia de Aurora con la seriedad que ella le había puesto. Dejó el tenedor y el cuchillo, extendió una mano, y Aurora, después de mirarla con curiosidad, la estrechó.

—Quieres un papel protagónico, lo tienes —dijo Deepak—. Tienes razón, puedes manejarlo.

El próximo trabajo sería en unas semanas, y Sever Escuadrón pasó esas semanas entusiasmado, entrenando más duro que antes. En las horas entre sesiones de entrenamiento, Aurora ajustó su armadura de poder, asistió a reuniones informativas adicionales para cualquiera interesado en el liderazgo de escuadrón —y el dinero extra que venía con ello—, y siguió encontrándose con Deepak.

Almuerzos, cenas y algunas noches quemadas en la cubierta de observación del *Nautilus*, hablando de trabajo y un poco de todo lo demás. Aurora ni siquiera tuvo problemas en admitir que le gustaba Deepak, su alegre devoción al deber, y el hombre tenía una manera de conseguir los mejores vinos en el crucero. Ella encontró las rutas más rápidas y menos transitadas desde su camarote al de él y viceversa, una misión para dos.

Y cuando llegó la asignación, y Deepak dejó a Sever Escuadrón justo donde querían estar, esta vez no le guiñó el ojo a Aurora. En su lugar, Sever Escuadrón se ganó la mirada de confianza de Deepak, y Aurora respondió a su mirada firme.

Lista.

Por fin.

El camino hacia la escotilla de aire, donde se suponía que Aurora, Sai y Eponi serían arrojados al éter negro, resultó ser una oportunidad fértil para buscar ideas. Cuando estás a pasos de la muerte, hay una libertad que se asienta, dando forma a las posibilidades y permitiendo que las creativas surjan y ganen terreno.

Renard, el bastardo que había infiltrado el *Nautilus* con sus agentes enjambrantes, sentía que tenía el control. Podía chasquear los dedos y hacer que un grupo de pistoleros encubiertos surgiera y exigiera sus deseos a punta de rifle. Aun así, el *Nautilus* albergaba miles y miles de soldados de DefenseCorp. Soldados que debían su lealtad al almirante y a la división de tropas terrestres de DefenseCorp. La mayoría de los escuadrones tenían comandantes que, como

Aurora, mantenían al brazo clandestino de DefenseCorp a, bueno, distancia.

Con demasiada frecuencia, la inteligencia previa a la misión se había convertido en una estrategia de empapar al adversario en cuerpos hasta que se rindieran. Esos cuerpos nunca eran agentes.

—Por eso, si dejamos claro a esta nave lo que está pasando, tendremos a las tropas de nuestro lado —dijo Aurora mientras se dirigían por el pasillo iluminado de rojo hacia las bahías de acoplamiento—. Superaríamos en número a los agentes y podríamos echarlos de esta nave.

—Todavía no entiendo por qué crees que todos lucharían por nosotros —dijo Eponi—. ¿Qué va a hacer Deepak cuando Renard le diga que ignore tu orden?

—No tendrá la oportunidad —respondió Aurora—. Porque no vas a darle a Deepak o a Renard la opción.

—Suena como si no voy a estar encantada con lo que dirás a continuación.

Como si a Aurora le importara. Eponi llevaría a cabo lo que su comandante necesitaba, no porque Aurora tuviera alguna posición real en su jerarquía post-DefenseCorp, sino porque si Eponi hacía algo diferente, terminaría muerta.

Después de dar los detalles a la piloto, Aurora dejó a Eponi y Sai en el atracadero del *Prisa*. Aurora tomó sus armas, excepto la espada de Sai, y con la promesa de contactarlos después de llevar a cabo el plan, partió por su cuenta.

Convencer a una nave de que los atacantes no venían del exterior sino que, en cambio, estaban sembrados desde dentro, no sería fácil. El cambio tenía que ser duro, tenía que ser total. Hacer que cada escuadrón tratara a cualquier otro como una amenaza.

Y apostar a que los agentes, una vez amenazados, se entregarían.

El *Nautilus* tenía su puente masivo, y la mayoría de las comunicaciones se canalizaban a través de allí. Pero no todas. Las naves de este tamaño necesitaban una base de respaldo, un lugar que pudiera convertirse en la cubierta de mando de facto si el puente quedara incapacitado por fuego enemigo o accidente. El *Nautilus* tenía su centro de comunicaciones en el segundo nivel, junto al Intendente y sobre los motores.

Opuesto al puente, con máxima protección.

Caminando por el corredor, solitaria en el rojo, se enredaba con las expectativas de su memoria. El *Nautilus* existía para ser ruidoso. Para estar activo. Para que sus pasillos bullieran de actividad. Con cada paso resonante a lo largo del suelo transparente, la sensación de error de la nave aumentaba. Como si Aurora se hubiera trasplantado lejos de la realidad a una ficción más limpia y terrible.

Las propias acciones de Deepak se sumaban a la corrosión. Había sido el amigo ocasional de Aurora, siempre un colega respetado, y sin embargo, había retorcido el cuchillo de Renard. Había mil cosas que el almirante podría haber hecho para advertir a Aurora, para advertir a Sever Escuadrón. En el silencioso corredor, Aurora las contaba mientras caminaba, desde transmisiones secundarias secretas, hasta notas escritas, pasando por palabras clave del escuadrón que los agentes que lo vigilaban podrían no entender.

—¿De verdad fue porque te importa tanto esta maldita nave? —se preguntó Aurora mientras pasaba por el último amarradero, donde el *Nautilus* pasaba de la zona de carga a todo lo que daba soporte a la gran nave.

La idea no tenía sentido. Los agentes siempre habían sido una fuerza más reducida y compacta. Nunca podrían tomar el *Nautilus* a menos que Renard sacara a todos los agentes de todas partes y los pusiera en la nave, algo imposible. Deepak tenía que estar malinterpretando la situación, o sabía algo importante que Aurora no podía adivinar.

Más adelante, después de una breve sección dedicada al refinamiento rápido de materiales volátiles extraídos de las naves visitantes, las letras brillantes del Intendente atrajeron a Aurora. Seguía sin haber nadie, lo que parecía extraño considerando la orden de invasión. Los escuadrones del *Nautilus* deberían haber estado presionando los amarraderos, asegurando lugares como la Intendencia que podrían ser valiosos para un enemigo atacante.

Pero si los soldados no estaban aquí, ¿dónde estaban?

Las diez ventanillas de la Intendencia estaban cerradas, presentando una larga pared sin mucho más que ofrecer. Al final, Aurora pudo distinguir la transición, con banderas azules ondeando, hacia el centro de comunicaciones secundario. Hasta ahora, la marcha desierta había sido inquietante, pero apenas peligrosa. Después de casi haber sido lanzada al espacio, Aurora no se quejaría.

La paz duró hasta que pasó por la tercera ventanilla. Aurora mantenía su pistola desenfundada, sostenida a la altura de la cintura, tan firme que la levantó rápidamente cuando la persiana se retrajo. Su dedo en el gatillo ejerció contención cuando Aurora vio a una mujer mayor de pie detrás de un bot de asistencia, usando los delgados brazos de la máquina como cobertura.

—No me digas que eso fue un accidente —las palabras de Aurora estaban afiladas como cuchillos.

—No, no —respondió la mujer—, tengo que hablar contigo antes de que cometas un error.

—Entonces habla.

La mujer negó con la cabeza.

—Aquí no. Te están esperando ahora, pero vendrán a buscarte pronto —a la izquierda de Aurora, entre la cuarta y quinta ventanilla, una puerta de servicio se abrió con un susurro—. Ven atrás, donde es seguro.

¿Detrás de los mostradores de la Intendencia? Incluso sin tener en cuenta la situación actual, Aurora nunca había estado allí. El lugar tenía tantas salvaguardas, seguridad y auditorías que cualquier soldado lo suficientemente tonto como para ir a husmear se encontraría degradado a servicio de guardia en segundos.

La curiosidad, y la insinuación de la mujer sobre una emboscada mucho más adelante, empujaron a Aurora hacia la puerta de servicio y a través de ella. La precaución mantuvo la pistola de Aurora en alto.

Después de un pasillo de entrada de un metro de largo, Aurora descubrió el secreto guardado detrás de las ventanas cerradas, los mostradores y los bots: los espacios de almacenamiento de la Intendencia eran hermosos. Los productos apilados en estanterías se extendían hasta donde Aurora podía ver, o al menos eso era lo que la iluminación cristalina hacía sentir. La menagerie de artículos necesarios para satisfacer las innumerables necesidades del personal del *Nautilus* se agrupaba en largas filas, entrecruzándose aquí y allá según lo consideraran apropiado los dioses que controlaban este paraíso empaquetado.

Los halagos que fluían a través de las impresiones de Aurora surgían del brillante arcoíris que decoraba cada fila, cada sección, cada contenedor. Como si estuvieran envueltos en destellos centelleantes, cada punto que se extendía en todas las direcciones frente a Aurora parecía atrapar un fuego luminiscente, las estanterías resplandecientes, sus artículos pequeños milagros para ser elegidos por los afortunados bots.

—Es un poco exagerado, ¿no? —dijo la mujer que había invitado a Aurora, ahora liberada de su escudo bot—. Veo que estás teniendo la misma reacción que la mayoría tiene cuando viene aquí por primera vez —rio una vez, un sonido breve y agudo—. Todo es bonito cuando lo ves una vez. Intenta mirarlo durante horas, días y años.

—Pero... ¿por qué? —Aurora no pudo evitar preguntar. Que un espacio tan espléndido hubiera estado oculto aquí todo este tiempo, y Aurora no era precisamente una admiradora de la belleza, parecía un crimen—. ¿Cuál es el punto?

—Oh, todo es para los bots. Las luces reflejadas les indican a distancia exactamente dónde se encuentran los artículos entre nuestros millones. Es todo muy sofisticado.

Aurora reconoció una indirecta cuando la escuchaba. La mujer no la había llamado aquí para discutir las complejidades de la Intendencia. Con esfuerzo, Aurora apartó los ojos de los destellos y se enfocó en la mujer, en los bots inmóviles detrás de ella, esperando en ventanas cerradas a clientes que no vendrían.

—Así que estoy aquí —dijo Aurora, recordando que aún sostenía su pistola y eligiendo no apuntarla a la cara de la mujer. La empleada de la Intendencia llevaba su uniforme, tenía las manos visibles y parecía tan amenazante como un peludo Talpa de vuelta en Wexer—. ¿Qué querías decirme?

—Que tu plan no funcionará.

—¿Y cómo sabes mi plan?

La mujer ladeó la cabeza con la mirada que los pacientes dan a sus inferiores.

—Deberías estar muerta, y en lugar de eso estás aquí, dirigiéndote hacia el centro de comunicaciones. No hace falta mucho para discernir tus intenciones.

Aurora se encogió de hombros.

—¿Y?

—Así que tal vez deberías cambiar de táctica —dijo la mujer—. Le di a un asociado tuyo una pequeña unidad. En ella, hay información que te ayudaría. ¿Por casualidad te la dio?

—¿Un asociado? —dijo Aurora—. Y no, no tengo ninguna unidad.

—Por supuesto que no —la mujer chasqueó la lengua, hizo un gesto hacia el reluciente inventario—. Todo esto se volverá contra nosotros muy pronto. DefenseCorp está haciendo cambios, y cuando terminen, tú y yo y todos los demás soldados a bordo de esta nave seremos innecesarios.

Aurora retrocedió un paso de la mujer, ganando espacio para apuntar con su pistola.

—No eres solo una ayudante de la Intendencia, ¿verdad?

—Mira lo que tenemos aquí —dijo la mujer, más al bot a su izquierda que a Aurora—. Rara es tal inteligencia en los escuadrones.

¿Los escuadrones? Cada insulto tenía sus orígenes, su hogar. Escuadrones, dicho de esa manera, no era diferente.

—Agente —dijo Aurora, esta vez apuntando la pistola directamente y lista—. Deja las palabras crípticas y dime por qué no debería quemarte aquí mismo.

Si la amenaza tuvo algún efecto, la mujer no lo demostró.

—Dime, Aurora. ¿Por qué elegiste unirte al Sever Escuadrón?

—No juegues —respondió Aurora—. Mis amigos están en problemas y no tengo tiempo.

Eso, al menos, pareció merecer un asentimiento respetuoso. Tal vez la agente pensaba que Aurora no sabía mucho más allá de armas y carreras, pero al menos Aurora se apegaba a sus prioridades.

—Bien. No todos queremos lo que Renard busca —dijo la mujer—. Si hay alguna parte de DefenseCorp que tendría un grupo oculto trabajando en su contra, sería la nuestra. El *Nautilus* está en la primera línea de un plan más grande, uno en el que te tropezaste por accidente porque ese científico no pudo soportar a Dynas por más tiempo.

Aurora recortó entre las palabras, buscando la carne detrás de la grasa.

—Así que quiere que detengamos a Renard —dijo Aurora—, de lo que sea que esté planeando. Ya estamos en ello, por si no se había dado cuenta.

—Oh, no solo a Renard —dijo la mujer—. DefenseCorp está en un punto de inflexión. El dinero ya no es suficiente para algunos que ven una oportunidad en una galaxia sin competencia. Debemos recordarles que el castigo por el poder es demasiado severo para sus ambiciones.

—Hable claro.

La mujer suspiró.

—¿Quiere su objetivo? ¿Quiere su insurrección en esta nave? Entonces déjeme ayudar. Quizás ambas podamos conseguir lo que buscamos al final.

—Genial. Me alegro de que esté dentro —Aurora se dirigió de vuelta hacia la puerta y el pasillo al otro lado—. ¿Viene?

—Un momento —dijo la mujer—. Antes de que nos lancemos contra el enemigo, ¿por qué no nos aseguramos de estar preparadas?

Aurora miró su pistola, un modelo estándar con una batería suficiente para unas docenas de disparos antes de agotarse. La agente podría tener razón.

—De acuerdo, pero rápido —dijo Aurora, y luego chasqueó los dedos de su mano izquierda cuando la agente empezó a volver hacia las estanterías, atrayendo la mirada de la mujer—. Y, ¿cómo se llama?

—Vana —respondió la mujer—. Aunque no encontrará nada si va buscando.

Aurora negó con la cabeza mientras se dirigían de vuelta a las estanterías, en busca de armas. Siempre como una agente, asumiendo una agenda.

Vana no se equivocaba, pero a Aurora no le importaba ella. Tenía agentes más importantes que destruir y compañeros de escuadrón que salvar.

17

SEGUIR EL PLAN

La *Prisa* permanecía donde Sai y Eponi la habían dejado. Una mancha aún estropeaba el suelo del hangar desde las puertas hasta la rampa de embarque de la nave, que ahora descendía para recibirlos después de que Eponi introdujera el código de desbloqueo en el puntal delantero de la *Prisa*. A diferencia de la sala de espera, el hangar mantenía su iluminación blanco plateada, sus sonidos apagados, su sensación de vacío.

—Para ser una nave invadida, está muy tranquila —bromeó Sai cuando la rampa de la *Prisa* tocó el suelo.

—¿No se supone que debemos cambiar eso?

Aurora había mencionado la táctica de intimidación como parte del plan, y el trío había discutido una forma de llevarlo a cabo. Una forma que sonaba difícil en la conversación y parecía aún peor cuando Eponi y Sai se dispusieron a ponerla en práctica.

—No va a ser fácil —dijo Sai mientras subían por la rampa—. ¿Alguna vez has liderado un ataque a una nave?

—Sai, soy piloto de karts —Eponi lanzó una mirada de disgusto a los restos chamuscados que aún se aferraban al suelo central de la *Prisa*—. Además, ¿cuándo fue la última vez que DefenseCorp nos envió a un conflicto espacial?

Hacía mucho tiempo. Sever tenía su papel que desempeñar, uno ligado a los asaltos terrestres. El *Nautilus* no era una nave ágil dedicada a la caza de piratas o a reprimir flotas corporativas revoltosas que desafiaban el dominio de la seguridad espacial de DefenseCorp. Más bien, el monstruoso buque de Deepak se abría paso de mundo en mundo, suspendido en los cielos y enviando sus oleadas mortíferas a la superficie.

—Supongo que tendremos que aprender rápido —dijo Sai—. ¿En qué torreta me quieres?

—En ninguna —Eponi siguió hacia la cabina—. Menos preciso, pero puedes controlarlas ambas desde aquí. Si nos metemos en una verdadera pelea de perros, estamos acabados de todos modos, así que mejor quédate donde pueda culparte cuando las cosas salgan mal.

—Estoy encantado.

—Apuesto a que sí.

La cabina de la *Prisa* presentaba cuatro asientos en una formación de dos por dos, colocando al piloto y copiloto al frente y al centro, mientras que los dos asientos traseros ofrecían vistas y consolas para la gestión de sistemas. Viniendo de una carrera en lanzaderas de descenso, donde Sai pasaba su tiempo encerrado en un sistema de artillería en la parte trasera, sentarse en un lugar donde pudiera ver mucho de algo se sentía novedoso.

—¿Alguna vez has hecho esto antes? —dijo Eponi mientras Sai tecleaba en las consolas, alternando entre potencia del motor, fuerza del escudo y armas.

—En realidad, no —Sai deslizó el dedo, encontró ambas torretas y dividió sus controles a los lados de su pantalla—. ¿Literalmente uso los dedos para apuntar y disparar?

—Literalmente.

—Esto va a ser terrible —La mayoría de los sistemas de artillería te daban asas, un deslizamiento suave para enviar tus cañones apuntando donde querías. Sai intentó apuntar allí mismo en la bahía, y obtener una vista fija de la puerta requirió múltiples deslizamientos bruscos—. ¿Cómo se podría golpear algo así?

—Te recordaré lo que dije hace un minuto. Si nos metemos en una pelea de perros, vamos a perder —dijo Eponi—. Si eso realmente sucede, cambiaré las torretas a control automático hasta que vuelvas a una. Pero esperemos que el plan de Aurora funcione y no tengas que jugar a ser artillero láser.

—Estoy de acuerdo con eso.

Sai no quería considerar pasar a modo automático. Configurar una computadora para que se encargara del objetivo sonaba como lo mejor, con los reflejos rápidos, los cálculos precisos y todo eso. En cambio, dejar el disparo a una IA significaba enseñarle, en medio de la pelea, si un objetivo era enemigo o amigo, si ir a matar o deshabilitarlo, cuánta energía gastar. Un nido complicado que no valía la pena abordar mientras alguien más disparaba láser caliente a tu casco.

La *Prisa* flotó sobre el suelo del hangar cuando Eponi activó los motores. Los puntales se retrajeron mientras el sistema de comunicaciones burbujeaba con el primer contacto del *Nautilus*. Eponi miró la llamada entrante, y cuando no respondió, Sai lo hizo.

—¿No quieres que nos atrapen aquí, verdad? —dijo Sai.

—Oh, ¿vas a encantarlos con tu habla suave? —contraatacó Eponi.

El oficial al otro lado del sistema de comunicaciones tosió, una tos fuerte con un solo propósito. Sai y Eponi se callaron, aunque ella rotó la *Prisa* para que su nariz apuntara hacia el escudo cerrado del hangar que daba al espacio. La pared de metal en blanco presentaba la barrera principal contra el vacío, complementada por el escudo magnético común destinado a evitar que el oxígeno se escapara cada vez que una nave entraba y salía.

—Eh, *Prisa*, estamos en confinamiento en este momento —dijo el oficial en la comunicación—. Tenemos que mantener las puertas cerradas hasta que la situación vuelva a la normalidad.

—¿Sabes cuál es la situación? —preguntó Sai mientras Eponi cargaba las armas, enviando energía que sería empujada a los motores de la *Prisa* hacia las baterías que la convertirían en luz abrasadora—. Porque te garantizo que no es lo que piensas.

—No estoy seguro de lo que quieres decir —respondió el oficial después de una larga pausa—. Los códigos son claros. Hay peligrosos...

—¿Y si las personas que están dando los códigos son las peligrosas? —Otra larga pausa. Sai silenció su lado, se volvió hacia Eponi—. ¿Estás pensando que nos abrimos paso a la fuerza?

—Estoy pensando en darle a este tipo una oportunidad de ahorrarle a su nave algunas cicatrices dolorosas.

Sai asintió, desactivó el silencio mientras el oficial terminaba alguna excusa divagante. Siempre había esas, las excusas. Cualquiera que no quisiera ver podía encontrar formas de mantenerse ciego.

—Esto es lo que vas a hacer —dijo Sai—, y lo vas a hacer no porque esté en tu lista de códigos, o porque un oficial superior te lo haya ordenado. Vas a seguir mis instrucciones porque una nave pequeña como la nuestra no puede dañar al *Nautilus* desde fuera, pero aquí dentro, somos muy peligrosos.

Nada como amenazar a tu antiguo hogar.

El oficial, aparentemente poco familiarizado con asaltos provenientes del interior de su propio muelle de atraque, volvió a quedarse en silencio. Sai le dio dos latidos, luego volvió a sus torretas.

—¿Lista para irnos? —preguntó Sai a Eponi—. Lo más probable es que estén enviando un escuadrón hacia nosotros.

—Oh, no —respondió Eponi—. Estoy tan asustada.

—No vine aquí para matar soldados de DefenseCorp, Eponi.

—Ojalá compartieran tu actitud. —Eponi centró la *Prisa* en la pared de salida—. Dispara.

Sai cerró la llamada con el oficial, tocó la consola y observó cómo las torretas de la *Prisa* desataban un torrente verde dentado. Los láseres sobrecalentaron y evaporaron la barrera metálica mientras Sai dirigía los cañones para tallar un agujero lo suficientemente grande para que la *Prisa* pudiera atravesarlo. Dentro de la nave, más allá del espectáculo de luces, la destrucción no ofrecía sonido ni olor. Como ver una película.

—Ahí está ese escuadrón —dijo Eponi, frunciendo el ceño.

—¿Cómo puedes saberlo? —Sai continuó disparando. Los láseres se acercaban a tallar una abertura lo suficientemente amplia—. ¿No quedan cámaras funcionando?

—Nuestros escudos traseros están siendo golpeados —dijo Eponi—. Es adorable cómo creen que pueden atravesarlos.

—No les demos más oportunidades de las necesarias. —

Sai señaló el enorme agujero ardiente naranja y negro frente a ellos—. ¿Crees que puedes volar a través de eso?

—Podría dejar algún rasguño, pero si es con lo que tengo que trabajar...

—Lo es.

Eponi aceleró la *Prisa* hacia adelante y la nave saltó como un resorte liberado. Sai cerró los ojos mientras la nave se estrellaba a través del daño que había causado, unos cuantos chillidos desgarradores se filtraron en el interior cuando el trabajo de las torretas de Sai resultó ser deficiente.

Pero estaban fuera. En el espacio. Entre las estrellas.

—Sabes que esas reparaciones saldrán de tus cuentas —dijo Eponi mientras hacía girar la *Prisa* en un largo bucle sobre el *Nautilus*—. La pintura nueva no es barata.

—Si vivimos lo suficiente para repintar esta cosa, pagaré con gusto. —Sai cambió su consola a los escáneres de la *Prisa*. Limpio y despejado. El *Nautilus* avanzaba rápidamente en tránsito. No necesitaba escoltas—. ¿Cuánto tiempo hasta que envíen a alguien tras nosotros?

—No lo sé, no me importa —dijo Eponi, volteando la *Prisa* para que el *Nautilus* quedara suspendido sobre sus cabezas, como una gigantesca luna metálica en un cielo estrellado—. Puede que no esté de acuerdo con el gran plan de Aurora, pero ya estamos en marcha.

Encerrados en una misión. ¿Con qué frecuencia sucedía eso? Sever Escuadrón solía recibir un objetivo y encontrar la manera de meterse en una docena de otras peleas en el camino, abriéndose paso a través de un lío tras otro antes de emerger al final con el premio en la mano. Así había sido en Wexer, en Dynas, pero aquí...

Controlados y empujados por pasillos. Ahora Sai y Eponi tenían una oportunidad, un camino, y si no lo ejecutaban, habría otra estrella de corta vida ardiendo alrededor del *Nautilus*.

Aurora tenía que hacerlo bien. Tenía que hacerlo. La jugada era arriesgada, pero Sai no había podido encontrar una opción diferente. No se le había ocurrido nada más allá de abrirse paso a través de unos cuantos miles de soldados para asesinar a Renard, y aunque Sai pusiera la katana donde debía ir, nunca saldrían vivos de ese puente.

Así que Eponi los colocó fuera de ese gran escudo de vidrio. Acelerando más rápido que el *Nautilus* para coronar el frente rocoso de la gigantesca nave, dirigiéndose hacia el puente, luego igualando la velocidad del *Nautilus* mientras Eponi daba la vuelta a la *Prisa*. Sin gravedad en este desastre del espacio profundo, nada frenaba a la *Prisa*, permitiendo que la nave quedara nariz contra cristal con el puente y sus miles de miradas fijas en ellos.

—Saluda —dijo Eponi, moviendo su mano lentamente de un lado a otro.

Eran pequeños. Tan condenadamente pequeños. La *Prisa* era una mota frente al *Nautilus* y su puente, tan grande que Sai no podía ver alrededor. Como enfrentarse al horizonte. Como amenazar a un dios.

—Esto es una locura —dijo Sai.

Si Sai se sentía abrumado, como si hubiera ido mucho más allá de las regulaciones y expectativas, Eponi no parecía en absoluto afectada. Todavía saludando, con una sonrisa maníaca pegada en su rostro, una forma que por lo demás mantenía una concentración fija que Sai no podía evitar envidiar, Eponi parecía estar en su elemento.

—Oh, sí —dijo Eponi, sin apartar la mirada del puente—. Esto es lo más loco que puede haber, Sai. Me encanta.

Con sus manos moviéndose, activando el comunicador e iniciando una transmisión directa al puente del *Nautilus*,

Sai no podía identificarse del todo con la emoción de Eponi. ¿Le encantaba? Sus nervios bombeaban, tragó con dificultad, y Sai sabía que preferiría atravesar a mil soldados que enfrentarse cara a cara con una nave en el espacio.

—Es como las carreras de karts —dijo Eponi, aparentemente ajena a las náuseas de Sai—. Llegas a un punto donde es todo o nada. Tienes que ir a por ello. Suena cursi, pero aquí estamos, tío. Aquí estamos, jugándonoslo todo.

—Claro —dijo Sai con la boca seca—. La llamada se está conectando.

—¿Quieres ser el mensajero?

—De acuerdo. —Sai cerró los ojos, se aisló de todos esos puntos observadores en el puente y activó su micrófono—. Llamando al *Nautilus*, aquí la *Prisa* con una simple petición. Si no cumplen, embestiremos el puente.

Sai tomó aire, mantuvo el rostro impasible y, con Eponi asintiendo para darle ánimos, comenzó una guerra.

18

AMISTOSOS

El novato cumplió con su trabajo. Gregor no tuvo que apretar el gatillo de su rifle, ni siquiera avanzar más allá de la cobertura de la puerta mientras Rovo usaba la nueva armadura potenciada, aunque sus armas fueran inofensivas, para atrapar y golpear a ambos agentes, dejándolos inconscientes en el suelo del pasillo.

—No puedo negarlo, eso se sintió bastante bien —dijo Rovo—. Incluso mejor, considerando que el resto de mí se siente como basura.

—Sí —respondió Gregor—. Golpear ayuda al alma.

—Nunca lo había pensado así, pero puede que tengas razón.

Sin embargo, si las filosofías de Gregor se quedarían grabadas o no, no era la cuestión del momento. A la derecha, el pasillo experimental continuaba hacia la proa del *Nautilus*, presentando habitaciones que podrían ofrecer armas, equipamiento o alguna pista sobre lo que estaba pasando aquí. Hacia la izquierda se encontraba el comedor, más habitaciones de los barracones y, eventualmente, los motores.

Sin una pulsera y una identificación que funcionara, no tenían una buena manera de usar los ascensores. Gregor miró el cuerpo de un agente, preguntándose si podría usar sus huesos inertes y la pulsera adherida a ellos como una llave, pero la pequeña computadora se había apagado. Bloqueada como las otras.

—¿Entonces tenemos un plan ahora? —preguntó Rovo mientras Gregor confirmaba que ninguno de los cuerpos podía ser utilizado—. Pensé que íbamos a volver a las bahías de acoplamiento.

—Es difícil hacer eso sin una pulsera —dijo Gregor—. ¿Oyes algo?

Rovo aún tenía ese Bicho, el pequeño dispositivo pegado en el oído del novato. Gregor no podía ver al novato escuchándolo sin la armadura potenciada, ni leer ninguna expresión, pero cuando los gigantescos brazos metálicos se encogieron de hombros, eso proporcionó respuesta suficiente.

—Si están hablando, no lo estoy captando —dijo Rovo—. Creo que seguimos por nuestra cuenta.

—Entonces nos dirigiremos a los barracones. —Gregor sopesó los riesgos—. Podríamos encontrar a alguien que conozcamos, o a alguien a quien podamos convencer de que nos consiga un ascensor.

Rovo no objetó, y los dos se dirigieron pesadamente hacia el comedor bajo la luz roja. La espalda de Gregor le picaba sin el peso familiar de su martillo, y no le gustaba el agarre del rifle en manos sin los guanteletes de la armadura potenciada. Ver a Rovo avanzar con estruendo le parecía extraño a Gregor, una inversión de posiciones. El novato debería ser quien se escondiera detrás de las piernas blindadas de Gregor.

Pero las misiones se burlaban de lo habitual, y esta

misión había dejado lo normal tan atrás que Gregor ya no podía aferrarse a ello.

—¿Qué tal lo hice allá atrás? —dijo Rovo mientras pasaban por las salas de preparación de los laboratorios que dejaban atrás. Casilleros apilados con trajes protectores, todos bloqueados con paneles de luz roja—. El traje dice que no recibí ni un solo golpe real. Supongo que no está mal, ¿verdad?

—¿Por qué me lo preguntas a mí?

—Porque tú eres el machacador de este equipo. Yo no hago mucho trabajo de cerca y personal. ¿Moví bien los pies? ¿Qué tal el movimiento de finta y golpe con el primero?

—No lo sé.

Rovo lo dejó después de eso. Gregor alejó un ceño fruncido, dejando su habitual expresión impasible. Él no era el instructor del novato. Diablos, el novato ni siquiera era ya un novato. Después de Dynas y Wexer, Rovo había visto y hecho lo suficiente para ganarse su estatus como miembro de pleno derecho de Sever Escuadrón. El chico tendría que tomar su propia retroalimentación, aprender sus propias lecciones.

Eso es lo que Gregor había hecho. Desde su primer despliegue hasta el último, Gregor había evaluado cada puñetazo lanzado, cada golpe de martillo, y considerado cómo podría golpear más fuerte y rápido la próxima vez. Hasta ahora, había funcionado.

—Oye —dijo Rovo cuando se acercaban al comedor—. Estoy captando algo en el Bicho.

Gregor echó otra mirada hacia atrás, confirmó que no había otros agentes, ni otros escuadrones acechándolos. El comedor estaba cerrado como todas las demás cámaras, pero con la armadura potenciada de Rovo, podrían atravesarlo de un golpe cuando necesitaran moverse.

—¿De quién?

—Eh —dijo Rovo—. No de quien esperaba.

—Esa no es una respuesta.

—Cierto —dijo Rovo—. Es de Kaia. Dice que han aterrizado en su nuevo hogar.

Implicaciones envolvían esas palabras, pero Gregor las apartó, centrándose en la pregunta más importante.

—¿Estás seguro?

—Definitivamente —dijo Rovo—. El mensaje tiene unos días de antigüedad, lo que coincidiría con cuando se fueron de Wexer. Acaba de llegarme ahora. Significa que no fueron muy lejos.

—No me sorprende.

Kashmal, el padre de Kaia y el dudoso hombre que había llamado a Sever para un rescate en Dynas y sus pantanosos planes, no tenía mucho dinero cuando aterrizaron en Wexer y se separaron. Había planeado vender secretos de Dynas para mantenerse a flote hasta que Kashmal encontrara otro trabajo menos mortal. Gregor no sabía lo que se necesitaba para empeñar datos sobre virus que alteran el cuerpo, pero podía adivinar que no era tan fácil.

—¿No quería Deepak saber dónde estaba Kaia? —preguntó Rovo, inmóvil en la armadura potenciada—. ¿No era ese todo su juego?

—Aurora pensó que podríamos decirles el nombre del carguero —dijo Gregor—. DefenseCorp podría rastrearlos desde allí. Quizás podrías ofrecerles algo mejor.

—Sí, excepto que tenemos un problema.

—¿Lo tenemos?

—El Bicho no está exactamente conectado a satélites interestelares. Se mete en los relevos cuando se acerca, escanea las ondas. Captó este mensaje porque el *Nautilus* lo encontró primero. Mi etiqueta sigue vinculada a esta nave.

Etiquetas. Establécete en cualquier parte de la galaxia con una conexión satelital funcional y tu identidad se propagará a través de las estrellas, informando a todos los rincones del alcance de la humanidad exactamente dónde se te puede encontrar. Cualquier satélite que capte un mensaje con una etiqueta desconocida lo retransmitiría a cualquier satélite en su alcance, haciendo rebotar los datos por la galaxia como un perro buscando a su dueño. Para Sever, el *Nautilus* había sido su hogar durante mucho tiempo. Gregor ni siquiera había pensado en reiniciar la suya, no es que fuera a recibir muchos mensajes.

Los mensajes de sus padres habían dejado de llegar hace años.

—¿Dijiste que esto es un problema? —preguntó Gregor.

—Deepak quiere saber la ubicación de Kaia, ¿verdad? —dijo Rovo, las preguntas sonando un poco ridículas viniendo del interior de ese gran traje—. ¿Ese era todo nuestro salvavidas aquí? Bueno, ese mensaje para mí llegó a través del *Nautilus*. Cualquiera que esté prestando atención a sus capturas entrantes podría verlo.

—¿Encriptado?

—Claro, pero en una nave infestada de agentes —Rovo se volvió hacia las puertas del comedor y comenzó a avanzar hacia ellas de nuevo—. ¿Cuánto crees que durará?

—¿El puente, entonces?

—No si podemos evitarlo —Rovo centró la armadura en las puertas del comedor, agachándose en posición de carga —. El centro de comunicaciones tendrá, como, una décima parte de la gente. Podemos conseguir el mensaje allí y borrarlo. Si tenemos suerte, el puente no lo habrá notado. Si no, entonces tendrás la oportunidad de hacer mucho destrozo antes de que muramos.

Siempre hay un lado positivo.

—Abre el camino, novato —dijo Gregor, tomando cobertura en el lado derecho de la puerta del comedor.

—Oh, yo voy primero —Rovo se impulsó, lanzando la armadura en una carga de hombro contra las grandes puertas que atravesaban el vestíbulo.

Los impulsores cinéticos del traje hicieron su trabajo, lanzando el traje contra y a través de las puertas con un fuerte y desgarrador estruendo. El metal rasgado chirrió y se partió mientras Rovo se sumergía, levantando chispas. Gregor lo siguió rápidamente, levantando el rifle mientras avanzaba, bañado por las luces rojas de advertencia del vestíbulo.

Gregor había estado preparado para una recepción. Si un escuadrón, agentes o no, no iba a entrar en el laboratorio de armas tras ellos, entonces esperar para matar a los miembros de Sever bajo la cobertura abarrotada del comedor tenía sentido.

Mesas volcadas formaban barreras improvisadas, sus tapas cromadas brillando hacia Gregor. Las luces rojas jugaban con el arte del comedor, convirtiendo los diseños en contornos de una película de terror, haciendo que los cañones de los rifles apuntando hacia ellos se vieran aún más ominosos. A primera vista, mirando detrás de los brazos levantados de Rovo, Gregor contó más de dos docenas. Al menos un par de escuadrones enviados aquí.

Debería tomarlo como un punto de orgullo: Defense-Corp valoraba a Rovo y Gregor lo suficiente como para requerir tanta resistencia. No estaba mal.

Sin ninguna cobertura para ellos mismos, no había una pelea que librar aquí. Gregor siguió el ejemplo de Rovo y bajó el rifle, levantando las manos. Esperó a que los escuadrones decidieran que una orden de matar tenía más sentido que jugar limpio.

En su lugar, una mujer impetuosa con el uniforme rojo brillante dado a los escuadrones de vanguardia, aquellos que hacían los difíciles primeros descensos en combates intensos para mantener posiciones a toda costa, se levantó de la cobertura. Con su rifle levantado y apuntando, avanzó hacia el centro del comedor, acercándose a Rovo, sus botas resonando en el suelo metálico, su tecnología de tracción adhiriéndola con cada paso.

—Mantengan esos brazos arriba —dijo la mujer mientras se acercaba—. Si los veo bajar un centímetro, los convertiremos a ambos en cenizas.

—Me alegro de verte, Lamya —dijo Gregor—. Lástima que esto no sea una simulación, o llamaría tu farol.

Lamya no parecía compartir la opinión de Gregor. Aparte de un rapidísimo vistazo en su dirección, mantuvo su concentración en Rovo.

—Sal del traje, soldado. No sé dónde encontraste esa cosa, pero no resistirá cuando empecemos a disparar.

—No sigas sus órdenes —dijo Gregor, apostando. Esperando que diera resultado—. Lamya, no estamos aquí por ti.

—No me importa por qué estén aquí —respondió Lamya, bajando el ojo a la mira de su rifle—. Nosotros *sí* estamos aquí por ustedes. Deja el traje, ahora. No lo pediré de nuevo.

—Suena seria, Gregor —dijo Rovo—. Preferiría no recibir más disparos hoy.

—Cállate, novato —dijo Gregor, y luego comenzó a caminar hacia Lamya—. Si nos detienes aquí, todos vamos a perder. Los agentes ganarán.

—¿Los agentes? —Lamya se rió—. Gregor, siempre

suenas loco, pero ahora estás en otro mundo. Dile al chico que salga del traje.

Tres opciones. Si Rovo dejaba el traje, perderían su ventaja. Gregor y el novato se encontrarían prisioneros, encerrados en una celda de detención y esperando hasta que alguien decidiera cocinarlos o arrojarlos al vacío.

Gregor podría pelear. Tal vez llegaría a Lamya antes de que los escuadrones lo quemaran. Rovo, sin un solo paquete de energía para sus armas, conseguiría un par de golpes torpes antes de que los láseres lo derritieran.

Lo que dejaba...

—Antes de que dispares —dijo Gregor—. Llama al puente. Consulta con el almirante. Aurora debería estar allí. Ellos nos respaldarán. Darán fe de lo que te estoy diciendo.

—¿Y si no lo hacen? —dijo Lamya—. ¿Si me dicen que son los mismos malditos intrusos que se supone que debemos manejar?

—Entonces estaremos de vuelta aquí. A un apretón del gatillo.

Diplomacia. Las palabras se sentían viscosas en su boca, débiles y tristes. Suplicando por su vida, intentando tácticas milagrosas para sobrevivir. Cada minuto en el *Nautilus*, salvo la pelea en la bahía médica, había sido un sándwich de mierda. Rovo, sin embargo, no merecía morir tan joven. Gregor podía apretar los dientes y pasar por esto por el novato. Solo por esta vez.

Lamya, sosteniendo el rifle con una mano, se llevó la muñequera a la boca. Comenzó a hablar en la computadora cuando las luces del techo parpadearon. Las advertencias rojas se apagaron, volviendo a su habitual blanco plateado. Mientras la líder del escuadrón que debería haber incinerado a Gregor y Rovo bajaba su muñequera, una voz temblorosa crujió a través de los intercomunicadores del *Nautilus*.

—Alto el fuego —anunció Deepak—. La alerta de intrusos ha sido cancelada. Se ordena a todos los escuadrones que se desarmen y vuelvan a sus deberes regulares. La amenaza a nuestra nave ha sido neutralizada.

El almirante repitió la orden una segunda vez, y el rostro incrédulo de Lamya se volvió cada vez más sospechoso mientras escuchaba las palabras. Gregor habría sentido lo mismo, habría pensado que se había hecho algún truco. Pero cuando algo sale a tu favor, tienes que aprovechar la ventaja.

—Has oído al almirante —dijo Gregor—. No somos la amenaza, Lamya. Déjanos ir.

La líder del escuadrón le dio a Gregor una mirada lo suficientemente dura como para agrietar el granito, luego bajó su rifle.

—Está bien, Sever —dijo Lamya—. Tienen su oportunidad, pero iremos con ustedes. Si las cosas resultan como creo que lo harán, habrá disparos.

Gregor no podía estar más de acuerdo.

19

AMENAZAS Y APUESTAS

Eponi se aferraba a la bravuconería como si fuera una estrella que le concedería todos sus deseos. La adrenalina le inundaba las manos temblorosas mientras sujetaba los controles de vuelo del *Prisa*, sus ojos parpadeando entre los escáneres y los sistemas una y otra vez, buscando un fallo y sabiendo que no encontraría ninguno. Escuchaba a Sai pronunciar las palabras que Aurora había establecido para ellos, dando un toque paternal a las exigencias que Deepak tendría que cumplir, y cada maldita frase empujaba a Eponi más y más al límite.

No se desertaba de DefenseCorp sin consecuencias. Y esas ya eran lo bastante terribles. Pero, ¿amenazar con embestir una nave de DefenseCorp? ¿Nada menos que un crucero de clase *Odin*, con millones de horas-hombre y toneladas de material?

No habría vuelta atrás después de esto. Eponi no volvería a pilotar ni un kart, sin importar cuánto dinero ganara, no es que fuera a vivir lo suficiente para ganar mucho. Ningún equipo de carreras, ninguna marca patrocinadora se arriesgaría a enfadar a DefenseCorp.

A un desertor se le podía dejar ir. A un enemigo se le mataría.

—Creo que eso es todo —dijo Sai, soltando un largo suspiro mientras terminaba la lista—. ¿Lo he dicho todo?

Eponi filtró el discurso de Sai a través de su propia confusión.

—Veamos, les has pedido que levanten el confinamiento, que declaren hostiles a todos los agentes y que limpien nuestros registros. Eso lo cubre todo, ¿no?

—¿Cuánto crees que harán?

—Más les vale que todo —dijo Eponi—, o voy a darle caña a estos motores y el pobre Deepak se va a convertir en polvo espacial.

Sai asintió lentamente, sin parecer muy entusiasmado con ese posible desenlace. ¿Y por qué iba a estarlo? El hombre tenía familia, había elegido dejarla, en una decisión que Eponi nunca podría reconciliar. A ella la habían obligado a jugar este juego, a disparar láser pornográfico por toda la galaxia a las órdenes de un peligroso traficante, pero ¿Sai? Él podría haberse quedado en casa. Podría haber arropado a sus hijos cada noche y haberlos despertado silbando con la luz de la mañana.

Los celos de Eponi se habían transformado en lástima a lo largo de las misiones, y no podía deshacerse de ese sentimiento ahora, viéndolo observar los rostros demasiado pequeños en el puente a través de su enorme cúpula de cristal. Había elegido bailar con un demonio que nunca dejaría que la canción terminara.

Tal vez Sai lo sabía y no le importaba.

El comunicador crepitó y Sai lo abrió para transmitir. Esta vez, la consola izquierda de Sai se agitó y se transformó en el rostro nítido de Deepak. Sin interferencias en la transmisión, ya que Eponi calculaba que la nariz de

Deepak estaba a cincuenta metros de su fría cabina de metal.

—He hecho lo que me habéis pedido —dijo Deepak, y Eponi podría jurar que el hombre había envejecido unos años entre el momento en que lo había visto en la bahía y este instante. Renard estaba de pie detrás del almirante, libre y frustrado en el puente, un claro contraste con la afirmación de Deepak. El suspiro de Sai demostró que él también había notado la presencia del bastardo—. ¿Qué vais a hacer vosotros dos? ¿Y dónde está Aurora?

Sai parecía estar perdido. El hombre nunca había sido muy innovador si el problema no implicaba unir dos cables para hacer que algo explotara. Eponi apartó el estado del sistema de su consola, uniéndose a la llamada y esbozando una sonrisa salvaje que solía usar para poner nerviosos a sus oponentes en las carreras de karts.

—Mira, Almirante —dijo Eponi—. Eres un mentiroso.

Deepak abrió la boca y Eponi agitó un dedo.

—Ah, ah, ah, no. Mantén esa trampa cerrada un minuto. ¿Ves a ese hombre detrás de ti? No sé si estabas escuchando cuando Sai leyó las instrucciones, pero esa cucaracha espacial de ahí es un agente y debería estar esposado. Si quieres ganarte puntos con nosotros, deberías estar enviándolo por la escotilla de aire ahora mismo.

Deepak, y el almirante se ganó un poco de elogio por parte de Eponi aquí, se mantuvo sereno. Le dio a Eponi tres segundos completos para considerar si quería añadir un apéndice a su reprimenda verbal.

—¿Has terminado? —preguntó Deepak cuando Eponi mantuvo las cosas concisas—. Renard, junto con los otros agentes a bordo de esta nave, no están bajo mi jurisdicción para arrestarlos. Pertenecen a DefenseCorp tanto como yo...

—Vale, voy a pararte ahí —interrumpió Eponi—. No nos

importa quién tiene el derecho de hacer qué. Buscamos resultados. Y no estoy viendo ninguno. —Aunque Eponi sí veía a Renard cada vez más enojado, y eso le producía un placer perverso. Dado que Eponi sería reducida a pedazos en cuanto el *Nautilus* decidiera poner sus cazas en el aire, se aferraría a esa alegría. Se regodearía en ella—. Así que voy a contar hasta cinco, y si ese hombre no está en el suelo con esposas en las muñecas, vamos a tener una fiesta.

Los ojos de Sai habían alcanzado el tamaño de la luna cuando Eponi empezó a contar. Deepak balbuceó, pero dos de los soldados detrás de él tuvieron mejores ideas. Renard no opuso resistencia cuando le pusieron las esposas en las muñecas, lo ataron y lo empujaron más cerca de la cámara para que Eponi pudiera ver que el trabajo estaba hecho.

—Uno —dijo Eponi, inclinándose hacia la cámara como para echar un vistazo más de cerca—. Almirante, parece que tu propio personal tiene una mejor idea de las cosas que tú. Ahora, dime que pondrás la diana sobre los agentes como Sai te pidió amablemente.

Esta era la gran jugada. Aurora no creía que Deepak lo haría, quería que Eponi y Sai le preguntaran de todos modos, presionaran al almirante y hicieran que todos esos oficiales de modales suaves que llevaban café en el puente se preguntaran si sus vidas estaban a punto de terminar porque Deepak decidió proteger a un grupo de espías en lugar de a su leal personal.

Cuando Deepak se negara, Aurora saltaría a través del centro de comunicaciones de respaldo del *Nautilus* y declararía al almirante un traidor a su propio personal. Llamaría a una rebelión y, ¡bum!, tendrían una chispa entre manos. Eponi y Sai volverían, ofrecerían apoyo y ayudarían a echar a todos los malditos agentes de la nave.

Pan comido.

—¿Entiendes la elección que me estás dando? —dijo Deepak—. Si acepto, esta nave será destrozada en la lucha.

—Si no lo haces, será destrozada ahora mismo —respondió Eponi—. Elige un bando, almirante. Me estoy aburriendo aquí fuera.

Más importante aún, Eponi mantenía un ojo en el escáner de su consola, observando por si aparecían esos puntos rojos que indicarían que algo había sido lanzado para buscarlos. Los puntos aún no habían aparecido, pero Eponi no tenía duda de que lo harían. Ya fuera que Deepak enviara cazas o que los agentes de Renard encontraran sus propias naves, no había manera de que dejaran al *Prisa* mantener al crucero como rehén por mucho más tiempo.

Deepak se apartó de la cámara que proyectaba su imagen en los ojos de Eponi. Las grandes decisiones debían pesar en las mentes de quienes las tomaban —una de las muchas razones por las que Eponi trataba de mantenerse alejada de ellas— y Deepak no parecía diferente aquí. Recorrió con una larga mirada los niveles que se extendían bajo él, y Eponi se preguntó si recibiría miradas de enojo a cambio, rostros esperanzados y suplicantes, o la firme resolución de personas preparadas para morir para... ¿qué, defender a los agentes?

Eponi no podía creerlo. Los espías gozaban de cierto respeto entre los soldados, principalmente porque ideaban los contratos que mantenían el flujo de dinero, pero todos conocían a un amigo que había muerto debido a inteligencia deficiente. Todos conocían el principio operativo de los agentes: el fin justifica los medios.

—De acuerdo —dijo Deepak, dejando de lado el tono reticente que había manchado sus conversaciones anteriores por el mando formal que Eponi reconocía. El rey poniéndose su corona—. Transmitan esto por toda la nave. Todos los agentes deben presentarse en la bahía de carga C-17. Por la seguridad de esta nave, sus soldados y su tripulación, esta orden entra en vigor de inmediato.

Eponi silenció su micrófono, mantuvo la boca cerrada, pero no logró ocultar la sorpresa de sus mejillas, sus ojos. Deepak realmente lo había hecho. No había encadenado a los agentes ni los había arrojado por una escotilla, pero había dividido la nave.

—Estoy atónito —dijo Sai, haciéndose eco de los pensamientos de Eponi—. No creí que el almirante tuviera ese tipo de agallas.

—Habría perdido mucho dinero en esa apuesta —concordó Eponi.

Deepak parecía más que un poco agotado después de pronunciar su discurso, pero se acercó de nuevo a la cámara. Abrió la boca como si estuviera a punto de lanzar una severa advertencia a la nave que lo mantenía como rehén, cuando la mirada del almirante se torció hacia un lado. Detrás de él, Eponi vio a Renard, con las esposas aturdidoras cayendo de sus muñecas mientras los supuestos soldados lo liberaban, alcanzar una pistola.

—¡Detrás de ti! —dijo Eponi, y entonces se dio cuenta de que aún tenía el micrófono silenciado.

Antes de que pudiera desactivarlo, antes de que pudiera repetir la advertencia, la transmisión se cortó. Eponi se irguió de golpe, mirando a través del cristal, el espacio y el cristal de nuevo para ver lo que podía ver. Destellos relampagueaban alrededor del puente, un espectáculo de luces puntuado por estallidos cuando los disparos fallidos golpeaban cosas con tendencia a explotar.

Eponi y Sai no tenían forma de saber quién estaba ganando la pelea, ni de saber si Deepak o Renard seguían vivos. Intentó hacer otra llamada, pero nadie respondió.

—Aurora dijo que estaríamos iniciando una guerra —dijo Sai—. Supongo que eso es lo que hicimos.

—No pensé que realmente sucedería.

—Al menos no estamos muertos.

Eponi habría estado de acuerdo, habría dicho lo aliviada que estaba de no haber tenido que estrellar esta hermosa nave contra el puente. Eponi no habría dicho que no estaba segura de si habría podido llevarlo a cabo, si Deepak hubiera descubierto su farol.

Pero no tuvo que hacer ninguna confesión, porque los malditos escáneres emitieron una alerta que superó el espectáculo de luces del puente y sus implicaciones. Cuatro pequeñas naves, saliendo del *Nautilus* y dispersándose en un amplio barrido hacia el *Prisa*.

—Esos no vinieron de los hangares de cazas —dijo Sai.

—Porque esos no son nuestros cazas —respondió Eponi—. ¿Quién quiere apostar a que la gente de Renard trajo algo de seguro?

—Yo no.

—Cobarde.

Habían terminado de amenazar al puente. Deepak había puesto las llamas en juego. Aurora tenía que encargarse de los internos desde aquí. Eponi activó los motores, devolvió algo de energía a esos escudos deflectores de láser, y rozó el puente mientras el *Prisa* se elevaba y pasaba por encima del *Nautilus*. Esos cuatro puntos volaron alrededor, formando detrás de ellos.

—¿Te importaría ir a una torreta? —dijo Eponi—. ¿O ibas a jugar al tirador de deslizar?

Sai se sobresaltó, luego se levantó de la silla, —No, definitivamente no deslizaré. Iré allá atrás.

—Gracias.

Los primeros disparos azul hielo pasaron zumbando

mientras los puntos se acercaban. Eponi hizo un doble take al ver el color del láser mientras giraba el *Prisa* hacia la derecha, preparándose para dar la vuelta alrededor del *Nautilus* y usar el volumen de la gran nave como cobertura.

El azul significaba alta energía. Cañones de ráfaga que darían un golpe tremendo, pero que consumían energía como Eponi consumía esos cócteles en Wexer. Estos cuatro cazas no estaban jugando para un enfrentamiento largo, entonces. No tendrían muchos escudos, muchos motores.

Querían una muerte rápida.

—Lamento decepcionarlos —dijo Eponi a nadie.

Era hora de ver si el *Prisa* respaldaría sus palabras.

20

ENCONTRANDO A KAIA

Hasta ahora, estar alojado en una coraza endurecida que inyectaba a Rovo con químicos entumecedores y energizantes había sido una buena experiencia. Resultó que a Rovo le gustaba bastante no recibir disparos, aplastar a sus enemigos y el clank clank clank que producían sus pesados pies al golpear el pasillo hacia el centro de comunicaciones.

Lamya, Gregor y la mitad de su escuadrón lo seguían —había dejado a la otra mitad vigilando los laboratorios de armas— y el conjunto hacía que Rovo se sintiera como un verdadero líder, marchando al frente de sus soldados hacia algún gran destino.

Ese gran destino, después de un viaje en ascensor, se reveló como una pared acristalada y discreta. A diferencia del puente, que apretujaba su volumen en una puerta más pequeña y defendible, el centro de comunicaciones del *Nautilus* parlamentaba abiertamente con toda la nave. En lugar de acero endurecido, el centro de comunicaciones se revelaba al pasillo a través de una pared de cristal dividida en secciones, cada una dispuesta y capaz de abrirse para cualquiera que se acercara. Escáneres se asomaban desde las líneas entre esas secciones, buscando pulseras para verificar.

Detrás del cristal, Rovo captó muchas miradas que se volvían para ver a su fuerza retumbante mientras se acercaban. El traje de Rovo lo hacía casi tocar el techo del pasillo, sus brazos metálicos lo suficientemente anchos como para cubrir la mitad del ancho del pasillo. Imponente en cualquier circunstancia, aterrador en el *Nautilus* y sus confines estelares.

Resultó que el centro de comunicaciones no se había quedado sin protección. Otro escuadrón, que se había reunido después de la orden de Deepak de suspender las operaciones, se dispersó cuando Rovo se acercó, cayendo en una confusión pánica. Su comandante, tirando de su rifle, se detuvo cuando Lamya rodeó a Rovo y pidió un alto.

—Dicen que no son el enemigo —declaró Lamya al comandante, al escuadrón y sus dedos inquietos en los gatillos—. Escuchaste la orden de Deepak diciendo lo mismo.

—Le oí decir que no deberíamos confiar en los agentes —respondió el comandante—. No sé quiénes podrían ser.

La segunda y sorprendente orden de Deepak había llegado mientras el escuadrón de Lamya se preparaba para abandonar el comedor. Tratar a cada agente como una amenaza potencial, conducirlos a todos a una zona de atraque que Rovo no podía recordar. Rovo supuso que debía ser obra de Aurora. Darles la vuelta a las tornas y enviar a los bastardos corriendo.

Bien.

—Yo tampoco —dijo Lamya—. Lo que sí sé es que nosotros no somos agentes. Ni el hombre en la armadura motorizada, ni este civil de aquí.

—Quiero confiar en ti, pero... —El comandante seguía mirando por encima del hombro de Lamya, hacia Rovo.

Tal vez el novato debería hablar por sí mismo.

—No sé quién es usted, comandante —dijo Rovo, manteniendo la armadura quieta. Tan poco amenazante como podía—. Lo que estamos tratando de hacer aquí es rastrear un mensaje entrante. No tiene nada que ver con el *Nautilus* ni con los agentes.

No era estrictamente cierto, ni estrictamente falso. El mejor tipo de declaración.

—¿Entonces por qué estás en una armadura motorizada?

—Porque un agente casi me mata —respondió Rovo—. Sin esta armadura, no estaría vivo.

Otro golpe certero en la escala de la veracidad.

El comandante echó otro vistazo más allá de Lamya, al escuadrón armado detrás de Rovo. Los dedos del hombre abandonaron el gatillo de su rifle al llegar sin duda a la conclusión correcta de que su escuadrón estaría en el lado perdedor de cualquier conflicto.

—De acuerdo —dijo el comandante—. De todos modos, ya ni siquiera se supone que debamos estar aquí. —El hombre tomó aire, asumió la postura erguida que venía con la confianza en su decisión—. Escuadrón, vamos hacia las bahías de atraque. Veamos si hay algún lugar donde podamos ayudar.

Los soldados del comandante acogieron la directiva de su líder de salvar sus propias vidas y se marcharon, sin que ninguno se molestara en mirar atrás hacia Rovo. Cuando has escapado del infierno, ¿por qué te quedarías?

—Gracias por la ayuda —le dijo Gregor a Lamya mientras el grupo se acercaba al cristal del centro de comunicaciones—. No habría querido hacerles daño.

—Lo sé —dijo Lamya—. Sé que lo habrías hecho, sin embargo.

—Sí.

Rovo hizo una mueca ante eso. Gregor tenía que darse cuenta de cuándo la verdad podía hacer más daño que bien.

El escuadrón de Lamya se dispersó alrededor del centro de comunicaciones, vigilando los pasillos que se cruzaban frente al espacio acristalado. Gregor y Lamya entraron, dejando una puerta abierta para Rovo, quien tendría que abandonar su armadura motorizada para caber.

Dejar su jaula médicamente potenciada no parecía la mejor idea. Alguien más en el centro de comunicaciones podría tomar y rastrear el mensaje de Kaia tan bien como Rovo, sin arriesgar la vida de Rovo en el proceso. No estaba seguro de cuántas de sus reparaciones quirúrgicas se habían roto —si es que alguna lo había hecho—, pero dejar el cóctel reconfortante del traje lo ponía nervioso.

—¿Vienes? —dijo Gregor, volviendo a la entrada mientras Lamya daba un breve discurso a la multitud en el centro de comunicaciones, declarando precisamente quién controlaba el espacio. Exigiendo que cualquier agente se revelara. Ninguno lo hizo—. ¿A menos que confíes en alguien más para encontrar a Kaia?

Eso, Rovo no lo hacía.

Pronunció el comando clave de evacuación y el traje hizo lo que se suponía que debía hacer, soltando sus articulaciones y dejando que Rovo medio saliera, medio cayera en los brazos de Gregor. Decir que ser atrapado por Gregor se sentía un poco mal habría sido, bueno, incorrecto. Hace tiempo, cuando entró por primera vez en DefenseCorp, Rovo se había inflado con la dureza del héroe solitario, la idea de que tenía que ser autosuficiente en todo momento.

Después de un láser o dos en el pecho, esa opinión había muerto su muerte final.

En el interior, el centro de comunicaciones se extendía a lo largo de un espacio ovalado y plano salpicado de detalles insípidos. Todos los que estaban allí sabían que desempeñaban papeles secundarios respecto a la tripulación del puente. En lugar de una vista espectacular del espacio, el centro de comunicaciones tenía una pantalla simulada que recubría la pared trasera, mostrando fondos preprogramados. Detrás de esa pantalla se encontraba parte del blindaje más grueso disponible, fortificando el centro de comunicaciones para su verdadero propósito como centro de mando en caso de crisis.

El puente albergaba a miles. El centro de comunicaciones tenía quizás un centenar de personas agrupadas en módulos alrededor de una plataforma central, a la que se accedía por una pequeña rampa desde la entrada del centro de comunicaciones. El almirante o quien fuera el capitán —si el puente tenía que ser evacuado, las probabilidades eran altas de que la cadena de mando hubiera sido destruida— tomaría ese lugar e intentaría salvar la nave.

Rovo no quería ese tipo de atención. Un voluntario notó la incertidumbre de Rovo, se puso de pie y les hizo señas para que se acercaran a su estación de trabajo.

—De todos modos necesitaba un descanso —dijo el hombre—. Siéntete libre de hacer lo que necesites.

—Gracias —dijo Rovo mientras Gregor lo ayudaba a llegar al escritorio.

Acomodándose en la silla, ignorando los crecientes pinchazos en su pecho mientras los analgésicos del traje continuaban su lento viaje hacia la nada, Rovo accedió a la cola de mensajes del *Nautilus*. Filtrando por su etiqueta, Rovo encontró la lista almacenada en los vastos discos del crucero, y sintió que se le cortaba la respiración por un segundo.

Con Dynas, con Wexer y toda la basura que había estado sucediendo desde que Deepak los había enviado al planeta pantanoso, Rovo había olvidado los ritmos normales de la vida. En las líneas que tenía frente a él, Rovo leyó los titulares de sus padres, sus hermanas y algunos amigos que aún rondaban por la estación espacial sobre su mundo natal, atrapados en esas vidas estables que Rovo debería haber estado llevando.

Las notas, a veces acompañadas de videos, mencionaban cumpleaños y éxitos. Preguntas sobre si Rovo había visto el último partido o si tenía alguna opinión sobre este o aquel chisme que consumía la galaxia. Antes de Dynas, Rovo pasaba mucho tiempo libre en su camarote, enviando rápidas respuestas a todos.

Había estado desconectado durante semanas, y aunque probablemente pasarían algunas más antes de que alguien se preocupara realmente —los tiempos de transmisión en la galaxia hacían que todo fuera incierto—, el impulso de revisar varias notas no leídas hizo que la mano de Rovo temblara.

Ya habían renunciado a tanto. Tanto.

—Concéntrate —dijo Gregor, con su aliento caliente cerca del oído de Rovo. El movimiento habría sido espeluznante excepto que Rovo sabía que Gregor tenía que ser silencioso, tenía que mantener en secreto lo que estaban haciendo—. Habrá tiempo para esto más tarde.

Rovo lo dudaba.

El mensaje de Kaia estaba en la parte superior, el más reciente. Su nombre no estaba adjunto, la etiqueta de envío había sido marcada como DESCONOCIDO. La niña no tenía ningún registro oficial de su existencia, y no tendría edad suficiente para preocuparse por un tiempo. Siempre que viviera tanto.

Rovo tocó el mensaje. Leyó su contenido. Un párrafo corto, simple y dulce que hablaba de lo divertido que había sido el viaje en transporte hasta ahora. Que su papá había dicho que iban a Gillane Cuatro. Que Kaia estaría muy feliz si Rovo pudiera reunirse con ellos allí, porque Kashmal había dicho que tomarían helado cuando llegaran.

¿No sería maravilloso si todos pudieran disfrutarlo juntos?

—Eso es lo que necesitamos —dijo Gregor, leyendo la nota por encima del hombro de Rovo—. Vámonos.

Prometiéndose a sí mismo que enviaría respuestas tan pronto como el *Nautilus* pasara de ser una trampa mortal a un crucero normal, Rovo nuevamente usó a Gregor para ayudarse a levantarse. Los dos encontraron la mirada de Lamya y dijeron que estaban listos para partir. Ahora que tenían la ubicación de Kaia, podían llevársela a Deepak.

Allí, Rovo descubriría qué querían con la niña y cómo protegerla.

—Iremos con ustedes —dijo Lamya, cuando Gregor la informó del plan—. Todavía no estoy segura de dónde va a terminar esta misión suya, pero no confío en ella.

—No confías mucho, ¿verdad? —dijo Rovo.

—Novato —advirtió Gregor.

—No, no lo hago —dijo Lamya—. No cuando se trata de desertores.

Rovo habría continuado lanzando fuego contra Lamya, más por agotamiento petulante que por otra cosa, pero Gregor lo movió a un lado. Poniendo los ojos en blanco, Rovo volvió a mirar el centro de comunicaciones y a las personas que los observaban. Algunos todavía atendían llamadas, tecleando en sus consolas o hablando por auriculares. Otros parecían enfermos, mirando al escuadrón con miradas vacilantes. Otros más mostraban ira, frustración en sus rostros, mezclándola con las líneas tensas del miedo. Pasar del confinamiento a la invasión y de vuelta no podía hacer un ambiente de trabajo libre de estrés.

En la estación de trabajo que Rovo había usado, el hombre al que habían echado volvió a sus asuntos. También tecleaba, como si la interrupción no hubiera causado el más mínimo problema. El hombre parecía tan concentrado. Bien por él para...

—Oye —dijo Rovo—, creo que olvidé cerrar sesión.

—¿Qué? —preguntó Gregor, captando el significado de Rovo y mirando hacia el hombre que tecleaba frenéticamente.

—No estoy del todo bien —dijo Rovo mientras Lamya repetía la pregunta de Gregor sin captar el punto—. Son las heridas.

Gregor llevó a Rovo de vuelta a la estación de trabajo. El hombre giró la cabeza cuando se acercaron, su mano deslizándose por los comandos de la consola y limpiando la gran pantalla. Nada más que un fondo estrellado esperaba cuando Rovo y Gregor llegaron detrás del hombre.

—¿Necesitas otro intento? —ofreció el hombre.

—Solo necesito asegurarme de haber cerrado sesión —dijo Rovo—. Si no te importa.

—Claro que sí, jefe, claro que sí —el hombre se levantó de nuevo, dejó su silla y les dio algo de espacio.

Rovo se sentó, abrió el programa de registro de mensajes. Efectivamente, su nombre aún aparecía en la parte superior. Sus mensajes estaban allí, esperando ser leídos por quien fuera. Rovo se dirigió al botón de cerrar sesión, listo para enviar el acceso al olvido, cuando notó otro programa funcionando en la consola.

Un rápido toque hizo aparecer una aplicación de correspondencia, destinada a transmitir cualquier mensaje nuevo al satélite de la galaxia. Gregor preguntó qué estaba haciendo Rovo, y el novato lo ignoró. El hombre sentado aquí había estado tecleando tan rápido, Rovo tenía que ver, tenía que eliminar una posibilidad.

Cambió a la aplicación de correspondencia, hizo que mostrara todos los mensajes recientes enviados. Allí, el primero, tenía un mensaje breve y un titular aún más breve.

Activo

Gillane Cuatro. Con Kashmal.

Gregor maldijo. Los pulmones de Rovo ardieron mientras el shock atravesaba las drogas restantes del traje. Lo había hecho. Había revelado la ubicación de la niña. Sin ese secreto, Sever no tenía posición de negociación. Sin ese secreto, ellos...

—Lástima que tuvieras que ver eso, jefe —dijo el hombre, detrás de ellos—. Nunca he sido muy aficionado al lado sangriento, pero ya sabes cómo es esto.

Rovo no tuvo que buscar mucho para ver la pistola desenfundada, para ver la mirada triste y decidida de un agente listo para ganarse el sueldo.

Tanto para no recibir otro disparo.

21

OBJETIVOS CORPORATIVOS

La mirada preocupada de Deepak, en contraste con su uniforme aún impecable, recibió a Aurora cuando despertó. Un despertar nebuloso, debido a la anestesia. La realización la golpeó y Aurora intentó mover sus brazos, piernas, y pudo, pudo mover los dedos de los pies, doblar los dedos de las manos.

—Quedará una cicatriz —dijo Deepak, con un tono extraño en sus palabras—. Eso es todo.

—Oye —dijo Aurora, sacudiéndose la confusión—. Ganamos, ¿verdad?

—Lo hiciste.

—Entonces las bonificaciones son buenas, ¿no?

Deepak cerró los ojos, los abrió con un suspiro tenso.

—Las bonificaciones son buenas. La misión tuvo éxito.

—¿Y Sever? ¿Los demás?

—Hubo bajas —dijo Deepak—. Pero eso no es importante. Lo que importa es que estás bien. O lo estarás.

Aurora se hundió en su almohada. Repasó los nombres del escuadrón. Quién podría haber sido comprometido, quién podría haber resultado herido. La tristeza, la aprensión se cernieron sobre ella, pero el dinero tenía sus bordes. Sever, diablos, toda DefenseCorp sabía por qué hacían este trabajo. La suma total sería un comienzo, un maldito buen comienzo.

—Es la vida que vivimos, Deepak —Aurora le dio al hombre una sonrisa, se veía tan preocupado—. Eres tú quien nos pone en juego, y necesitamos ganar la partida. Entonces todos nos llevamos nuestra paga. A veces, hay un precio.

Deepak no tenía una sonrisa para darle, sin embargo, y cuando el robot de enfermería entró y la autorizó para el alta, Aurora no pudo sacudirse la sensación de que Deepak quería que se quedara en esa cama de hospital, segura y protegida.

Para el tercer pasillo, Aurora ya se había abastecido por completo. Se había deslizado unas gafas sobre los ojos, un par táctico que proporcionaba una versión simplificada de la pantalla de la armadura potenciada y que, más importante aún, atenuaba las etiquetas brillantes. Toda esa luz servía para deslumbrar en el primer minuto, y provocaba dolores de cabeza al quinto.

Las gafas iban acompañadas de un cinturón con granadas aturdidoras, fundas de muslo cargadas con pistolas y un rifle más pequeño antipersonal diseñado para vaciar cargadores de energía con espectáculos de luz explosivos en espacios reducidos. Aurora también tenía munición de repuesto, enganchada sobre el chaleco blindado en su pecho al estilo clásico de bandolera.

Vana tomó el control de multitudes de Aurora y lo enfocó en la eliminación de objetivos individuales. Había elegido un cañón configurado para vaciar todo un cargador de energía en dos disparos, con grandes ondas rojas que rostizarían cualquier cosa dentro de unos pocos metros. Había observado a Aurora elegir con diversión, dejando armas adicionales para sí misma en lugar de más munición.

—Si tenemos que luchar contra tantos enemigos como te estás preparando —dijo Vana cuando Aurora colocó otra granada aturdidora en su cinturón—, entonces no vivirás lo suficiente para usar todos esos juguetes.

—Preferiría no usar ninguno de ellos —respondió Aurora—. El objetivo es la rendición, no la masacre.

—Buena suerte con eso —dijo Vana mientras regresaban a la entrada del Intendente—. ¿La gente de Renard? Saben lo que está en juego aquí. Por lo que están luchando.

—¿Y qué es eso, Vana?

—Una mejor manera de hacer negocios. O eso creen.

—¿Van a luchar fanáticamente por una mejor manera de hacer negocios?

—Si ese negocio es dirigir la galaxia, sí.

Aurora se sumió en un ceño fruncido invisible mientras seguía a Vana de vuelta al vestíbulo. Las luces rojas habían desaparecido, un cambio que trajo de vuelta el plan de Aurora y toda su urgencia. La capitana de Sever no había estado apresurándose porque pensara que Eponi y Sai tendrían que negociar durante un tiempo, si es que recibían alguna respuesta.

Pero, si las luces habían cambiado, si el confinamiento había terminado, entonces tenían una oportunidad.

—Debemos habernos perdido un mensaje —reflexionó Vana, mirando alrededor—. Nada se reproduce en los almacenes. Destinado solo para robots.

Esos robots, sin embargo, debían haber escuchado algo. Aunque los humanos aún no habían repoblado el vestíbulo, los robots deambulaban llevando a cabo sus tareas generales. Los limpiadores de pisos pasaban silbando, mientras que los transportadores de suministros se desplazaban con carros cargados yendo de un lado a otro. Incluso las propias máquinas del Intendente tenían sus ventanas abiertas, listas para manejar requisiciones.

—Si estoy adivinando correctamente —dijo Aurora—, significa que llego tarde. Vamos.

Mientras caminaban por los almacenes, recogiendo sus armas, Vana había revelado su historia en el formato de fragmentos y piezas que solían adoptar los agentes. Como si la información fuera uñas arrancadas de sus manos o cabello arrancado hebra por hebra. No obstante, Aurora había recurrido a sus tácticas de interrogador paciente, sumergiéndose en una resolución fija que hizo que Vana cediera antes de que hubieran pasado por el primer almacén.

—Si vas a seguir haciéndome preguntas —dijo Vana—, supongo que tengo que responder, ¿no?

—Buena suposición.

—Entonces lo mantendré simple —respondió Vana—. DefenseCorp es gigante. No siempre fue así. Se tragó organizaciones a medida que avanzaba, y la mayoría de nosotros no encajábamos tan perfectamente. El dinero funcionó como un bálsamo durante mucho tiempo, permitiendo que la gente dejara de lado sus quejas y mirara hacia la jubilación como una escapatoria. Solo que no todos quieren jubilarse, no todos quieren escapar.

—Y Renard es uno de esos.

—No solo él. Hay un montón de reliquias en DefenseCorp, algunas que llegaron lo suficientemente alto en la escalera como para tener poder real. No han olvidado de dónde vinieron, y ahora están tratando de hacer lo que no pudieron antes.

Vana pronunció eso último con frustración. Si provenía de su enojo por la situación o porque ella no había podido hacer lo mismo, Aurora no estaba segura. Lo que la agente dijo a continuación no ayudó mucho a aclararlo.

—Estoy aquí para proteger lo que DefenseCorp debería ser. Lo que la galaxia necesita que sea —dijo Vana—. Paz y seguridad, compradas y pagadas. No una dictadura, no un imperio. Un facilitador para que los mundos puedan tener la confianza de que seguirán girando, para que los niños puedan recibir su educación sin ser disparados, para que alguien pueda volar una nave de sistema en sistema sin piratas.

—Por una tarifa.

—Sí, por una tarifa.

La visión honesta de Vana aún dejaba huecos. Los mismos huecos que podrían llevar a otro Dynas, a otro Sever Escuadrón viendo a su empleador yendo un metro demasiado lejos.

De vuelta en el vestíbulo, Aurora se mantuvo un paso detrás de Vana, con su rifle listo. Independientemente de lo que la agente pensara de Renard, Vana aún le daba sus lealtades a DefenseCorp, y según las regulaciones de Defense-Corp, Aurora debería ser disparada y arrojada por una escotilla.

Más adelante, mientras Vana y Aurora, en una pasarela móvil, se acercaban al centro de comunicaciones, las formas que parecían robots desde lejos se revelaron como soldados. Los soldados estaban quietos. Demasiado quietos para cualquier puesto de guardia habitual. Cuando la pasarela empujó a Aurora y Vana más cerca, la agente hizo el movimiento para bajarse de las bandas en movimiento.

—Algo no está como debería allá arriba —dijo Vana mientras Aurora la seguía hacia el pasillo central y estático del vestíbulo—. Ve despacio, mantente alerta.

Aurora podría haber discutido con Vana sobre quién

tenía el derecho de mandar a quién en esta situación, pero podía dejar de lado su orgullo. Con su propio escuadrón disperso y arriesgando sus vidas, no era el momento de ser petulante.

El vestíbulo no ofrecía ninguna cobertura, y cualquiera que se molestara en mirar en su dirección habría visto a dos soldados con chalecos acercándose ligeramente agachados, con las armas levantadas y apuntando. Los soldados, incluso cuando Aurora y Vana se acercaron a distancia de tiro directo, no miraron en su dirección. Los soldados de adelante mantenían los brazos a los costados, con las armas en el suelo cerca de sus pies.

Una señal segura de que alguien les había dado la orden de soltar las malditas cosas.

Pero ¿quién? Aurora sabía dónde estaban Sai y Eponi. En la *Prisa*, ladrando exigencias a Deepak. Rovo y Gregor, sin embargo, podían estar en cualquier parte a bordo. La última vez que Sai los había visto, los dos se habían dirigido a la cafetería. ¿Podrían haber ido al centro de comunicaciones? ¿Qué los habría llevado allí?

Kaia.

Rovo tenía la mejor oportunidad de conocer la ubicación de la niña. El novato había mencionado el lindo regalo de despedida que le había entregado a la niña en Wexer. Tal vez pensó que podría ponerse en contacto con ella.

O tal vez algunos agentes habían sacado esa información de él y habían traído a Rovo aquí para enviar un mensaje.

—Tengo la sensación de que mi escuadrón podría tener algo que ver con esto —dijo Aurora.

—¿Hay algún problema en esta nave que no esté relacionado con tu escuadrón? —replicó Vana.

—¿Tu actitud?

Vana soltó una risa rápida y baja.

—Mantente cerca.

Las ventanas de cristal del centro de comunicaciones se apoderaron de las paredes estándar de metal y roca que combinaban los vestíbulos híbridos del *Nautilus*. Vana se movió cerca de la barandilla de la pasarela móvil, decidiendo usarla como cobertura. Aurora la siguió, manteniendo sus ojos y arma apuntando a los soldados. Casi una docena de soldados colgaban en la intersección de adelante, y para ahora tenían que saber que Vana y Aurora se acercaban.

Y sin embargo, ni un alma miró en su dirección. Ni uno solo alcanzó sus armas en el suelo. En cambio, todos mantenían sus rostros fijos en el centro de comunicaciones. ¿Por qué?

Vana se detuvo tan rápido que Aurora casi la atropella. Lo habría hecho, excepto que la maldición de Vana le dio a Aurora una vista previa de una fracción de segundo de que su cadencia normal hacia adelante había llegado a su fin. Siguiendo la mirada de Vana, Aurora vio una escena a través de las entradas de cristal particionadas del centro de comunicaciones.

Gregor apareció primero, su corpulencia dominando cualquier escenario en el que se encontrara. Apareció más allá del centro de la sala de comunicaciones, elevándose sobre un escritorio ocupado por Rovo, cuyas manos tecleaban en una consola que Aurora no podía ver. Detrás de ellos, mayormente bloqueado por Gregor, distinguió a otro hombre en una pose clásica que declaraba muerte a cualquiera que se moviera en su camino.

La situación se derramó desde ese núcleo, en un reconocimiento espasmódico que le trajo a Aurora un déjà vu de la pesadilla en el puente. Como si los hubieran llamado a las armas, más de la mitad del personal del centro de comunicaciones parecía estar de pie con armas desenfundadas, apuntando hacia los soldados y su feroz comandante, Lamya, atrapada en el medio con la espalda vuelta hacia Aurora.

—Parece que llegamos un poco tarde —dijo Aurora—. Si no hubiéramos pasado por los estantes...

—Entonces nos habríamos sorprendido, igual que ellos —espetó Vana—. Esto aún no es un desastre, Aurora. Podemos arreglarlo.

—Por favor, dime cómo.

—Distraer y destruir —dijo Vana—. Me vas a llevar adentro. Los agentes aquí saben que soy una de ellos. Fingiré ser rehén hasta que sea el momento de cambiar las cosas.

Arriesgado, pero Aurora podía aceptar el juego agresivo. Intentar entrar por esas puertas con las armas disparando daría a los agentes tiempo para preparar un contraataque, significaría que Gregor y Rovo serían abatidos antes de que Aurora se acercara lo suficiente para hacer una diferencia.

Además, tomar a una agente como rehén, mentira o no, se sentía bastante bien.

—Suelta tu rifle, luego levántate despacio —dijo Aurora, y Vana obedeció—. Camina hacia adelante.

Con su rifle manteniendo una distancia mínima de la espalda de Vana, Aurora siguió a la agente hasta quedar a la vista. Ahora los soldados miraron, incapaces de ocultar su curiosidad. Los agentes también las vieron, y el que mantenía a Gregor y Rovo a raya pidió a todos que se mantuvieran calmados, enfocados.

—Y sigue tecleando —le dijo el agente a Rovo—. Cuanto más fácil nos lo hagas, más rápido lo haremos para ti.

Aurora no necesitaba preguntar qué estarían acelerando

los agentes para Rovo. Harían lo mismo con cada Sever si pudieran.

—Puedes dejar de escucharlo —dijo Aurora, guiando a Vana a través de las puertas. Sintió que algunas pistolas cambiaban su objetivo hacia ella, armas que ya no apuntaban a los soldados—. Lamya, ha pasado un tiempo.

—Así es —respondió la comandante del escuadrón—. No puedo decir que sea un placer verte de nuevo.

—Quizás podamos cambiar eso —dijo Aurora—. ¿Quién lidera este grupo de traidores?

—No importa quién esté a cargo —dijo una agente a la derecha de Aurora, una mujer compacta que no parecía importarle un comino la rehén de Aurora—. Vas a bajar ese rifle y hacer todo lo demás que te digamos, o tu espectáculo de escuadrón termina aquí.

Ah, el momento antes del primer disparo. Un tiempo dulce, lleno de esperanza y posibilidades. Aurora tenía sus objetivos, un conjunto óptimo desde su posición inicial, sabía que Vana tenía lo mismo. Habría unos segundos entre el primer disparo y cuando los miembros del escuadrón entraran en la pelea. Si sobrevivían tanto tiempo, Sever Escuadrón podría salir de esta con vida.

Había visto peores probabilidades.

—Perdón —dijo Aurora, y Vana se agachó.

Aurora mantuvo apretado el gatillo mientras apuntaba, usando la alta cadencia de tiro de su arma para trazar líneas de láser a través del centro de comunicaciones y, en gran parte, quemar algunos agujeros sólidos en la gran pantalla en la parte trasera del centro. Aurora dio un paso lateral mientras disparaba, creando la más mínima dificultad para los agentes que buscaban alcanzarla. Vana desenfundó sus pistolas rápidamente, añadiendo disparos precisos a la ráfaga de Aurora.

Los agentes, por mucho que Aurora lo deseara, no se quedaron quietos recibiendo los disparos. Usaron la acción de Aurora como una licencia abierta para matar, y dispararon contra los miembros del escuadrón, contra Lamya, contra todos. El fuego láser y el humo que crecía rápidamente por las cosas quemadas llenaron el espacio, junto con gritos pidiendo ayuda, venganza, madres y padres.

Aurora se lanzó hacia adelante en el frenesí, apoyándose en el gatillo del rifle hasta que el paquete de energía hizo clic al vaciarse. Era difícil saber cuántos objetivos había alcanzado mientras Aurora se adentraba en el laberinto de escritorios. Sintió el calor del chaleco donde varios disparos se habían hundido en su material absorbente de energía. Otro impacto o dos y la cosa estaría comprometida, demasiado chamuscada para contener algo más, pero había mantenido a Aurora lo suficientemente viva para salir del espacio abierto.

Con un clic-siseo, el nuevo paquete de energía se deslizó en el rifle, y Aurora giró a la derecha, buscando a la agente que había liderado las discusiones. Aurora la encontró todavía detrás de la consola donde había empezado, disparando hacia la entrada. Malditos espías. DefenseCorp ni se molestaba en darles entrenamiento de combate.

Te matarían rápido en los primeros momentos, pero si sobrevivías a eso, no sabían que debían seguir moviéndose, seguir disparando.

Aurora sí lo sabía, y la agente cayó sin siquiera ver quién había apretado el gatillo.

22

ÚLTIMO DISPARO

Moverse por una nave espacial en gravedad cero no era fácil ni en las mejores circunstancias, como durante un largo y tranquilo viaje de observación estelar entre dos puestos avanzados aislados. Sai, intentando llegar a la torreta izquierda del *Prisa* mientras Eponi maniobraba alrededor del *Nautilus* en una danza retorcida y espasmódica, se golpeó la cabeza, las piernas y las rodillas contra prácticamente todas las superficies hasta que logró agarrarse a los pasamanos que bordeaban cada pasillo y cada sección.

Incluso entonces, cuando el *Prisa* giraba, Sai tenía que modificar su agarre. Sin gravedad, Sai no rotaba con la nave, simplemente se quedaba suspendido mientras su mundo orbitaba a su alrededor. Su estómago reaccionaba como su cerebro, enviando oleadas nauseabundas que solo se calmaban con los picos de adrenalina que surgían cada vez que los atacantes lograban impactar contra los escudos del *Prisa*.

—¿Piensas disparar pronto? —la voz de Eponi resonó a

través de los intercomunicadores—. ¡No me estoy divirtiendo aquí!

—Yo tampoco —dijo Sai mientras encontraba el camino hacia el diente izquierdo del *Prisa*, el apéndice que se estrechaba y estaba bordeado de armarios de almacenamiento, terminando en un único asiento conectado a una torreta de cañón doble.

Mientras Eponi iniciaba otra maniobra de giro que cruzaba el costado del *Nautilus* —qué costado, Sai ya no tenía ni idea—, el experto en demoliciones se rindió con los pasamanos y se impulsó hacia la silla de la torreta con un salto flotante. Mientras Sai se deslizaba junto a los armarios de líneas plateadas y señales amarillas, vio el espacio y la nave dividiendo la ventana exterior de la torreta.

El *Nautilus* hacía su papel de horizonte, cortando contra el negro profundo que el espacio ofrecía a cualquiera que realizara un viaje interestelar. Se habían alejado de Wexer tan rápido después de abordar el crucero, acelerando hacia el núcleo. Pasarían días antes de que el *Nautilus* llegara a cualquier intersección donde pudiera girar hacia otro sistema habitado. Semanas antes de que arribara a lo que alguien consideraría espacio civilizado.

Esa ubicación aislada no había parecido tan ominosa hasta que Sai llegó a la torreta, vio la consola del escáner iluminarse con los cuatro cazas que seguían al *Prisa*, y nada más. Sin tráfico cercano, sin refuerzos, sin oportunidades de escape.

Si Renard y sus agentes planeaban hacerse con una nave de DefenseCorp, este sería el lugar perfecto para hacerlo.

—Sai, por favor dime que ya estás llegando —dijo Eponi, eléctrica y concentrada—. Se están agrupando cerca, pensando que van a conseguir algo de fuego concentrado. A mi señal, voy a hacer un giro-deriva y te daré una vista amplia y despejada.

—Estoy listo para aprovecharla.

Sai se acomodó en la silla, los sistemas del *Prisa* escanearon su altura y calibraron las palancas de control para su alcance, el escáner a su nivel de los ojos. La pantalla bloqueó el mundo real, mostrando las amenazas potenciales como pequeñas flechas en una pantalla básica. Enemigos como flechas rojas, aliados como diamantes azules —no es que Sever tuviera aliados aquí fuera— y sus trayectorias esperadas se extendían como tenues líneas verdes.

Cuando Eponi comenzó su maniobra de giro-deriva, Sai sintió que los motores se activaban, impulsando el *Prisa* desde abajo hacia el mencionado giro. Una maniobra arriesgada que hizo que Sai y Eponi quedaran de frente a sus perseguidores, Eponi complementó la maniobra con un fuerte desvío de energía a los escudos frontales, apagando los motores en el proceso. Manteniendo su velocidad, el *Prisa* retrocedió, dando a Eponi y Sai un tiro claro a sus enemigos.

—Alinéalos —dijo Eponi.

Los cuatro perseguidores aparecieron navegando alrededor del borde del *Nautilus*, descendiendo en una formación suelta que delataba un tiempo limitado en la cabina. Sai no sabía pilotear una maldita cosa, pero había visto suficientes combates aéreos intensos alrededor o sobre su cabeza para saber que el grupo tambaleante que se precipitaba hacia él no estaba formado por ases.

Sus escáneres les habrían dicho que el *Prisa* esperaba alrededor de la curva del *Nautilus*, pero no que se había dado la vuelta mostrando su lado letal. El cuarteto se acercó pensando que eran depredadores, pero su presa les había tendido una trampa mortal.

Manteniendo presionados los gatillos pegajosos, Sai envió proyectiles fundidos disparados hacia el lado izquierdo de la formación, acariciando los escudos del *Nautilus* mientras rastreaba su objetivo. El caza, una nave en forma de daga con su cañón pesado bajo su nariz puntiaguda, reaccionó como Sai quería, alejándose bruscamente de la sorpresa láser que se acercaba hacia sus compañeros de ala.

Eponi activó el cañón central del *Prisa*, una cosa giratoria hecha para perforar cualquier objetivo lo suficientemente tonto como para quedarse en la mira de la nave. Los dos cazas del medio, liderando su asalto, se desviaron a izquierda y derecha para evitar el flujo de láser. Una evasión inteligente, considerando que los cazas tenían que acercarse más para que sus disparos más potentes estuvieran dentro del alcance. Una evasión tonta, porque el objetivo de Sai se desvió directamente hacia su amigo que maniobraba en el medio.

Los dos cazas, con sus alarmas de proximidad sin duda chillando su inminente perdición, entraron en pánico. El objetivo de Eponi viró hacia arriba, entrando en un ascenso inclinado que puso al caza en un curso de colisión directa con el *Nautilus*. El de Sai invirtió su maniobra anterior, volviendo hacia afuera, justo donde la torreta de Sai, siguiendo al caza, lo encontró.

Los proyectiles de Sai impactaron, perforaron y destruyeron el caza. El vacío se tragó cualquier fuego antes de que comenzara, creando una explosión de metralla cuando la nave reventó todas sus juntas y se dispersó en el desastre. Su compañero en desgracia intentó alejarse del *Nautilus*, un movimiento oscilante que no logró matar la velocidad del caza antes de que su parte trasera hiciera contacto con el casco rocoso del gran crucero. Paneles, escombros y más de unos pocos trozos del caza salieron volando cuando la mota golpeó el muro. Muerto en el espacio, el caza rebotó lejos de la batalla, girando hacia la oscuridad.

Antes de que Sai pudiera felicitar a Eponi por su excelente pilotaje, enormes explosiones azules llenaron la vista de Sai. Los láseres en sí no eran tan anchos, pero su brillo creaba halos, como si cometas se precipitaran hacia el *Prisa*.

La nave se estremeció cuando el primer disparo impactó, agotando los escudos restantes de la *Prisa* a cero y activando alarmas granulosas y estridentes que no hicieron nada para calmar los nervios de Sai ni para enfocar su atención en algo útil. La segunda explosión chamuscó la *Prisa*, un impacto cercano que dejó algunas marcas de quemadura en el parabrisas de Sai, como si un insecto espacial gigante hubiera salpicado sus entrañas negras por todo el cristal.

—¡Sigue disparando! —el grito de Eponi se alzó sobre las alarmas—. ¡Podemos con esto!

Sai no sabía de dónde sacaba Eponi esa confianza, pero hizo lo que ella le pidió. Girando la torreta hacia el par restante, Sai se unió al cañón central de Eponi y a una torreta derecha operada por computadora para quemar la energía restante de la *Prisa* en una salva ofensiva. Los dos cazas esquivaron y se escabulleron mientras sus grandes cañones se recargaban, acercándose a un rango que significaría muerte segura si alguno sobrevivía para otro disparo.

Sin embargo, alinear ese golpe fatal requería que esos malditos puñales se quedaran quietos por un segundo. Lo suficientemente quietos para que los disparos de Sai rozaran el caza exterior, que ya intentaba esquivar la torreta derecha de la *Prisa*. Al igual que Eponi había hecho con el primer par, Sai atrapó al caza olvidando las numerosas armas de la *Prisa*, y sus láseres quemaron un motor, haciendo que el puñal girara sin control para unirse a su compañero en un viaje eterno hacia el infinito.

Eponi tenía la mira puesta en el último caza, pero el piloto zigzagueante, con más espacio ahora que sus compañeros habían sido aniquilados, evitaba su fuego continuo. El piloto giró a la derecha, alejando la nave del peligro de Eponi, fuera del alcance de la torreta de Sai. El lado derecho de la *Prisa* salpicaba disparos, pero la IA no podía seguir el ritmo del baile, siempre disparando donde el caza había estado en lugar de donde iba a estar.

—Tráelo hacia la izquierda —dijo Sai—. No puedo alcanzarlo allí.

—Estoy en ello —respondió Eponi—. Los motores no están muy contentos ahora mismo.

Tal vez porque lo había apostado todo al giro y disparo. Sai no podía discutir los resultados, pero había sido una jugada de todo o nada. No habían alcanzado al último caza, y ahora estaban deslizándose en línea recta, presa fácil para un atacante tranquilo.

La *Prisa* se estremeció mientras Eponi intentaba salvar su maniobra, y Sai vio cómo la energía de sus propios disparos se agotaba mientras Eponi daba todo lo que podía a los motores. Habían volcado todo en el ataque, y ahora tenían que ir en la dirección opuesta. Su velocidad disminuyó y el caza puñal se disparó hacia ellos.

Sai parpadeó, dándose cuenta de que Eponi había pasado de una maniobra a otra. Hacer que el caza puñal los sobrepasara y realizar otro giro, dando a la triple amenaza de la *Prisa* un par de motores perfectos para iluminar.

—Ya veo... —comenzó Sai mientras el caza puñal se acercaba, su punta apuntando directamente hacia ellos.

Mientras el puñal disparaba.

Eponi giró la *Prisa* cuando el rayo azul destelló, el disparo se precipitaba hacia ellos. Desde la perspectiva de Sai, el gran rayo azul fue hacia la derecha, y habría creído que demasiado a la derecha, excepto que la *Prisa* se sacudió, una agitación acompañada de más estallidos, explosiones y concusiones de las que Sai había oído jamás.

Detrás de él, un sello de emergencia se cerró de golpe, atrapando a Sai en su púa de torreta. Manteniendo fuera cualquier posible fuga al vacío, dándole a Sai el oxígeno actualmente atrapado allí como su tiempo para vivir. Afuera, el *Nautilus* entraba y salía de su vista, la *Prisa* girando mientras sus motores luchaban por compensar el daño.

—Eponi, por favor dime algo —dijo Sai en la consola.

Estática fue la respuesta. Una ráfaga aguda, luego nada. No era bueno.

Sai tecleó en la consola, tratando de mostrar una lista de estado del sistema, intentando obtener alguna información sobre lo que había sucedido. Mientras deslizaba, Sai encontró una evaluación roja tras otra. La energía de la *Prisa* se dispersaba por todas partes, sus motores apenas chispeaban. Como agua corriendo por una tubería con mil válvulas abriéndose, muy poca energía fluía por todas partes.

En cuanto a la fuga de vacío, la consola la situaba entre el ala derecha de la *Prisa* y el núcleo central. Un agujero cortado que se había abierto.

—Sai —las palabras de Eponi sonaban diferentes, más confusas y apresuradas—. Tuve que cambiar de consola. La mía explotó con el impacto. Por lo que puedo ver, estamos muertos en el espacio.

—Según mis cálculos, seguimos vivos.

—Ese caza está ahí fuera. Va a volver y acabar con nosotros.

Sai deslizó la consola de vuelta al escáner, vio la flecha roja del caza dando la vuelta. Alineándose para el disparo fatal.

—¿Te queda algún truco? —dijo Sai.

—Soy piloto y mi nave no funciona bien ahora mismo. —Eponi tosió—. Nuestro relé de energía está roto. Incluso si ese caza no nos alcanza, vamos a explotar por nuestra cuenta.

Como una bomba. Sai se enganchó a la referencia, un rompecabezas que sabía cómo resolver. Desarmar un explosivo a menudo significaba evitar que dos cosas reaccionaran, significaba desviarlas una de la otra o matar la conexión. La *Prisa* seguía intentando enviar energía a los motores, a la torreta derecha, y ninguno de los dos funcionaba. Eventualmente, toda esa energía podría quemar algo importante, haciendo explotar la nave en átomos en lo que sería, con todo el vacío, una explosión profundamente decepcionante.

—Redirige todo a mi ala —dijo Sai—. Todo lo que puedas, envíalo a mi lado.

Eponi tosió de nuevo, pero Sai casi podía ver la sonrisa cuando habló, —Eres un idiota, Sai. Explotarás cuando dispares.

—Al menos lo alcanzaré.

Eponi no respondió, pero Sai vio que su consola parpadeaba. Con un deslizamiento, Sai volvió al escáner, la torreta informando que toda la energía que necesitaba estaba esperando. El caza tenía su flecha dirigiéndose de nuevo hacia la *Prisa* ahora, un acercamiento lento mientras se alineaba para el disparo fatal hacia los motores de popa de la *Prisa*.

—Tengo una última cosa que decirte —dijo Eponi—. No falles.

—Ha sido un placer volar contigo, Eponi.

Girando la torreta, Sai centró los cañones en el caza. Susurró una rápida oración a sus hijos, a su esposa, y apretó el gatillo.

23

CORTINA DE HUMO

Gregor se negó a dejar que la sorpresa tocara sus nervios cuando vio a Aurora entrar en la habitación con un agente a punta de pistola. No había visto a su comandante desde que desapareció con Deepak minutos después de abordar el *Nautilus*, y Gregor se mentiría a sí mismo si una gran parte de él no hubiera pensado que un agente ya habría lanzado a Aurora al vacío a estas alturas.

En cambio, allí estaba, trayendo consigo la densa tensión previa a la pelea. Gregor desconectó su atención de Aurora mientras ella hablaba, concentrándose en cambio en la distancia entre él y el imbécil detrás de él, el canalla que había manipulado a Rovo para que revelara la ubicación de Kaia.

Cuando el rehén de Aurora cayó y su comandante empezó a causar estragos con ese intrigante rifle que tenía, el plan precargado de Gregor se puso en acción. El agente detrás de él tenía ambas pistolas desenfundadas, apuntadas y listas para disparar. Darse la vuelta llevaría demasiado tiempo, pero Gregor había deslizado sus pies muy ligeramente para poder impulsarse hacia atrás a la primera señal.

Como una caída de confianza enojada.

El impulso hacia atrás desequilibró al agente, enviando los primeros disparos de pistola por encima de los hombros de Gregor y hacia el techo. Gregor mantuvo sus pies en movimiento, trabajando el suelo para mantener su espalda golpeando contra el pecho del agente mientras su mano izquierda luchaba por evitar que los brazos del agente con la pistola encontraran algún objetivo.

Si pudiera acorralar al agente contra la pared, el tamaño de Gregor debería ser capaz de aplastarlo como un insecto.

Si pudiera.

El tobillo de Gregor golpeó algo duro cuando el agente giró, el hombre más pequeño usando su tamaño para salir de debajo de Gregor y hacer tropezar a su oponente. Gregor cayó con fuerza, golpeó el suelo liso del centro de comunicaciones y miró hacia arriba para encontrarse con un saludo de doble cañón. El humo se arremolinaba alrededor del rostro retorcido del agente, una mirada abrasadora que decía que la venganza era muy deseada en ese momento. El humo no podía ocultar esa rabia.

Tampoco hizo mucho para ocultar la silla que se estrellaba desde atrás.

Rovo blandió el asiento con fuerza contra la cabeza del agente, un golpe que envió al novato tras el agente. Ambos cayeron al suelo, el agente con la mirada vidriosa mientras Gregor le arrebataba las pistolas, y Rovo quejándose de que se había desgarrado algo en el pecho.

—Gracias, novato —dijo Gregor, asestando un sólido golpe de noqueo al agente caído—. ¿Crees que podrás aguantar?

—No lo sé —dijo Rovo, con una mano en la silla, como si el mueble fuera su ancla en medio de la locura.

—Entonces aguanta hasta que regrese.

Gregor habría ayudado a Rovo en ese mismo momento, pero con todo el fuego láser que atravesaba el centro de comunicaciones, terminar la pelea traería mejores probabilidades para la recuperación del novato que un atrevido arrastre.

Con Aurora y los miembros del escuadrón ocupando el frente del centro de comunicaciones, Gregor usó el humo y los escritorios para cubrir un deslizamiento sigiloso hacia la pared exterior. El personal que no era agente seguía el protocolo de DefenseCorp, acurrucándose bajo sus escritorios y rezando a los dioses en los que creían. Los agentes mismos, y Gregor maldijo en silencio por su aparente número —el puro volumen de láser daba una pista de que los malditos espías estaban por todas partes—, se agrupaban hacia atrás, formando una defensa real.

Entre cada escritorio, formando pequeños cubículos, se alzaban barreras de acero plateado. Delgadas y translúcidas, las construcciones en forma de cruz salpicaban el centro de comunicaciones, dividiendo el espacio en grupos. A medida que el campo de batalla tomaba forma, esas barreras diluían los láseres lo suficiente como para pasar por un escudo, y los agentes se apilaban detrás de varias hacia la pared trasera. Pasando a través del humo y manteniéndose agachado, Gregor fue de un grupo a otro, acercándose a los agentes desde un lado.

Llegó a la última fila sin ver a nadie, encontrando sillas vacías, pantallas quemadas y poco más. Asomándose por la esquina de la división, Gregor distinguió siluetas borrosas en el humo, los agentes luchando contra probabilidades cada vez peores. Los miembros del escuadrón tenían sus rifles ahora, y las órdenes de Lamya se escuchaban por encima del ruido, colocando a sus fuerzas en un círculo envolvente.

¿Por qué los agentes seguían luchando si no tenían ninguna esperanza?

Gregor entendía lo de salir en una gloriosa llamarada, lanzando cada último esfuerzo que tenías contra probabilidades imposibles. Los agentes, sin embargo, no parecían ser de ese tipo. Ellos jugaban en las sombras, cambiando lealtades y diciendo lo que fuera necesario para mantenerse con vida, para mantener su misión en marcha.

De ninguna manera seguirían luchando a menos que esperaran que algo cambiara.

Gregor se dio la vuelta, mirando hacia la entrada del centro de comunicaciones y esas particiones con ventanas. El humo se disipaba en esa dirección, y a través de su nube cenicienta Gregor vio que quedaban pocos miembros del escuadrón afuera. Todos entraban en tropel, haciendo su avance metro a metro hacia los agentes.

Otro ataque por detrás los atraparía a todos.

Mejor asegurarse de que eso no pudiera suceder.

Gregor empujó contra la cruz cercana, la barrera se movió cuando una fuerza para la que nunca fue diseñada la empujó hacia adelante. La cruz gimió a lo largo del suelo liso mientras Gregor empujaba, girando con la fuerza y sin tener absolutamente ningún efecto en el tiroteo en curso.

Pero la idea dio resultado.

Después de otra ráfaga de láser que zumbó a través de la habitación, Gregor hizo una carrera lanzándose hacia las barreras improvisadas que los agentes habían erigido. Sus cruces servían de cobertura, y Gregor, sin que un solo disparo viniera en su dirección —ayudó el hecho de que hubiera mantenido sus propias pistolas en silencio, sin llamar la atención—, se estrelló contra la cruz de la izquierda. Los agentes habían juntado cuatro de esas cosas en un arco suelto, y Gregor golpeó un lado.

Yendo con toda su fuerza, con los hombros por delante, Gregor golpeó tan cerca del centro de la cruz como pudo, levantando y empujando la barrera hacia un lado. Toda la cosa se levantó sobre su costado antes de que el impulso la hiciera caer sobre su parte superior, golpeando con fuerza sobre el vidrio que se hizo añicos con un crujido desgarrador.

Dejando a Gregor, sin ninguna cobertura, mirando a un montón de agentes enfurecidos.

Había algunas peleas que se podían ganar por la fuerza bruta, y otras que se podían ganar siendo inteligente. Gregor prefería las primeras, pero ahora... intentó lo segundo. Soltó sus dos pistolas, levantó las manos y esperó.

A lo largo de la galaxia, Gregor había descubierto que el honor era una idea caprichosa. La mayoría de las personas, ya fueran humanas, alienígenas o algo intermedio, tendían a pensar que estaban del lado bueno. Querían hacer lo que creían correcto, lo que preservaría cierta integridad moral para sí mismos.

Y disparar a un hombre desarmado, con los brazos alzados en señal de rendición, solía quedar fuera de ese marco.

Así que los agentes dudaron, algunos volviendo al tiroteo activo, los otros mirando a sus camaradas e intentando averiguar si podían tomar prisioneros en esta caótica situación.

Esa vacilación resultó ser todo lo que Lamya y Aurora necesitaban.

Incluso con algunos agentes regresando al combate, el giro llegó demasiado tarde. Los miembros del escuadrón se desplomaron por todos lados, con Aurora emergiendo sobre una cruz y desatando un devastador fuego de repetición. En segundos, los que Gregor pasó con los brazos levantados, la espalda contra la pared del centro de comunicaciones y conteniendo la respiración, los agentes fueron neutralizados.

Mientras los miembros del escuadrón desarmaban a los espías, Lamya captó la idea de Gregor y apostó vigilantes en las puertas del centro de comunicaciones. Aún no habían llegado refuerzos. Si llegarían o no ahora que la pelea había terminado, quién sabía, pero no se tomarían riesgos.

—Buena jugada —dijo Aurora, dándole una palmada en el hombro a Gregor mientras se dirigían hacia Rovo—. ¿Sabes qué te salvó el trasero?

—¿No?

—Tu cabezota. Vi que sobresalía entre el humo y supe que estarías muerto en un segundo si no hacía algo.

—Es la primera vez que mi cabeza ha sido útil.

—Felicidades —bromeó Aurora, y luego inspiró profundamente al ver a Rovo, apoyado contra la pared lateral donde se había arrastrado. El novato parecía condenadamente pálido, como si hubiera visto un fantasma mientras donaba sangre—. ¿Qué diablos te pasó?

—Larga historia —dijo Gregor, cuando Rovo negó con la cabeza—. Necesita volver a la enfermería, pero hay demasiados agentes.

—Lo llevaremos allí —respondió Aurora—. Busca a Lamya, pídele que llame a un médico para asegurarse de que saldrá adelante.

—¿Qué vas a hacer tú?

—Vine aquí por una razón —dijo Aurora, señalando hacia las estaciones de trabajo, algunas aún intactas a pesar de la ruina humeante del centro de comunicaciones—. Hay un mensaje que necesita ser enviado.

El escuadrón de Lamya efectivamente tenía un médico, y Gregor dejó a Rovo en manos del soldado. Aurora tomó el control de una estación de trabajo, después de decirle a Gregor que volviera a la armadura de potencia. El traje podría ser el arma más poderosa en el *Nautilus* en este momento, y Sever necesitaba tenerlo bajo su control.

El imponente traje esperaba fuera del centro de comunicaciones. Gregor aceptó el escaneo, respiró a través de los ajustes con un chasquido mientras el traje reemplazaba su configuración para Rovo por una adaptada al tamaño de Gregor. Volver a entrar en la armadura de potencia se sentía bien, una reconfortante oleada que combinaba la fuerza existente de Gregor con la invencibilidad.

—Gregor, ¿estás dentro? —la voz de Aurora crepitó a través del visor.

—Lo estoy —Gregor movió los dedos, observó cómo las manos metálicas seguían sus órdenes—. Listo para partir.

—Bien. Vas a escoltar a Vana al puente pasando por los barracones. Recoge un escuadrón o tres y ve a reforzar a Deepak.

—¿Reforzar?

—No he podido contactar con el puente —dijo Aurora, aunque la falta de sorpresa en su voz hizo que Gregor se preguntara qué sabía ella que él no—. Renard podría seguir allí, y eso no es bueno.

—¿Renard?

—Vana te pondrá al día.

Gregor vio a la mujer, con el chaleco mostrando algunas quemaduras de impactos, abrirse paso en el vestíbulo y lanzarle una mirada seca. Al parecer, Vana no estaba muy impresionada por la armadura de potencia. Su pérdida.

—¿Y tú? —dijo Gregor, enviando el mensaje de vuelta a Aurora.

—Estaré coordinando la resistencia.

—¿La resistencia? —preguntó Gregor, mientras Vana pasaba de largo, haciéndole señas para que la siguiera. Con un estruendo tras otro, lo hizo—. ¿Qué resistencia?

—Los agentes en esta nave acaban de declararle la guerra a todos los demás —respondió Aurora—. Tenemos que encontrarlos, eliminarlos y luego seguir la cadena hacia arriba.

Gregor necesitó varios pasos para procesar las palabras de Aurora. Sonaban como un retorno a la política normal, que Sever estaba abandonando su incursión mercenaria antes de que siquiera comenzara. Gregor no tenía reparos en golpear a los malos, pero esto se sentía menos como una misión y más como si Aurora se hubiera envuelto en una causa.

Las preguntas murieron antes de que Gregor encontrara una manera de plantearlas. Ahora, a bordo de una nave repleta de hostiles, no era el momento de presionar a Aurora. Había enemigos que destruir, y por el momento, eso sería suficiente.

—Aurora me dice que eres el peligroso —dijo Vana mientras se dirigían hacia el centro del *Nautilus* y los barracones que esperaban allí—. Un hombre más propenso a golpear que a pontificar.

—No se equivoca.

—Eso es bueno —continuó Vana. Gregor la observó mejor. La agente llevaba abundante munición para un rifle que sostenía con ambas manos, pero no se movía como alguien que esperaba fuego. Más bien como alguien que tenía un plan, que sabía que podía llevarlo a cabo—. Adonde vamos, voy a necesitar esa fuerza.

—¿El puente?

—Eventualmente —dijo Vana, llegando a un ascensor y presionando el botón de llamada—. La cosa es que hay una razón por la que Renard quiere el *Nautilus*. Por qué movió a tantos agentes aquí a lo largo de los años.

Gregor permaneció en silencio. Lo mejor era escuchar cuando alguien empezaba a revelar información. El ascensor llegó, y Gregor entró pesadamente junto a Vana. Ella no presionó el nivel superior, sino que los envió precipitadamente hacia abajo. Hacia el comedor y los laboratorios experimentales.

—Renard no está jugando este juego con una sola mano —dijo Vana, como si describiera una imagen particularmente aburrida—. Tu pequeña es un extra. Una sorpresa. Vamos tras el verdadero premio.

El ascensor se abrió, y Vana guió a Gregor al vestíbulo del nivel inferior.

—¿Y cuál es ese premio? —preguntó Gregor.

—Mírate a ti mismo —dijo Vana, dirigiendo una sonrisa pícara hacia Gregor—. Estás usando una versión temprana. El último prototipo está en algún lugar de esta nave, y tenemos que conseguirlo antes que Renard.

—¿O?

—O se lo lleva con él, y estaremos muy, muy muertos.

24

ARRANQUE DE EMERGENCIA

La metralla sonaba como lluvia de acero. Eponi se estremeció cuando los restos del último caza se estrellaron contra la *Prisa*, que flotaba sin escudos y calcinada a la sombra del *Nautilus*. Los disparos de Sai habían sido certeros, incinerando el caza daga en su aproximación final. Esos disparos salvadores también habían frito los conductos de energía de la *Prisa*, los pequeños cables que enviaban energía enrollada desde las baterías de la *Prisa* a donde Eponi la necesitara.

En este momento, Eponi no estaba muy segura de lo que necesitaba. Estaba sentada en la silla principal del piloto de la *Prisa*, y acababa de desprender sus manos de un agarre tan fuerte en la palanca de vuelo que los músculos se habían bloqueado. Frente a ella, el *Nautilus* colgaba como una luna metálica, dominando la vista con sus luces de navegación y parches plateados reflectantes. El crucero parecía congelado, pero tanto él como la *Prisa* se precipitaban a gran velocidad hacia algún lugar.

Incluso sin sus motores, el espacio exterior no hacía nada para ralentizar la *Prisa*.

Y sin embargo, el *Nautilus* parecía estar adelantándose lentamente. Eponi frunció el ceño, se inclinó más cerca del parabrisas, como si unos centímetros de proximidad le ayudaran a discernir el movimiento relativo. La inclinación no ayudó, pero sí lo hizo la ola de metralla que pasaba alrededor de la *Prisa*.

Cualquier impacto, por pequeño que fuera, restaría velocidad. Cualquier empuje negativo, como la presión de las torretas de Sai cuando dispararon hacia el caza daga, eliminaría milisegundos. No mucho, no muchos, pero suficiente para que el *Nautilus* superara la nave dañada de Eponi. Lo haría, si Eponi no podía encontrar una manera de poner en marcha la *Prisa*, dejándolos varados en el espacio remoto.

Las probabilidades de un rescate aquí fuera eran demasiado bajas para arriesgarse.

Eponi habría advertido a Sai sobre la situación, pero la *Prisa* ya no tenía ningún sistema de intercomunicación funcionando. Demonios, no tenía *ningún* sistema funcionando que no estuviera conectado a sus baterías de respaldo críticas: el soporte vital -reciclaje de aire, control de temperatura- seguiría funcionando mientras la *Prisa* tuviera algo de energía.

Así que si el *Nautilus* se alejaba, Sai y Eponi podrían morir muy lentamente.

La consola del piloto de Eponi estaba oscura, destruida por el primer impacto real a la *Prisa*. Había usado la del copiloto para contactar con Sai, pero esa se había unido a su hermana en el más allá después del disparo de Sai que había consumido toda la energía. La piloto tendría que abandonar la cabina para salvar su nave.

—Bien —dijo Eponi mientras se levantaba del asiento,

sus músculos se quejaron al ser llamados a mover un cuerpo sin peso en el aire—. Me gustaría verte intentar matarme, espacio.

Desafiar al vacío interestelar hizo que Eponi se sintiera mejor mientras echaba una larga mirada hacia el interior de la *Prisa*. Más allá de la cabina de cuatro asientos, un corto pasillo cuyo suelo hacía las veces de ascensor rápido de la nave se abría al área central de la sala de estar de la *Prisa*. Desde su punto de vista, Eponi podía ver que su recién adquirida nave estaría atrapada en un hangar de reparaciones durante mucho, mucho tiempo.

Los sellos de los casilleros, dañados por las oleadas de energía, habían cedido. Herramientas aleatorias, paquetes de comida y el rifle de Eponi flotaban alrededor, gastando impulso en choques de baja intensidad entre sí. Las rupturas a lo largo de los paneles del techo revelaban sensores reventados y sus alarmas correspondientes. Escombros más gruesos flotaban desde el lado derecho de la *Prisa*, donde la nave había recibido su golpe más duro.

Detrás de ellos, la sala de estar absorbía poca luz, expandiéndose más como una caverna gris que como el núcleo de la *Prisa*.

Eponi se impulsó hacia adelante, apartando los escombros al hacer contacto. Por mucho que le gustaría ver si Sai seguía vivo, el objetivo número uno era poner en marcha la *Prisa* de nuevo, lo que significaba llegar a sus motores y conectarlos de nuevo con las baterías. En la nave, los motores estaban justo atrás, accesibles bajando por debajo del centro. El mismo camino para llegar a la rampa de salida principal.

Excepto que todo se volvió realmente oscuro una vez que Eponi dejó atrás la cabina y su espectáculo de luz estelar. Sin una pulsera o una consola, nada le daba a Eponi más que un tenue reflejo. Tendría que navegar por memoria, por tacto.

La *Prisa* tocaba su propio concierto de desastre mientras Eponi juzgaba su camino y se impulsaba hacia el lado opuesto de la cámara central. Las alarmas, misericordiosamente, habían muerto con la sobrecarga de energía, pero una línea de percusión dispersa resonaba por toda la nave mientras los contenidos maltratados rebotaban entre sí y contra otros. Susurros estáticos hacían eco aquí y allá, los intercomunicadores se conectaban durante segundos antes de cortarse de nuevo.

Todo complementado por los sistemas de soporte vital de la *Prisa* y su reconfortante zumbido, un chirrido de bajo grado que resonaba por toda la nave.

Esos sonidos se acoplaron con el metal frío y duro que tocaban las puntas de los dedos de Eponi cuando golpeó la pared más lejana de la cámara, deslizándose en la curva descendente. Usando el techo sobre ella, cerca ahora que Eponi estaba debajo del segundo piso de la *Prisa* y sus camarotes, Eponi se enderezó. Tanteó con los pies para encontrar los escalones que conducían hacia abajo.

Sin gravedad, Eponi no podía caminar, así que se propulsó en su lugar. Empujándose desde el techo, sus muñecas dándole el ángulo que necesitaba, la piloto de la *Prisa* flotó como un fantasma por los escalones. El descenso se curvaba, con el recorte para la rampa de salida a mitad de camino. La luz estelar restante moría aquí, disminuyendo hasta la oscuridad total.

Eponi cerró los ojos. No porque la oscuridad la asustara —definitivamente no—, sino para concentrarse, para volcar sus sentidos en las yemas de sus dedos, en sus pies calzados, y sentir cada centímetro a medida que avanzaba. La concentración tenía un segundo propósito: intentar mantener a raya el pánico devorador y festivo de que pudieran quedarse atrapados aquí, abandonados por una tripulación del *Nautilus* que quería a Sever muerto.

Cada uno tenía sus propias pesadillas, y las de Eponi se centraban bastante en quedar atrapada en el vacío, en ser abandonada para morir sola en el espacio. Odiaba las esclusas de aire por esa razón, y le encantaba sentarse en la silla del piloto porque sostener la palanca de vuelo le daba a Eponi cierto control sobre su destino. Esta vez no había podido superar en vuelo a los cuatro cazas, pero había estado muy cerca, y aferrarse a ese hecho la mantenía en marcha.

Había sido un esfuerzo heroico. Digno de los mejores pilotos. Y los mejores no se rendían solo porque alguien les diera un golpe de suerte.

Eponi encontró la puerta de la rampa, su borde estriado era como un letrero que indicaba un destino no muy lejano. Las escaleras se aplanaban en una curva nivelada que se dirigía de vuelta hacia los motores. Ahora era más fácil seguir avanzando. Mantuvo los ojos cerrados, sintió una bocanada caliente en el aire mientras se acercaba al lugar donde toda esa energía permanecía atrapada.

Sai habría sido útil. Él había ideado el plan para reencauzar los conductos para disparar ese último tiro. Probablemente podría hacer lo mismo con el lío de cables que esperaba aquí abajo. Eponi no había hecho exactamente mucho trabajo de reparación en las entrañas de las naves —DefenseCorp había pagado a expertos para ese tipo de cosas—, así que esto sería más una adivinanza que un plan firme.

Pero era mejor intentarlo que morir esperando.

Cuando el zumbido constante ahogó los golpes aleatorios, Eponi abrió los ojos. Todavía no había iluminación superior en la sala de máquinas, pero varios medidores y pequeñas pantallas de estado emitían suficientes destellos amarillos, rojos y verdes para dar un cierto color festivo a una situación que, de otro modo, parecía un desastre. La sobrecarga de energía de Sai no solo había hecho estallar las cosas arriba, sino que también había desajustado las cosas aquí abajo.

Los motores de la *Prisa* sincronizaban su energía directamente con las grandes baterías de la nave, placas de almacenamiento que se cargaban cuando la nave aterrizaba, o con la luz estelar capturada y absorbida por paneles distribuidos por toda la superficie de la *Prisa*. Por lo que Eponi podía ver, la sobrecarga, o el disparo del caza daga, había cortocircuitado todos los motores menos uno, un único grupo que se aferraba a la vida.

Eponi se inclinó, leyó los números, las barras de estado. Intentó hacer algunos cálculos mentales, una tarea más difícil de lo que debería haber sido, pero el miedo y los hábitos oxidados —las computadoras de vuelo solían encargarse de los números— obligaron a Eponi a batallar con las ecuaciones varias veces. No tener una superficie para escribir, ni una pulsera para registrar algo, tampoco ayudaba.

Pero, con todas esas salvedades, Eponi calculó que el único grupo, junto con la velocidad restante de la *Prisa*, podría mantenerlos al alcance de la radio del *Nautilus* durante un tiempo. Excepto que, para que el motor ayudara en algo, Eponi tendría que dar la vuelta a la *Prisa* de nuevo.

Los propulsores de maniobra, pequeños dispositivos destinados a empujar la *Prisa* de un lado a otro, parecían estar en mejor estado que sus hermanos mayores. Eponi los había apagado después de dar la vuelta a la *Prisa* durante el combate, enviando su energía a los láseres, a los escudos, y eso podría haberlos mantenido con vida. Ahora tenía que hacer que la energía llegara a ellos, y hacerlo significaba lidiar con las propias baterías.

A sus pies, el resplandor iluminaba un suelo enrejado. Debajo del mosaico ovalado se encontraban las baterías y los cables crudos que conectaban su energía directamente a las fuentes críticas, como los motores principales y los sistemas de soporte vital. A la altura de los ojos de Eponi, viéndose negro y quemado, el tablero de conmutación principal de la *Prisa* yacía muerto y acabado. Los conductos, cables gruesos recubiertos, venían de varias secciones y se conectaban al tablero. Cada uno había sido cuidadosamente marcado por los anteriores propietarios de la *Prisa* con su propósito.

—¿Sabes qué? —dijo Eponi al encontrar el de los propulsores de maniobra—. Vamos a salir de esta juntos. Ya verás.

También había hablado con todos sus karts. Les había dado cumplidos cuando lograban un giro, pasaban a un líder o mantenían a Eponi con vida a través de otro desastre vertiginoso. Las palabras la hacían sentir menos sola, más como si las naves fueran sus amigas.

Por cursi que sonara, ¿en un universo como este? Los amigos eran difíciles de encontrar.

Eponi desenchufó el cable, se agachó y levantó la rejilla. Tanteó para encontrar la ranura abierta en el puerto de la batería y dio a los propulsores de maniobra libre acceso al jugo energético. Inmediatamente, un nuevo zumbido retumbó a través de la *Prisa*, la nave despertaba y se daba cuenta de que aún podía ser salvada.

—Volveré por el resto de vosotros más tarde —dijo Eponi al tablero de conmutación y sus líneas chamuscadas.

Mientras se abría paso de vuelta por las escaleras, hasta llegar a la cabina, Eponi vio que el *Nautilus* había mantenido su avance, estirando su ventaja. La palanca de vuelo se sentía muerta en las manos de Eponi, su potencia de asistencia se había ido junto con casi todo lo demás. Pero cuando Eponi activó los propulsores, cuando tiró con fuerza de la palanca de vuelo, los enlaces funcionaron.

La *Prisa* voló.

25

UNO SOBRE TODOS

Rovo observaba. Por primera vez en lo que parecía una eternidad, observaba.

Lamya y su escuadrón reunieron a los agentes, agruparon a los veintitantos y se los llevaron a algún lugar. Los agentes no parecían felices ni tristes. Si Rovo tuviera que adivinar, las expresiones indiferentes en sus rostros decían que estaban encantados de estar vivos y no muy preocupados por el futuro.

Preocupante, eso. Pero también lo era el dolor que se extendía desde su pecho y se filtraba por sus piernas, alrededor de sus hombros. Nervios que no querían descansar.

Rovo observó al equipo esquelético que manejaba el centro de comunicaciones, los oficiales leales, alféreces y varios miembros de la tripulación que volvían a sus tareas mientras lidiaban con la nada agradable realización de que sus compañeros de trabajo, sus amigos, sus camaradas habían sido alguien más todo el tiempo. Rovo nunca había sentido esa traición antes, pero sabía cómo el deber podía distraer, y la tripulación de Deepak volvió a enviar mensajes, manejar preguntas entrantes y dirigir el tráfico alrededor de la nave.

Otros se dedicaron a limpiar lo que podían o ayudar a los robots a navegar por los escombros para comenzar las reparaciones.

Sin embargo, Aurora captó la atención principal de Rovo. Ella había elegido la consola más cercana que no tuviera un agujero de láser en su pantalla. Rovo la vio tecleando, enviando un mensaje tras otro, cada uno con el mismo contenido.

Como si sintiera los ojos de Rovo sobre ella, Aurora le lanzó una mirada.

—¿Sigues vivo ahí? —preguntó Aurora.

—No estoy seguro de querer estarlo —respondió Rovo—. Que te disparen apesta.

—Lo sé. Te llevaría a la bahía médica ahora mismo, pero hasta que no reciba la confirmación de que está despejada, no quiero arriesgarme.

—¿Sabes que he estado en la bahía médica hoy? —dijo Rovo—. Dos agentes intentaron matarme allí.

Aurora no pareció muy contenta con eso. Rovo debió haber arruinado el ambiente de broma. Cambió el rumbo de las cosas, porque Aurora se apartó del escritorio y dio unos cuantos pasos largos para sentarse junto a Rovo.

—Los agentes también intentaron matar a Sai y Eponi —dijo Aurora—. A mí también. Renard, ese hombre que vimos en la proyección en Wexer... Todo esto es su jugada. Pensó que yo sabría dónde estaba Kaia, por eso hizo que Deepak me separara. —Los ojos de Aurora se entrecerraron, mirando a nada en particular—. Deepak hizo parecer que el *Nautilus* estaba en riesgo. Por eso ayudó a Renard, o eso dice.

—¿Le crees?

—No importa —dijo Aurora—. Vamos a luchar por la nave de todos modos.

—¿Por qué? —replicó Rovo—. Sabemos dónde está Kaia. Deberíamos simplemente subir al *Prisa* e irnos. ¿A quién le importa un carajo el *Nautilus*?

La pregunta salió más fácil de lo que Rovo pensó que sería. La pequeña niña que había encontrado, sola y en gran parte abandonada en ese apartamento de Dynas, hacía que la nave, todos los agentes y el almirante y sus agendas enfrentadas parecieran tan insignificantes.

Aquí se había unido a Sever para convertirse en un soldado curtido en la batalla y ahora el amor despreocupado de una niña había desechado ese sueño. Y a Rovo no le importaba en absoluto.

—Porque si dejamos que Renard gane aquí, entonces podrá concentrar sus recursos en nosotros —dijo Aurora—. Si empujamos a las tropas de DefenseCorp a luchar contra los agentes en sus naves, en sus mundos, entonces Defense-Corp estará demasiado ocupada luchando consigo misma como para preocuparse por lo que hacemos.

Rovo parpadeó. Trató de captar las palabras de Aurora y lo que realmente significaban.

—Esos mensajes que estabas enviando, ¿qué eran?

—La verdad. —Aurora apoyó la cabeza contra la pared detrás de ella, y Rovo supuso que debía estar tan agotada como él—. Envié exactamente lo que sucedió aquí a cada nave de DefenseCorp en el directorio del *Nautilus*. Todos sabrán que no deben confiar en sus agentes a bordo, que necesitan actuar para prevenir un golpe.

—Los agentes podrían interceptar esos mensajes.

—Bien. Si algunos pasan y otros no, eso lo hará parecer aún peor. Cuanto más volvamos a DefenseCorp contra sí misma, mejor.

—Estás sonando casi malvada, Aurora.

—Estoy protegiendo a mi escuadrón, Rovo —dijo Aurora—. Y no creo que volver a más escuadrones contra Renard y cualesquiera que sean sus planes sea malvado.

—No, pero...

—Vamos. —Aurora se puso de pie, extendió la mano para ayudar a Rovo a ponerse de pie con dificultad—. Hasta que la bahía médica esté lista, tengo algo que necesito que hagas.

Aurora sentó a Rovo en la consola. Los mensajes que Aurora había estado enviando se desplegaron frente al novato, con muchos más listos para ser enviados a aún más naves. DefenseCorp tenía miles, tal vez millones de naves cubriendo la galaxia, y Aurora quería enviar el mensaje a cada una de ellas.

Rovo también notó que Aurora no había firmado los mensajes como ella misma. El nombre adjunto a todos estos pertenecía al oficial de comunicaciones que había usado este escritorio antes del tiroteo. Una guerra iniciada por alguien que podría ya estar muerto, que nunca sabría para qué había sido utilizado.

—No soy una experta en comunicaciones —dijo Aurora, señalando que había estado enviando los mensajes uno por uno—. Tú sí. Espero que puedas encontrar una forma de hacer esto más rápido.

—Si no muero primero.

—Sobre eso —dijo Aurora—. Hablaré con Lamya. Haré que un médico te examine, y una vez que despejemos la bahía médica, volverás allí.

—¿Qué vas a hacer tú?

—No hemos tenido noticias del puente en mucho tiempo —dijo Aurora—. No sé qué significa eso para Sai y Eponi, pero quiero averiguarlo. Vana y Gregor se dirigen allí, pero intentaré obtener más información. No estaré lejos, así que llámame si necesitas algo.

Su comandante dejó a Rovo allí, mirando una pantalla con la responsabilidad de destrozar una galaxia.

De vuelta en su antigua estación espacial, en su antigua carrera, con sus antiguas responsabilidades, Rovo veía toda la correspondencia que pasaba por su sector. Veía muchos mensajes destinados a desacreditar a un almirante aquí o a promocionar a un oficial allá. Maniobras políticas. Existían bandos en todas partes, y DefenseCorp a menudo manejaba sus desacuerdos internos enviando al perdedor a una misión distante en alguna roca olvidada como, bueno, Wexer.

Rovo leyó el mensaje que Aurora había estado enviando, quería que se enviara. No tenía el lenguaje directo redactado por un especialista, y carecía del tono autoritario para exigir una respuesta inmediata. En cambio, Aurora exigía acción en términos simples, presentando a los agentes como una amenaza nebulosa que debía ser aprehendida para estar a salvo.

Aurora quería una guerra, pero la forma en que había escrito esto caería justo dentro de los habituales procedimientos de DefenseCorp. Si alguien se molestaba en actuar al respecto, le darían una palmada en la muñeca a los agentes hasta que estos los convencieran de lo contrario.

La amenaza no podía ser nebulosa. No podía ser vaga. Los agentes debían tener un objetivo que hiciera que todos los soldados se pusieran de pie con ira. Que hiciera que los almirantes pusieran esposas aturdidoras a cualquier agente que vieran.

Rovo conocía palabras que podían lograr eso. Evidencia clara junto con pasos específicos para neutralizar el peligro inmediato. Añadiendo algo de formalidad oficial, y un mensaje que podría ser descartado como una extraña exageración llegaría directamente al capitán de cada nave. Sin duda, haría que algunos detuvieran a sus agentes hasta que se descubriera la verdad.

Suficientes agentes protestarían por la acción, estallarían suficientes peleas, como para que el plan de Aurora pudiera funcionar por un tiempo. Ganar algo de tiempo para Sever Escuadrón.

Rovo sintió escalofríos, se reclinó en la consola y miró alrededor del centro de comunicaciones. Lamya había apostado soldados fuera de las particiones, vigilando algún ataque que no había llegado. Aurora hablaba con la comandante, parecía que las dos estaban discutiendo sobre algo. Por lo demás, el centro zumbaba mientras los que aún tenían escritorios en funcionamiento volvían al trabajo, mientras otros ayudaban a los robots con la limpieza. El humo disminuía, aunque el olor a quemado lo impregnaba todo.

Una señal de que por más rápido que las cosas pudieran volver a la normalidad, algunas simplemente no lo harían. No podían.

Provocar un enfrentamiento entre las dos divisiones principales de DefenseCorp haría lo mismo.

Ella había acudido a la puerta cuando Rovo llamó. Se habían comunicado a través del pomo giratorio, los leves temblores y vibraciones en la puerta. Rovo había llevado a Kaia a través de Dynas, perseguido por personas que podrían haber sido los mismos agentes contra los que luchaban aquí. Buscándola, queriendo usar a Kaia, su sangre, para cosas que Rovo no quería imaginar.

Sí, podía enviar el mensaje.

El trabajo resultó fácil una vez que decidió hacerlo. Rovo incluyó los términos, reorganizó el enfoque y luego preparó la difusión para que se transmitiera a través de las redes en una emisión repetida. Aurora había estado enviando mensajes aislados a una nave a la vez. Rovo hizo que el *Nautilus* transmitiera la advertencia en un ritmo constante a cualquier satélite al alcance, usando una etiqueta general de DefenseCorp que cualquier nave de DC captaría y vería.

Tomaría años para que la advertencia cruzara la galaxia, pero las palabras llegarían allí.

—Está hecho —dijo Rovo, acercándose lentamente a Aurora.

—Te ves mejor —respondió Aurora, levantando la vista de su consola. Las palabras sonaron animadas, pero Rovo vio preocupación—. ¿El médico hizo su trabajo?

El médico había inyectado a Rovo suficientes analgésicos como para mantenerlo flotando en una nube entumecedora, sí.

—Estoy bien por ahora —respondió Rovo—. ¿Qué pasa con Sai y Eponi?

Aurora tocó la pantalla, amplió un escáner que mostraba las naves alrededor del *Nautilus*—. El *Prisa* está ahí fuera. Parece que alguien decidió intentar derribarlos. No recibo respuesta de la nave, y se está quedando atrás del *Nautilus*. No podemos ralentizar el crucero sin la orden del almirante. —Los músculos de Aurora se tensaron, como un resorte enrollándose—. Si es que Deepak sigue vivo. Tampoco he tenido noticias de Gregor y Vana, lo que me preocupa.

—Así que tenemos problemas, es lo que estás diciendo.

—Definitivamente problemas —Aurora miró hacia donde estaba Lamya—. Lamya está siguiendo sus órdenes. No quiere dejar el centro de comunicaciones, especialmente si hay posibilidad de que el puente esté comprometido.

—¿No hay otros escuadrones en la nave?

—Ese es el problema —dijo Aurora—. Todos están siendo enviados a proteger puntos críticos. Ya hemos enviado tres al puente, y no hemos tenido noticias de ninguno de ellos.

Entonces, ¿por qué enviar más a las fauces?

—Entonces, ¿qué hacemos? —Rovo deseaba tener algo más inteligente que decir, pero nunca antes se había enfrentado a una toma total de la nave.

—Deberías descansar un poco —respondió Aurora—. Creo que puedo convencer a otro escuadrón para que vaya al puente, y esta vez iré con ellos.

—Porque tú marcarás la diferencia. Una sola persona.

—Una comandante increíble, quieres decir.

—Esto no es una broma, Aurora —dijo Rovo—. Quiero decir, la vida de Kaia depende de que salgamos vivos de esta nave. Sai y Eponi podrían necesitar ayuda. Y, demonios, yo necesito ayuda.

—Y nada de eso importa si no podemos tomar el puente, o asegurarnos de que esté destruido —dijo Aurora—. De lo contrario, sabrán todo lo que hagamos. Pueden cerrar puertas detrás de nosotros, volver las torretas en nuestra contra, o algo peor.

Rovo se apoyó en la cruz de cristal, agradecido por el apoyo que daba a sus piernas exhaustas y su pecho adolorido. Los analgésicos hacían un gran trabajo eliminando los dolores, pero las drogas ciertamente dejaban mucha basura con la que lidiar.

Aurora tenía razón: Rovo necesitaba descansar.

No es que pudiera.

—Si vas al puente, entonces yo iré a las bahías de acoplamiento —dijo Rovo—. Voy a buscar a Sai y Eponi.

—¿Eres piloto?

—Para esto, no necesito serlo.

Rovo se habría reído de la mirada que Aurora le dio entonces, lo habría hecho si expulsar tanto aire a través de sus pulmones abrasados no le hubiera hecho sentir al novato que estaba a punto de morir.

Pero no había muerto.

Todavía no.

26

GUERRERA INQUIETA

En la siguiente asignación, Deepak envió a Sever Escuadrón a un rincón. Una ubicación garantizada para ver poca acción. Observar y proteger. Aurora no estaba encantada, pero le dio espacio a Deepak en eso. Sever tenía algunos reclutas nuevos para cubrir las bajas anteriores. Era bueno introducirlos poco a poco.

Pero, ¿la siguiente? Después de haber pasado la noche observando una nebulosa girar con sus gloriosos púrpuras y rojos, Deepak volvió a poner a Sever en la reserva, haciendo guardia alrededor de un grupo de burócratas adinerados cuyo dinero los hacía molestos e irrelevantes para el trabajo de supresión de disturbios que DefenseCorp realmente estaba allí para hacer.

En la tercera tarea insignificante, Aurora ni siquiera miró a Deepak mientras leía la miserable asignación de Sever. Después del informe, no lo esperó. Cuando regresaron, sin que Sever hubiera sufrido un rasguño, sin siquiera haber disparado una vez, Aurora mantuvo la boca cerrada, con la mirada en otra parte.

Solo cuando Deepak esperó fuera de su camarote,

cuando le bloqueó la entrada, Aurora decidió que había llegado el momento de hablar.

—Estás tratando de protegerme y no lo necesito. No lo quiero —dijo Aurora, abriendo la conversación con la andanada más ardiente que había lanzado en meses—. Sever no se lo merece. Somos lo suficientemente buenos para el trabajo duro, nos lo hemos ganado. Demonios, nuestras cuentas bancarias hacen parecer que estamos limpiando inodoros.

—Estás viva —dijo Deepak—. No estás herida. ¿No es eso mejor?

—Por supuesto que no quiero resultar herida, pero ese es el trabajo —respondió Aurora, pasando su brazo por delante de Deepak para abrir el camarote. Él la siguió adentro—. No soy tu delicada flor a la que tienes que proteger.

—¿Ah, no? —Los ojos de Deepak brillaron, y se apoyó en la pared, tratando de proyectar una arrogancia que el hombre no había tenido ni un solo día en su vida—. Es mi trabajo hacer las asignaciones.

—Lo es —replicó Aurora—. Se supone que debes poner a DefenseCorp en la mejor posición para tener éxito, y eso no está sucediendo cuando estamos atrás.

—Tal vez no me importa lo que DefenseCorp quiera.

—¿Entonces qué hay de lo que yo quiero? —dijo Aurora—. ¿Te importa eso?

Una vez más, Deepak cayó en una protesta vacilante. Por supuesto que le importaba ella, eso era todo lo que esto era. Por supuesto que quería que le fuera bien, pero sin meterse en peligro. Por supuesto que él...

—Esto es una mala idea —dijo Aurora, interrumpiendo a Deepak mientras se hundía más y más en territorio patético—. Eres un buen tipo, Deepak, pero no soy tuya para que me salves. No me protejas, no jodas a mi escuadrón.

Deepak se puso rígido, vio que Aurora no bromeaba, no había suavidad en su mirada. Las palabras parecieron ir y venir de su boca durante varios segundos, antes de que cayera en un formal asentimiento de DefenseCorp, se despidiera y se fuera.

En la siguiente asignación, Sever se encontró cayendo tras las líneas enemigas. Durante el informe, Deepak no miró en dirección a Aurora. Después, no la esperó. Y cuando pasaron por otra nebulosa, Aurora no la observó desde la cubierta superior.

Pero el dinero en su cuenta crecía y crecía.

Algunas personas saltaban al vacío, otras tenían que ser empujadas. Deepak se colocaba en el segundo grupo, de pie en el puente con Renard. Las dos divisiones de Defense-Corp pendían de un hilo allí en el *Nautilus*, los agentes y los soldados, enfrentándose por la dirección de la nave, por el futuro de la compañía que, a estas alturas, tenía la fuerza de la galaxia.

Si un almirante cedía ante la presión de Renard, ¿cuántos otros lo seguirían?

Aurora no podía saber cuánto había infectado Renard. Si el hombre hablaba solo por los agentes que había reunido en el *Nautilus*, si era solo una rama de una red más grande extendida por toda DefenseCorp. De cualquier manera, ella había aprendido, le habían enseñado, que hay que limpiar la enfermedad dondequiera que aparezca y evitar que se propague.

¿Que hacerlo mantendría la presión lejos de las espaldas de Sever? Un buen beneficio.

Sobre todo, Aurora quería borrar esa sonrisa plástica y presumida de la cara de Renard.

Sai y Eponi habían estado de acuerdo con la idea. Su papel: proporcionar la distracción, evitar que Deepak y Renard se establecieran en su acuerdo de sirviente-gobernante. Provocar una pelea en el *Nautilus* que le diera a Aurora tiempo para enviar los mensajes.

Lo habían logrado. Ahora, Aurora tenía que completar la misión.

Después de ayudar a Rovo a dirigirse hacia las bahías de atraque —dos miembros del escuadrón fueron con él para escoltarlo y asistirlo para que siguiera moviéndose—, Aurora contó que quedaban Lamya y seis miembros del escuadrón defendiendo el centro de comunicaciones. La mayoría de los otros se habían ido para escoltar a los prisioneros agentes a la bahía designada por Deepak.

No era un gran número para defenderse contra una emboscada, aunque Aurora sentía cada vez menos que ocurriría algún ataque. Los agentes, hasta ahora, habían mostrado un deseo de trabajar desde las sombras, de aprovechar la sorpresa para sus asaltos.

Sentarse aquí y esperar haría de Aurora y los demás blancos fáciles.

—Tú tampoco vas a ir al puente —dijo Lamya cuando Aurora le dijo lo que iba a hacer—. No puedo permitirlo.

—¿Permitirlo?

La comandante del escuadrón, que llevaba algunas quemaduras de láser en su uniforme y un vendaje gris en el hombro, hizo un gesto a su alrededor.

—Esto es, hasta que se nos diga lo contrario, el puente del *Nautilus*. Tenemos que defenderlo, y necesito saber qué está pasando. Vas a informarme, y luego nos vamos a establecer aquí hasta que obtengamos más información.

—Estás jugando esto como si fuera un enfrentamiento

normal —respondió Aurora—. No lo es. Tenemos que mantenerlos adivinando, moviéndose. Si les damos...

—No les vamos a dar nada —Lamya puso una mano en el hombro de Aurora—. Nuestros escuadrones están asegurando todos los sistemas principales de la nave. Pronto, aunque haya más agentes a bordo, no tendrán control sobre nada. Podemos registrar cada sección por turnos, validar identidades y atrapar a cualquiera que resulte sospechoso.

Rastrear toda la nave llevaría tiempo. Algo a lo que Lamya podría estar acostumbrada, dado el papel habitual de su escuadrón de asegurar una línea del frente y mantenerla durante días o semanas. La idea de quedarse sentada en este centro de comunicaciones hacía que Aurora se inquietara. Ella pertenecía a la acción, no a mantener un objetivo. Especialmente después de haber logrado lo que necesitaba.

—Parece que lo tienes todo bajo control —dijo Aurora—. ¿Deepak dijo que lleváramos a los agentes a la bahía C-17? Me dirigiré hacia allá. Si Renard está allí, me gustaría hacerle algunas preguntas. Tal vez llenarlo de agujeros.

—Aurora, te estoy diciendo que te quedes aquí.

—Lamya, no sé si lo recuerdas, pero ya no trabajo para DefenseCorp —Aurora se giró y se dirigió hacia las puertas del centro de comunicaciones. Lamya podría dispararle por la espalda, podría intentar detenerla, pero Aurora apostaba a que Lamya no llegaría tan lejos. Tenía que apostar a que la crisis mutua importaba más que mantenerla allí—. Deberías intentar irte alguna vez. Es muy liberador.

En el reflejo de la ventana mientras salía, Aurora captó la mirada ardiente de Lamya, pero la comandante del escuadrón no intentó nada más. Un soldado aprovechó la oportunidad, se acercó a Lamya y comenzó a hacerle preguntas, y Aurora encontró su camino de vuelta al vestíbulo sin ser molestada.

El camino de regreso a las bahías de acoplamiento —Aurora buscó a Rovo, pero el novato debía haber tomado una ruta diferente— fue rápido. Más escuadrones se desparramaban por la nave, moviéndose en grupos mientras despejaban habitaciones en busca de agentes sospechosos. Aurora no escuchó ningún tiroteo mientras pasaba por el Intendente, ni llamadas de refuerzo o alarmas por una emboscada.

Tal vez los agentes se habían rendido, se habían dado cuenta de que su menor número no significaba nada contra los más numerosos, mejor armados y blindados soldados.

Aurora podía tener esperanzas.

La comandante de Sever alcanzó al destacamento de escolta de Lamya cuando se acercaban a la bahía C-17. Las bahías del nivel C estaban diseñadas para transportes de tropas más grandes, los destinados a invasiones a gran escala. Las grandes naves podían albergar a unos mil soldados de primera línea, sacrificando comodidad por protección y espacio. Se asemejaban a largas puntas de flecha planas, recubiertas con pintura solar carmesí-negra. Aurora nunca había descendido en una de esas cosas —Sever pertenecía a naves más pequeñas y especializadas—, pero había oído de otros que la experiencia se sentía como el purgatorio: al final, tendías a terminar en el infierno.

La primera señal de que las cosas podrían no ser tan limpias como la orden de Deepak garantizaba vino a través del propio vestíbulo. Esas paredes limpiadas por robots adquirieron interesantes manchas mientras Aurora alcanzaba al escuadrón de Lamya que avanzaba. Quemaduras oscuras y salpicaduras rosa-rojizas indicaban que aquí había tenido lugar un combate, y el estricto régimen de limpieza del *Nautilus* hacía eco de que el combate había ocurrido recientemente.

Lo que explicaría el movimiento sigiloso del escuadrón. Los prisioneros agentes permanecían en el centro, desarmados y con esposas paralizantes, pero por lo demás caminando como víctimas expectantes más que como criminales humillados. Al frente, un trío del escuadrón mantenía sus rifles en alto mientras se acercaban a la bahía C-17, escuchando sonidos más allá del zumbido de los robots y el continuo traqueteo del *Nautilus*. Ningún anuncio por altavoz salpicaba el silencio, lo que daba un aura inestable a todo el conjunto.

Aurora podría haber estado en un sueño, una pesadilla.

En cambio, sintió el sólido agarre de su rifle mientras se acercaba por detrás y luego se unía a las filas delanteras que se aproximaban a la puerta de la bahía. A diferencia del centro de comunicaciones, no había ventanas en las paredes alrededor de las bahías, una característica diseñada más para la protección contra fugas accidentales de vacío que para cualquier otra cosa.

Aunque sí que servía para emboscadas mortales.

—Supongamos que no estamos en el lado ganador —dijo Aurora cuando tomó su lugar al frente—. Cualquier cosa puede suceder, y es poco probable que sea agradable.

—Debería haber más de nosotros aquí —coincidió el líder provisional del escuadrón—. No estoy recibiendo nada por nuestra banda local.

Eso no eran buenas noticias.

—Entonces esto es lo que haremos —respondió Aurora—. Divide tu equipo. La mitad trasera que se lleve a los prisioneros, que los escondan en uno de estos armarios y monten guardia. El resto de nosotros exploraremos adelante.

—¿Dividir mi fuerza a la mitad? —El líder levantó una mano, deteniendo el avance mientras la puerta C-17, ancha y cerrada y libre de cualquier persona viva, se encontraba a unos metros por delante—. ¿Por qué haría eso?

—Porque si las cosas se ponen feas, tener rehenes podría ser importante —respondió Aurora—. Y lo último que necesitas es vigilar prisioneros en medio de un tiroteo.

El hombre, joven y sin suficientes cicatrices para mostrar mucha experiencia en misiones, lanzó una mirada de sospecha hacia Aurora. Ella reconoció la mirada, alguien que se había encontrado con un sabor de poder en el campo de batalla y quería mantenerlo.

—¿Quieres saber por qué deberías escucharme? —dijo Aurora—. Porque soy la que va a sacarte de esto con vida. Tal como lo he hecho con mi escuadrón durante años.

—Ni siquiera sé quién eres.

—Y no me importa —dijo Aurora—. Hazlo. O haré que Lamya te reemplace por alguien más inteligente.

La diplomacia requería tiempo, requería tacto, y no tenían mucho del primero, y Aurora nunca tuvo nada del segundo.

El pequeño líder de Lamya decidió no cuestionar la experiencia de Aurora. Puso en práctica sus sugerencias, dejando a cinco soldados, incluido él mismo, rodeando la puerta de la bahía mientras los otros empujaban a los agentes capturados hacia una sala de suministros cercana.

—Gatillos listos —dijo Aurora, tomando su posición en el extremo derecho de la puerta, con un soldado detrás de ella. Tres en el otro extremo—. Lo que sea que veamos ahí dentro, es poco probable que sea amistoso. No jueguen limpio.

Aurora captó las miradas que pudo. No tan pulidas, tan endurecidas como Sever, pero listas. Estos seguían siendo profesionales, y el escuadrón de Lamya había visto suficiente acción dura para prepararlos para lo que hubiera al otro lado de esta puerta. A su señal, el líder del escuadrón, su opuesto, tocó su pulsera en el escáner de C-17.

La puerta se deslizó hacia abajo en un segundo, exponiendo el gran transporte y todo lo que lo rodeaba. La bahía debería haber estado limpia, debería haber tenido sus paquetes de baterías, provisiones potenciales, equipo y robots de mantenimiento agrupados alrededor de los lados. Un suelo de metal azul-negro claro debería haber recibido a Aurora y al escuadrón.

Debería haber. No lo hizo.

Los materiales se extendían por la bahía, apilados y esparcidos unos sobre otros en barreras improvisadas. El transporte, detrás de ellos, tenía sus grandes rampas bajadas y listas para el abordaje, las luces amarillas de funcionamiento de la nave mezclándose con el blanco brillante de la bahía. Esas luces pasaban más allá de la barrera para iluminar cuerpos, tantos cuerpos, mezclados en el suelo de la bahía. Soldados, sí, pero también el carmesí negro perteneciente a los agentes. Las marcas de láser estropeaban el suelo, las paredes y el techo de la bahía, e incluso el transporte detrás. Varios cuerpos aún humeaban, la reciente violencia dejando su marca.

Aurora tuvo que contener una tos. El hombre detrás de ella no pudo. El *Nautilus* mantenía sus filtros funcionando a toda potencia, pero no podían competir con el olor crudo y nauseabundo de la piel quemada. El hedor infernal a carne carbonizada inundaba el pasillo, obligando a Aurora a contener la respiración mientras se asomaba por la puerta en busca de enemigos.

No se veía ninguno. Ni siquiera detrás de las barricadas, donde Aurora habría esperado que cualquier fuerza desafiante estuviera esperando. Tal vez habían corrido hacia el transporte, pero entonces, ¿por qué estaban las rampas bajadas?

—Manténganse cerca, manténganse cautelosos —dijo Aurora—. Dos arriba, dos abajo.

Aurora y el líder del escuadrón se deslizaron por el borde mientras los soldados detrás tomaban posiciones en la puerta, con los rifles listos y cubriendo. Aurora lanzó una mirada rápida a la derecha, buscando a alguien que pudiera estar esperando justo dentro. Una pared vacía la recibió, aunque la pared misma había visto días mejores. Como todo lo demás en la maldita bahía, llevaba cicatrices de batalla de arriba a abajo en su superficie.

Lo que no tenía sentido era que esto parecía un enfrentamiento. Un verdadero campo de batalla, cuando debería haber sido una lucha contenida entre agentes capturados y soldados. Aurora podía imaginar a unos pocos agentes haciendo un ataque sorpresa aquí, esperando liberar a sus amigos cautivos, pero esto hablaba de un conflicto tradicional. ¿Y los cuerpos esparcidos como estaban? Parecía que los soldados habían caído en una emboscada atrincherada.

Manteniendo su rifle en alto y listo, Aurora volvió a la barricada. Echó un vistazo al líder del escuadrón, cuyo lado también estaba vacío. Juntos, con asentimientos sincronizados, avanzaron hacia la barricada misma. Los objetos amontonados formaban una línea variopinta, quizás un poco más de un metro de altura en su punto más alto. Detrás, las rampas del transporte brillaban vacías, pero los motores de la gran nave emitían un zumbido bajo.

Encendiéndose y preparándose para partir. No era una buena señal.

Tragando algo de aire, parpadeando para alejar las lágrimas que le escocían por el olor, Aurora se acercó a la barricada. Al aproximarse, sus zapatos rasguñando el suelo mientras pasaba sobre los cuerpos, Aurora dio un rápido paso lateral y se lanzó hacia la barricada misma. Intentó romper las expectativas.

Aunque las suyas propias murieron cuando vio sobre el borde, vio lo que les esperaba.

Agentes, tendidos casi cabeza con pies, con rifles y pistolas sostenidos sobre sus pechos. Ojos abiertos, mirando a Aurora. No había visto a ninguno porque los bastardos habían estado pegados al suelo, y no de una manera que les permitiera disparar bien. Tal como estaban ahora, Aurora podría abatir a la mitad de ellos antes de que-

El líder del escuadrón gritó, y no el grito triunfante de atrapar a un enemigo comprometido y listo para destruir. Aurora, con el dedo deslizándose hacia el gatillo mientras los agentes comenzaban a moverse, dirigió su mirada hacia el líder del escuadrón y lo vio volar hacia atrás desde la barricada. En su segundo en el aire, Aurora vio tres destellos brillantes surgir de la nada, lanzándose y golpeando al líder del escuadrón antes de que tocara el suelo, donde el hombre no se movió.

Había momentos para luchar y momentos para correr. Aurora se consideraba valiente, incluso temeraria.

Pero ahora, ¿con enemigos acercándose por detrás y alguna cosa invisible en la bahía con ellos?

Aurora corrió de vuelta hacia la puerta, sosteniendo su rifle detrás de ella, con el dedo presionando el gatillo y dispersando disparos hacia la barricada. Sin intentar golpear a nadie, a nada.

Solo comprándose un segundo más para vivir.

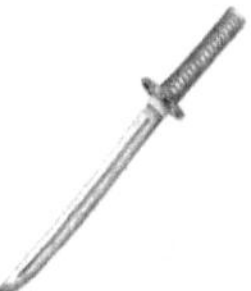

27

NUNCA TE DETENGAS

Sai no apretó los gatillos esperando sobrevivir. Cualquier bombardero sabe que no debes quedarte cerca de la explosión si quieres estar ahí después. Sin embargo, los anteriores dueños de la *Prisa* habían invertido mucho en su nave. Las placas que rodeaban la torreta eran gruesas, y el cristal que recubría el parabrisas había sido reforzado.

Cuando la torreta disparó su sobrecarga, drenando toda la energía que Sai pudo extraer, las boquillas apenas lograron enfocar todo ese poder en un rayo. En realidad, desde el punto de vista de Sai, había sido más como un diluvio. Una gran ola de poder ardiente, ondulando desde la *Prisa* e incinerando al caza daga de la misma manera que una mosca podría desaparecer en el láser de un rifle.

Claro, Sai tuvo que inferir todo eso de la lluvia de metralla que caía en cascada alrededor de su pequeño bungaló. El apodo cariñoso, como había llamado a la casa de su familia, surgió en el tenue despertar, con los oídos zumbando, los nervios en llamas y su cuerpo reavivando quemaduras recibidas en Wexer que no habían tenido tiempo de sanar. La *Prisa* había sufrido daños, y esos daños habían convertido el diente izquierdo de la nave en un desastre agrietado. Los casilleros y conductos de ventilación habían estallado, y algún reciclador de aire salpicaba y traqueteaba.

Todas las luces se apagaron después de que Sai apretara el gatillo, dejándolo sentado en la silla de la torreta bañado en la luz estelar que podía encontrar. Los intercomunicadores no funcionaban, y la *Prisa* seguía avanzando, mientras Sai se preguntaba si podría ser la única persona que quedaba con vida. No es que pudiera hacer mucho al respecto.

La explosión había frito los controles de la torreta, enviando su calor en cascada a través de las palancas y hacia el espacio de Sai. La silla se fundió con su ropa, los mangos se sellaron a las manos de Sai. Durante largos momentos, Sai permaneció sentado allí, preguntándose cómo seguía vivo, preguntándose cuándo debería soltarse. Sai vio cómo el *Nautilus* se alejaba, su mole pasando de su campo de visión, sin que llegara ningún rescate.

Así que su bungaló, un pequeño lugar en una nave más grande, aislado y cómodo —una vez que Sai se acostumbró al dolor, lo cual no fue tan difícil, ya que un lugar en Sever Escuadrón significaba familiarizarse muy bien con el sufrimiento— comenzó a parecer un ataúd apropiado. Morir con una hermosa vista estelar, seguro en el conocimiento de que había caído tratando de salvar a su compañero de escuadrón.

Morir luchando, una visión arraigada en los cuentos heroicos que sus propios padres le habían contado de niño, cultivada por los guerreros con los que Sai había servido en DefenseCorp. Tal vez no con su katana, pero Sai podía aceptar este final.

Entonces la maldita *Prisa* giró. Se volteó sobre su cabeza y aceleró, cortando la distancia con el *Nautilus*. El gran crucero no iba a escapar tan fácilmente, no de una nave que ya no estaba muerta.

—Eponi —dijo Sai, su habitual timbre de tenor convertido en una grava áspera por una garganta que había estado demasiado cerca de inhalar fuego—. Eres asombrosa...

Las palabras se interrumpieron en un ataque de tos, un ascenso provocado por los pulmones, por un cuerpo impulsado a la acción por una ecuación vital que ya no resultaba en cero. La bomba había explotado, pero el demolicionista tenía una oportunidad de sobrevivir.

Pero para sobrevivir, Sai tendría que salir de esta silla. Algo que debería haber sido fácil en gravedad cero, fácil en gravedad normal y, demonios, fácil en la gravedad más alta reservada para planetas grandes y densos, se demostró una proposición difícil. Por un lado, las manos de Sai seguían bloqueadas en la palanca de puntería de la torreta, gracias a sus guantes, ahora fundidos en su lugar.

Un tirón con los dedos no produjo más que una sensación pegajosa. Sin progreso. Las palmas de Sai no lo hicieron mejor. Hay animales que, cuando están atrapados, se roen las extremidades para liberarse, y Sai miró hacia abajo y se lo planteó. Tendría que morderse ambas muñecas y ambas piernas, una idea repugnante y suicida.

Lo cual dejaba una opción.

Inclinándose hacia adelante, Sai fue primero por su mano izquierda. Los guantes, diseñados para ayudar a mantener el agarre en algo como la torreta o la culata de un rifle, se ajustaban firmemente y se moldeaban a sus manos. No estaban diseñados para resistir arañazos, mordiscos y tirones. Como un perro, Sai usó sus dientes para agarrar la tela delgada, esa cosa negra que sabía como gelatina requemada, y arrancarla. Una hebra a la vez hasta que los únicos trozos que quedaron fueron las piezas que unían sus dedos a la palanca de vuelo.

Aunque la garganta de Sai se sentía como si hubiera tomado unas largas vacaciones en el desierto, logró expulsar suficiente saliva para escupir sobre los dedos atascados. El líquido hizo lo suficiente, trabajando para lubricar las hebras fundidas, para comer las ataduras de la piel de Sai, de modo que, con otro tirón, Sai despegó su mano izquierda, dejando algunos parches de piel pegados al guante.

Otra quemadura para curar. Muy pronto Sai sería solo eso, puras quemaduras, en lugar de un cuerpo.

Con una mano libre, Sai trabajó en la derecha dedo por dedo. Mientras trabajaba en ello, Sai continuó escuchando sonidos que resonaban a través de la *Prisa*. Eponi retumbando, rearmando cosas. Tal vez incluso tratando de llegar a él.

El *Nautilus*, al frente, se alejaba cada vez más.

Una vez que tuvo su mano derecha libre, con el esfuerzo gradual ahorrando a esos dedos y palma tanto dolor como a la izquierda de Sai, la situación desesperada se deslizó hacia la esperanza. Los dos iban a sobrevivir a esto. Encontrarían una manera, incluso si el *Nautilus* los dejaba atrás.

Las piernas de Sai resultaron ser las más fáciles. Con ambas manos, y el material más grueso de sus pantalones, Sai liberó sus piernas, dejándose puesto el primer, y posiblemente único, par de pantalones cortos espaciales en existencia. La *Prisa* mantenía las cosas frías —calentar cosas en el vacío requería energía, y Eponi seguramente no desperdiciaría nada en comodidades— así que la piel expuesta de Sai se erizó.

Pero maldita sea si no se sentía bien estar libre de la silla. Flotar nunca se había sentido tan bien.

Se sintió aún mejor cuando Sai notó un nuevo destello alejándose del *Nautilus*. Las luces de la pequeña nave destellaron en su dirección, dividiéndose en arcoíris al chocar contra las grietas de metralla en el cristal del bungaló de Sai. Alguien venía a recogerlos.

Sai se dio la vuelta y pateó hacia atrás por el abarrotado corredor, apartando escombros mientras se dirigía a la puerta de conexión. Un portal circular listo para sellar el corredor y evitar una fuga de vacío, el *Prisa* había hecho el movimiento seguro y cerrado sus puertas de tinte rojo con la sobrecarga de energía. Sin energía y con luz mínima, Sai miró el objeto e intentó idear una buena manera de abrirlo.

Era más fácil hacerlo con dos mentes en lugar de una, así que Sai golpeó la puerta. Los golpes huecos resonaron por la nave y, después de un minuto, varios golpes más respondieron desde el otro lado.

—No puedes oírme a través de esto, ¿verdad? —preguntó Sai, y luego se sintió estúpido.

La puerta había sido diseñada para prevenir fugas de vacío. No había forma de que dejara pasar las voces. La falta de respuesta de Eponi confirmó la evaluación, así que Sai volvió a golpear.

Esta vez Eponi no respondió. Sai esperó, luego miró hacia atrás por el corredor para ver cómo la nave que se acercaba se hacía más grande. La silueta ahora parecía familiar, una estela gris plateada que se dirigía hacia ellos. Una lanzadera de DefenseCorp. Quién sabía si los que estaban dentro eran amigos.

Un destello brillante atrajo la mirada de Sai de vuelta a la puerta. Pequeñas luces surgieron a su alrededor, verde lima y alegres. Siguiendo la clara evidencia, Sai tocó el botón de abrir y la puerta obedeció su orden, abriéndose con un susurro para revelar la cámara central del *Prisa* y la cabeza de Eponi mientras rebotaba por las escaleras.

—Hola —logró decir Sai, antes de que Eponi se lanzara hacia él y lo derribara en un fuerte abrazo.

—Estamos vivos —dijo Eponi, aplastando su cara contra el hombro de Sai—. ¿Puedes creerlo?

—No realmente —respondió Sai—. Pensé que estaría muerto cuando disparé.

—Yo también —Eponi se apartó, con los ojos brillantes y una sonrisa traviesa apareciendo—. Pensé que habías hecho un movimiento heroico.

—Lo intenté.

—Sí, intentaste dejarme morir aquí sola. Idiota.

Sai se rio de eso, sintió que le dolían los pulmones, y la mirada de Eponi cambió a preocupación. Levantó la mano izquierda de Sai y frunció el ceño. Observó sus pantalones cortos y frunció aún más el ceño.

—No fue fácil salir de allí —dijo Sai—. ¿Crees que puedo conseguir un poco de ungüento?

—Yo traeré el ungüento, tú ponte unos pantalones —respondió Eponi—. Viene una lanzadera, y nadie quiere ver lo que tienes ahí ahora mismo.

Sai encontró ropa nueva en los cuartos de la tripulación —los antiguos dueños del *Prisa* tenían mucha, y aunque Sai no diría que no sentía culpa por tomar todas sus posesiones, los continuos riesgos para sus vidas le impedían pensar demasiado en ello— y se aplicó el ungüento, uniéndose a Eponi con una katana lista cuando la lanzadera se acopló. El *Prisa* no tenía comunicaciones que funcionaran, así que no tenían idea de si sus visitantes eran amigos, enemigos o algo intermedio.

Con la katana y una pistola, Sai bajó a la sala de máquinas del *Prisa*. Mientras Eponi esperaría arriba con su rifle para un saludo inicial, Sai se mantendría listo para una emboscada. Saltar desde atrás y cortar a cualquiera que viniera de la lanzadera. Si las cosas se ponían realmente mal, Sai usaría su pistola para disparar a la batería del *Prisa* hasta que se sobrecargara y explotara, llevándose ambas naves.

El plan murió cuando el saludo de Rovo voló a través de la escotilla abierta, llevándose consigo las preocupaciones resignadas de Sai y provocando un grito de alegría de Eponi. Ambos se encontraron con Rovo en el medio, atrapando al novato mientras cojeaba dentro del *Prisa*.

—¿Tú pilotaste la lanzadera? —dijo Eponi, minutos después mientras tomaban sus lugares en la cabina de la lanzadera, Eponi en los controles y Rovo sentado junto a ella.

—Es una palabra fuerte —respondió Rovo. El novato tenía la palidez que viene con heridas graves, y si Sai pensaba que su propia respiración sonaba mal, la de Rovo sonaba como papel de lija rayado—. Le dije a la lanzadera que se acoplara con ustedes, y ella hizo el resto. Todo lo que hice fue encenderla.

—Bueno, te lo agradezco —dijo Sai—. No me importa cómo llegaste aquí, solo me alegro de que lo hicieras.

—Definitivamente —Eponi se volvió hacia la consola y comenzó a teclear—. Estoy sellando las abrazaderas de la lanzadera al *Prisa*. Deberíamos poder remolcar a mi bebé de vuelta.

—¿Tu bebé? —preguntó Rovo.

—Me has oído —respondió Eponi—. ¿Cuáles son las noticias sobre el *Nautilus*? ¿Ganamos?

Rovo se lanzó a la historia, soltando un detalle tras otro que dejaba claro que los miembros del escuadrón, hasta ahora, no habían ganado. Que, de hecho, estaban atrapados en una larga lucha contra un adversario que no podían contar.

—Quiero decir, podrían ser cualquiera —Rovo intentó levantar las manos, se estremeció y las volvió a colocar en los reposabrazos—. Los agentes están en todas partes y no se están rindiendo.

—¿No los están reuniendo los del escuadrón? —preguntó Sai—. ¿Llevándolos a esa bahía?

—Sí, si puedes reunir a alguien que no puedes ver ni rastrear.

—Entonces tendremos que ser más inteligentes —dijo Sai—. Eponi, ¿puedes contactar con Aurora? Necesitamos saber nuestros próximos pasos.

La llamada al centro de comunicaciones del *Nautilus* fue corta y brusca. Lamya interrumpió la transmisión para decir que Aurora se había ido por su cuenta a la bahía C-17. Varios otros escuadrones habían sido enviados a la bahía y no se había sabido de ellos. Ahora, dijo Lamya, estaban sellando esa parte de la nave.

—Algo ha salido mal allí, y no podemos arriesgar más tropas hasta que entendamos qué —dijo Lamya—. Todavía hay demasiada parte de esta nave que no controlamos como para comprometernos en un solo punto.

Rovo tenía los ojos cerrados, parecía que necesitaba dormir durante mil años. Eponi se mordía el labio. Sai sentía el ardor ondulante en su espalda, sus manos, sus piernas mientras el ungüento mantenía el dolor a raya, pero no lo adormecía del todo. No tenían armadura, no tenían muchas armas y no estaban en las mejores condiciones.

Pero Aurora necesitaba ayuda.

—Echaremos un vistazo a C-17 e informaremos —dijo Sai—. Establezcan su perímetro y sigan limpiando la nave.

—Sai, te respeto, pero no recibo órdenes tuyas —dijo

Lamya—. Si quieres salvar C-17, adelante, pero no esperes refuerzos. No arriesgaré a mis fuerzas para salvar a desertores.

—Entendido —Sai hizo un gesto a Eponi para que cortara la transmisión, y cuando lo hizo, Sai resopló—. No puedo creer que esté jugando con lealtades ahora.

—No puedo creer que acabes de decir que nos meteremos en territorio enemigo —replicó Eponi—. ¿En qué estás pensando?

—En que es lo que hacemos, Eponi.

La declaración de Sai no pareció hacer cambiar de opinión al piloto, pero Eponi no discutió la orden y dirigió la lanzadera hacia la bahía C-17. Sin embargo, Eponi insistió en dejar primero la *Prisa* en una bahía vacía. El suave descenso tomó varios minutos frustrantes, pero Sai no podía argumentar en contra de preservar la única nave de Sever Escuadrón. Eponi asentó la *Prisa*, con los soportes de aterrizaje definitivamente no enganchados, en el suelo de la bahía, haciendo una mueca todo el tiempo.

—¿Le estás pidiendo disculpas a esa nave? —preguntó Rovo, sin abrir los ojos.

—Lo siento —respondió Eponi, desconectando el gancho y impulsando la lanzadera hacia el espacio—. Es mi culpa que la *Prisa* haya recibido un impacto.

—Pilotaste bien —dijo Sai—. Nos superaban en número. Es gracias a ti que sobrevivimos, con daños o sin ellos.

—Eso no significa que no le deba una disculpa.

Con la *Prisa* abandonada y relativamente segura en su bahía, Eponi dirigió la lanzadera hacia la C-17.

—No hay nada como atacar una nave mucho mejor que la nuestra —dijo Eponi—. ¿Cómo vamos a hacer esto?

Sai había estado reflexionando exactamente sobre eso

durante el descenso de la *Prisa*, y aunque no le gustaba su respuesta, era la única que tenía sentido.

—Dale los controles a Rovo —dijo Sai—. Él nos cubrirá mientras tocamos tierra y encontramos a Aurora.

—Así que apenas soy piloto, apenas artillero, ¿y ahora tengo que hacer ambas cosas? —replicó Rovo mientras la bahía se acercaba—. Hurra.

—Ponte las pilas —dijo Sai—. Tan pronto como nos cubras, quiero que huyas. No te quedes por ahí, porque ese transporte podría tostar esta nave en un segundo. Eponi y yo encontraremos a Aurora y evacuaremos, luego nos reuniremos en la siguiente bahía.

—Tengo que decir que esto suena a que va a ser una mierda —murmuró Eponi, pero de todos modos se levantó después de poner la lanzadera en un vector de entrada hacia la bahía.

—¿Acaso alguna vez no lo es con este escuadrón? —preguntó Rovo.

Eponi le cedió el asiento del piloto a Rovo cuando la lanzadera entró en la bahía. Tan pronto como la nave atravesó el escudo magnetizado, Rovo abrió los costados, dando a Sai y Eponi una vista clara de la masacre que había debajo. Soldados y agentes yacían esparcidos por el suelo, aunque otros se movían alrededor, cargando el transporte.

—Parece que perdimos —dijo Sai, mirando los uniformes negros y carmesí entre los que aún estaban de pie, aquellos que ahora se movían para apuntar a la lanzadera—. ¿Evacuamos?

—¿Ahora quieres ser inteligente? —dijo Eponi—. Tenemos el factor sorpresa, usémoslo.

Superados en número y en armamento, Sai y Eponi saltaron de la lanzadera. Sai tenía su katana en una mano y su pistola en la otra, disparando los primeros tiros contra los agentes. El enemigo alcanzó sus rifles, los levantó y recibió ráfagas cuando Rovo encendió las torretas de la lanzadera. El disparo de barrido podría no funcionar bien contra cazas, pero ¿en combate cercano? ¿Contra humanos?

Sai aterrizó en medio de una lluvia de láser, dejó caer su pistola, levantó su espada y, sintiendo esa oleada de adrenalina, se fue de caza.

28

CAMBIANDO LAS APUESTAS

A estas alturas, el pasillo experimental ya le resultaba familiar. Gregor, saliendo del ascensor detrás de Vana, miró a lo largo de su extensión hacia la proa del *Nautilus* y dejó que su mirada se detuviera un latido en el *Laboratorio de Armas* 3. Sí, conocía este lugar, y no, no quería volver aquí nunca más.

Vana parecía sentir lo mismo, a pesar de haberlo traído aquí. Las primeras palabras que salieron de su boca al salir del ascensor fueron una maldición, y se pasó las manos por la cara, apartándose el pelo y lanzando una mirada de acero a Gregor.

—Déjame hablar a mí —dijo Vana.

En cuanto a con quién hablaría Vana, estos inundaban el pasillo. Un escuadrón completo, no muy lejos de Vana y Gregor, avanzaba por el pasillo y registraba las habitaciones a su paso. Unas quince personas, incluyendo soldados y los científicos que les daban acceso a las salas. Lamya y los demás cumpliendo con su trabajo de registrar la nave.

Salir del ascensor con un traje de armadura potenciada servía para atraer toda la atención equivocada, con gritos de alarma marcando la entrada de Gregor al pasillo, seguidos de rifles que giraban hacia él. Vana levantó las manos, y Gregor extendió los guanteletes de la armadura tanto como el pasillo le permitía, mostrando que no portaba armas.

Los soldados solo hacían su trabajo. No había necesidad de complicar más las cosas.

—Estamos asegurando material valioso —dijo Vana cuando la líder del escuadrón se separó lo suficiente para preguntar qué demonios hacían allí Vana, vestida con su versión fuertemente armada del uniforme de Intendencia, y un hombre con armadura potenciada—. Más adelante hay equipo que no podemos dejar caer en manos de agentes.

—¿Más adelante dónde?

—*Laboratorio de Armas 5* —dijo Vana—. Les aconsejo a usted y a su escuadrón que se mantengan atrás. Déjennos manejar esto.

—Usted no es quien da las órdenes en esta situación —respondió la líder del escuadrón—. Iremos con ustedes.

Vana dudó, luego se encogió de hombros.

—Bien. No discutiré contra la ayuda.

Y sin embargo, Gregor estaba bastante seguro de que Vana no quería que los soldados los acompañaran. La líder del escuadrón también lo percibió, y mientras sus soldados se apartaban para dejarlos pasar, el visor de Gregor marcó muchos de ellos en rojo como potenciales amenazas. Esos rifles de los soldados apuntaban, aunque vagamente, en su dirección.

—Vamos —dijo Vana mientras pasaban junto al escuadrón—. Antes de que empiecen a hacer las preguntas reales.

—¿Como cuáles?

—Como quién eres tú. Quién soy yo. Por qué van a morir.

Vana siguió caminando, el escuadrón moviéndose tras

ellos. Los ruidos metálicos de Gregor ahogaban el sonido de la marcha, pero no las conversaciones que surgían a su paso. El traje captaba más de lo que los oídos de Gregor habrían podido, recogiendo preguntas murmuradas sobre qué hacía una armadura como la suya en el *Nautilus*.

—¿Por qué van a morir? —preguntó Gregor.

—¿Has oído alguna vez la frase "en el lugar equivocado en el momento equivocado"?

—Me suena familiar.

—Aplícala. —Vana se detuvo frente al *Laboratorio de Armas 5*—. Mantente alerta. Si tengo razón, aquí es donde todo se desmorona.

Vana transmitió la misma instrucción al escuadrón, que se desplegó detrás de ellos. La entrada del *Laboratorio de Armas 5* era el doble de ancha, diseñada para trabajos más pesados que la pequeña cámara que había albergado la armadura potenciada de Gregor. Cuando Vana tocó su muñequera, la puerta se deslizó obedientemente a un lado, abriéndose a otra sala de transición.

—Todos ustedes esperen aquí fuera —gritó Vana al escuadrón—. Cubran la salida.

La líder del escuadrón empezó a replicar, quizás un gruñido diciendo, de nuevo, que Vana no podía darle órdenes, pero la agente dio la espalda a los soldados y entró. Gregor la siguió, dispuesto a ignorar la disputa entre los dos bandos. El conflicto no implicaba destrozar cosas, y Gregor ya había hecho su diplomacia del día con Lamya.

Además, su visor emitió una advertencia sobre firmas de energía más adelante. Normalmente, una alerta así signifi-caría que rifles u otras armas de energía apuntaban hacia Gregor. Con una puerta cerrada bloqueando cualquier visión, bloqueando la mayor parte de cualquier poder radiante, debía haber algo particularmente desagradable ocurriendo allí dentro.

—Con cuidado —dijo Gregor mientras la primera puerta se cerraba tras ellos, separando al dúo de su escolta de soldados—. Algo está activo al otro lado.

—Me lo imagino —Vana dudó junto al escáner interior—. Gregor, necesito saber algo.

—¿Qué?

—Tu escuadrón. ¿Qué quieren?

—No entiendo.

—¿Cuál es vuestro objetivo? —Vana se apoyó en la pared junto al escáner—. Tu comandante, Aurora, hablaba como si tuviera algunas ideas importantes en mente. ¿Es eso lo que buscáis?

Había un momento para discusiones elevadas sobre metas de vida, filosofía y demás. Ese momento no era ahora. Gregor tenía que volver con su escuadrón, visitar el puente por órdenes de su comandante.

—Abre la puerta —dijo Gregor—. Terminemos con esto y vayamos al puente.

—Así que no sabes lo que estás buscando.

—Ya me has oído.

Vana se encogió de hombros y se volvió hacia el escáner.

—Tú decides. Encuentro que es más fácil trabajar con aliados cuando conozco sus objetivos, pero tú haz lo tuyo.

—Lo haré.

Gregor ajustó su postura, se colocó en el centro de la puerta y se balanceó sobre sus pies, listo para abalanzarse hacia adelante. La armadura no tenía más armas que sus grandes puños metálicos, y aunque eso debería ser suficiente, Gregor tendría que acercarse a distancia de golpeo para causar algún daño.

El escáner hizo clic y la puerta se deslizó para abrirse.

La introducción de Vana hacía parecer que el *Laboratorio de Armas 5* sería una cámara de los horrores, como las habitaciones en Dynas donde las creaciones virales de Felix se desintegraban en secreto.

En cambio, el lugar brillaba con la perfección prístina que proviene de una limpieza meticulosa, el tipo que no viene de robots siguiendo un algoritmo, sino de pacientes humanos con carreras en juego. Negros y rojos relucientes cubrían la sala, con círculos amarillo mostaza colocados debajo de lo que parecían ganchos vacíos y colgantes.

Bueno, mayormente vacíos.

Cinco ganchos, espaciados en grupos de dos, colgaban abiertos, cada uno conectado a una consola de control acompañante. El sexto, hacia el centro del fondo de la sala, sostenía su premio. Un traje blanco como un copo de nieve entretejido con metales cristalinos, como una armadura de poder para una fiesta de moda. Ningún accesorio de arma colgaba de su cuerpo, ni grandes paquetes de energía listos para convertir la fuerza cinética en saltos propulsados. El tipo de traje que un agente podría diseñar: bonito e inútil en una batalla real.

El visor de Gregor lo detectó, y también captó otras dos firmas en la sala, pegadas a las paredes izquierda y derecha. A pesar de las advertencias, Gregor se centró en la amenaza más inmediata del centro.

Renard, con un uniforme quemado, rostro maltrecho y sosteniendo su muñeca izquierda, se apoyaba en el traje colgante. Miró hacia Vana con una expresión que decía que estaba tratando de elaborar algún tipo de triunfo arrogante, pero simplemente no podía lograrlo. Cuando intentó hablar, el hombre tosió, y algo decididamente más rojo salpicó el suelo a sus pies.

—¿Las cosas no están saliendo exactamente como

planeaste, Renard? —dijo Vana, entrando a zancadas en la sala.

—Cuidado —advirtió Gregor—. Hay otros aquí.

—Tu amigo tiene razón —dijo Renard, recuperándose lo suficiente para pronunciar una frase con voz ronca—. Puede que el plan haya necesitado algunos ajustes, Vana, porque algunas personas no son lo suficientemente inteligentes para darse cuenta de cuándo han perdido, pero aún tenemos el control.

Vana, aparentemente sin importarle la advertencia de Gregor, fue directamente hacia Renard. No levantó el rifle, sino que entró con toda la confianza de alguien que poseía la sala y todo lo que había en ella. Gregor se quedó atrás, cerca de la puerta, donde nadie podía ponerse detrás de él. Más preocupantes eran las lecturas de energía del visor, que decían que debería haber cosas a su izquierda y derecha, pero sus ojos no veían nada cerca de esas paredes.

No, no exactamente nada. Gregor entrecerró los ojos, mirando a su derecha, mientras Vana y Renard se sumergían en una discusión más silenciosa. A lo largo de la pared negra, una línea carmesí que corría justo por el medio, la luz blanca proyectada desde las filas iluminadoras a lo largo del techo, se doblaba aquí y allá. Como si estuviera pasando por un filtro, salpicando en ángulos extraños a lo largo de la pared detrás. Las sombras más leves corrían a través del rojo.

En lo que respecta a la tecnología, Gregor, Sever y DefenseCorp habían experimentado antes con tecnología de sigilo y curvatura de luz. Esas cosas caprichosas generalmente requerían todo tipo de energía loca para mantener la ilusión, y eran terriblemente frágiles. Un solo rasguño o quemadura de láser colapsaba el espectáculo, haciendo que la principal ventaja del traje fuera inútil al principio de un tiroteo.

Por eso los habían desechado. Si Vana se había emocionado tanto por un nuevo traje de sigilo, entonces se había perdido la historia de la idea.

—Gregor —dijo Vana, volviéndose de Renard y mirando en su dirección—. ¿Te importaría entrar un poco más?

—¿Por qué?

—Porque Renard parece pensar que ha encontrado una fórmula ganadora, y quiero que le demuestres que está equivocado.

—No soy un juguete —dijo Gregor.

—No —respondió Renard—, no un juguete, sino una prueba invaluable. Vana me dice que eres parte del Sever Escuadrón, y no puedo decir que me sorprenda ver a otro de ustedes clavándome un cuchillo en el costado. Aquí, ahora, tienes la oportunidad de empujarlo hasta el fondo. Poner fin a mis intentos.

Gregor no se movió. Las firmas de energía sí. Ambas se desplazaron más cerca, moviéndose alrededor de las paredes y hacia su postura de armadura de poder que abarcaba la puerta.

—¿Ves, Vana? —dijo Renard—. Helix era solo una parte de nuestro trabajo. Una rama en nuestro árbol. Esto, esto de aquí? Esto es el tronco, las raíces y las hojas.

Vana, con el rifle colgando, cruzó los brazos y miró hacia Gregor.

—Hablas demasiado, Renard. Prefiero ver para creer.

—Entonces observa.

Gregor prestó media atención a las palabras. Concentrándose en los pings de energía, Gregor esperó hasta que se acercaron a unos pocos metros, luego cambió su peso a su pie derecho. La armadura de poder obedeció, su volumen cobrando vida cuando el propio movimiento de Gregor, su acelerado ritmo cardíaco, cambió la armadura a su modo de combate activo. Gregor podría no tener un rifle, podría no tener un martillo, pero los guantes servirían perfectamente.

Con su puño derecho balanceándose en alto y el izquierdo viniendo por lo bajo, el ataque saltando de Gregor tomó al enemigo invisible por sorpresa. Quien fuera que estuviera dentro del traje aparentemente pensó que estaban a salvo, porque los guantes metálicos de Gregor dieron en el blanco, golpeando y doblando su objetivo, el impacto lanzando al enemigo hacia atrás. Gregor no pudo ver el impacto, pero escuchó el golpe metálico y blando contra la pared derecha de la sala, seguido de un golpe sordo cuando su objetivo cayó al suelo.

Girando, Gregor envió una patada cargada cinéticamente hacia el segundo ping, que se acercaba sigilosamente desde atrás. Este jugó más inteligentemente, bailando hacia atrás lejos del letal pie metálico. Gregor captó los cambios de luz mientras el traje se mantenía alejado. Un error, permitiendo que Gregor se asentara de nuevo. Ahora las cosas invisibles habían perdido su ventaja numérica.

Y con el visor, esa invisibilidad no servía de mucho de todos modos.

—No estoy impresionada, Renard —dijo Vana.

—No culpes a la máquina por el error del piloto —contrarrestó Renard.

—Entonces quizás necesites mejores pilotos.

Gregor se acercó al traje invisible restante. La emoción del combate fluía a través de él, manteniendo sus ojos sintonizados con esa firma de energía, sus brazos y piernas sintiendo su armadura de poder más grande, sus límites y sus habilidades. El traje se movía más lento que el antiguo de Gregor, sus placas más grandes pesando sobre los miembros naturales de Gregor, pero el monstruo había sido diseñado teniendo en mente el movimiento fluido, desplazando rápidamente el impulso de una parte a otra, de modo que una vez que Gregor comenzaba a moverse, no se detenía fácilmente.

Su objetivo no conocía las capacidades de Gregor. El espectro invisible se movía de un lado a otro como si luchara contra una armadura de poder más tradicional, con sus paradas, arranques y funciones de combate estándar. En cambio, Gregor se movía pesadamente, giraba, golpeaba y pateaba en una secuencia trituradora y masiva, cada movimiento alimentando al siguiente casi sin el consentimiento de Gregor. La armadura empujando a Gregor de un golpe a otro por sí sola.

Este flujo constante podría haber sido la razón por la que el traje estaba en el laboratorio experimental. Para Gregor, bailando tras el enemigo, el experimento tuvo éxito.

El traje invisible finalmente intentó un ataque, deslizándose debajo de un pesado puñetazo de Gregor y confundiendo el movimiento de embestida como una apertura. En cambio, mientras Gregor sentía y oía una especie de cuchilla rozar la placa del pecho de su traje —¿otra arma que doblaba la luz?—, Gregor acercó su brazo derecho desde la embestida, agarrando y aplastando al enemigo invisible contra él.

Un abrazo letal. Sin embargo, la armadura invisible no crujió ni se quebró como lo haría una armadura de poder normal. En su lugar, se dobló alrededor del aplastamiento de Gregor, derritiéndose hacia adentro como lo haría un cuerpo biológico. El invisible se retorció, y un grito distorsionado se dejó escuchar, antes de que Gregor sintiera que el movimiento se congelaba. Aflojó su brazo y dejó caer la cosa al suelo.

Y se quedó mirando.

Los trajes de sigilo, una vez dañados, deberían ser visibles. Deberían ser inútiles. Este todavía doblaba la luz, aún permanecía casi imposible de rastrear, salvo por su menguante firma energética. Si DefenseCorp había descubierto cómo mantener un traje invisible mientras recibía golpes, entonces eso-

—Un desperdicio —dijo Vana, y Gregor miró en su dirección.

O hacia donde Vana debería haber estado. En su lugar, Renard se había retirado a la pared trasera de la habitación, con una sonrisa sombría en su rostro. Vana y el traje restante habían desaparecido, y con ello, una nueva firma energética apareció en el visor.

—Pilotos incompetentes desperdiciando nuestros recursos —dijo Vana, su voz haciendo eco mientras se movía por la habitación—. Deberías haberme dicho que habías llegado tan lejos, Renard. Eso cambia las apuestas.

—Ni siquiera sabía que habías logrado subir a bordo de nuestra pequeña nave —respondió Renard mientras Gregor intentaba mantener los ojos en ambos—. Pero ¿no lo ves? Esto, y la chica, lo cambiaría todo.

—¿Qué piensan los casperianos?

¿Los casperianos?

—No hay suficientes de ellos como para que les importe —dijo Renard, y luego soltó otra tos sangrienta—. Si me permites, Vana, me temo que ya vamos tarde.

—Supongo que tienes razón. —La voz de Vana provenía de la esquina más alejada de la habitación, cerca de donde Gregor había noqueado al primero—. Gregor, lamento haberte guiado hasta aquí. He tenido un cambio de corazón, y ahora no puedo dejarte ir.

Traición. Gregor deseaba no haberla visto nunca, pero las lealtades tendían a cambiar rápidamente cuando el dinero reclamaba la causa principal de la galaxia.

Además, Vana era una agente, y Gregor nunca se preocuparía demasiado por destrozar a una de ellos.

—Sin resentimientos —respondió Gregor, y se lanzó directamente hacia la firma energética de Vana.

Extendió sus brazos, tratando de cortar las vías de escape de Vana. La armadura invisible era lo suficientemente delgada como para que, si Gregor lograba un buen golpe, ella estaría fuera de juego antes de que la pelea siquiera comenzara. Dos pasos llevaron a Gregor a través del centro de la habitación, y cuando dio el tercero, su visor se agrietó.

Una hoja, como una punta de flecha de diamante, atravesó directamente el cristal del visor. Su punta terminó a unos pocos centímetros de la cara de Gregor. Gregor tropezó y se detuvo, llevó una mano y arrancó la hoja, llevándose el cristal del visor con ella, dejando el rostro de Gregor expuesto.

Dejándolo sin forma de rastrear esas firmas energéticas.

—¿Ves, Renard? —dijo Vana, su voz viniendo desde detrás de Gregor—. Pilotaje adecuado. Conoce las debilidades y aprovéchalas.

—No me hables —respondió Renard—. Mata al hombre y acaba con esto.

Gregor giró, lanzando sus brazos en un amplio balanceo. Si Vana hubiera estado cargando contra la espalda de Gregor, los puñetazos la habrían atrapado directamente. Sus puños solo golpearon el aire, y cuando Gregor completó el giro, lo único que vio fue a Renard, de pie y con aspecto enfermo.

¿Adónde se había ido?

Tratar de encontrar la luz doblada resultó más difícil sin el visor guiando los ojos de Gregor. Parpadeó, giró, dando pisotones en círculo y sin ver nada.

—Deja de jugar, Vana. —Renard tosió.

Las palabras cambiaron el juego. Gregor no podía ver a Vana, pero seguro que podía ver a Renard. Gregor se giró bruscamente y comenzó un salto hacia el líder de los agentes. Cuando la armadura respondió a la orden de Gregor y actuó en consecuencia, una quemadura punzante surgió en la espalda de Gregor. El gran traje vaciló mientras las baterías que mantenían funcionando la armadura de Gregor se apagaron una por una, sus conductos cortados.

Gregor no saltó, no se lanzó hacia Renard.

Cayó hacia adelante, golpeó el suelo con un estruendo que resonó por toda la habitación y más allá. El peso del traje aplastó a Gregor, quien había perdido el aliento en la caída y luchaba por recuperarlo, por conseguir suficiente aire en sus pulmones para pronunciar la palabra clave que haría volar la armadura.

—Muy bien —dijo Renard—, ¿y el golpe de gracia?

—De nuevo, disculpas por ser tan grosera —dijo Vana, su voz justo al lado del oído de Gregor, algo afilado tocando su garganta—. A veces, ocurren sorpresas.

Gregor ni siquiera pudo encontrar el aliento para una réplica. Frustrante.

La puerta del laboratorio se abrió de golpe. El líder del escuadrón gritaba hacia Renard, exigiendo que el hombre se rindiera. Que él era el objetivo. La punta que presionaba contra la garganta de Gregor desapareció, y segundos después escuchó nuevos y terribles ruidos.

Vana, poniéndose manos a la obra sangrientamente.

29

AGOTAMIENTO

Eponi podía contar con los dedos de una mano las misiones que había realizado con Sever Escuadrón en las que habían tenido apoyo de fuego. Sin usar ningún dedo.

Para cuando Eponi tocó el suelo de la bahía de atraque, a la sombra del enorme transporte, las torretas de la lanzadera de Rovo arrasaron el aire a su alrededor. Los agentes, que habían comenzado a dispersarse cuando la lanzadera entró en la bahía, corrieron hacia las rampas de abordaje del transporte, abandonando cualquier fuego de respuesta mientras sus aliados se desintegraban a su alrededor.

Las torretas de la lanzadera estaban diseñadas para manejar combates nave contra nave, y su potencia hacía más que simplemente freír a sus indefensos objetivos. Los láseres golpeaban el suelo no protegido de la bahía, doblando las baldosas y reventando lo que había debajo, provocando chorros de chispas, llamaradas de vapor y un rápido cambio en la iluminación de la bahía a un naranja de pánico.

DefenseCorp asociaba ese color con brechas de vacío, y

si Eponi tuviera que adivinar, el *Nautilus* pensaba que los escudos de la bahía podrían fallar. Si eso sucedía, el fuego del rifle de Eponi no importaría. La katana de Sai y sus víctimas —ya varias, a juzgar por las salpicaduras rojas de la espada— no importarían. Incluso el gran transporte, con sus rampas de abordaje abiertas, se desgarraría cuando el espacio exterior atacara.

—¡Es hora de irnos! —gritó Eponi, siguiendo la estela de Sai y eliminando a cualquiera que las torretas de Rovo hubieran pasado por alto—. Corramos hacia la puerta o estamos muertos.

La puerta de la bahía de atraque, al menos, no ofrecía mucha resistencia. Mientras el dúo se dirigía hacia allí, los agentes iban en dirección opuesta, dirigiéndose hacia su transporte.

—¿Y si ella está en su nave? —dijo Sai, esquivando un torpe golpe de un agente que intentaba usar sus puños después de que Sai hubiera partido su rifle en dos. Mientras Sai se agachaba, Eponi disparó un tiro por encima de su cabeza, derribando al agente—. Nos la perderemos...

—Moriríamos en esa nave, Sai —interrumpió Eponi, casi tropezando con otro cuerpo. La andanada de las torretas de Rovo cambió, proporcionando ahora cobertura detrás de Sai y Eponi—. No hay posibilidad de que eliminemos a tantos, solo nosotros dos.

Sai gruñó en señal de asentimiento y siguió moviéndose. Sus objetivos disminuyeron a medida que se acercaban a la puerta, que se abrió cuando se aproximaron.

Aurora salió volando. No como un pájaro, sino como una roca. La capitana de Sever golpeó el suelo y rodó con el impulso, agarrándose a un cuerpo medio quemado. Aurora tenía un corte en la cara y a lo largo de un brazo, y una pistola rota en una mano. Su chaleco estaba lleno de agujeros quemados, y en un instante, Eponi pensó que estaba a punto de presenciar la muerte prematura de Aurora.

Sai ajustó su curso como un imán encontrando su polo opuesto, virando a su derecha y hacia Aurora. Eponi miró hacia la puerta, hacia lo que podría haber lanzado a Aurora de esa manera, y no vio nada. Estaba a punto de decir que no veía nada, cuando la luz naranja de la bahía desapareció en un resplandor nuevo y aterrador.

Lanzados contra el vacío, los enormes láseres arrojados de nave a nave parecían pequeños. Al chocar contra los escudos del *Prisa*, se sentían peligrosos.

Disparados desde las enormes torretas del transporte, diseñadas para apoyar invasiones terrestres a gran escala, los rayos brillaron a través de los ojos cerrados de Eponi, su calor hizo hervir el aire en la bahía de atraque, y su energía se estrelló contra la lanzadera de Rovo y el casco por encima y alrededor de ella, rompiendo el escaso blindaje de la lanzadera y enviando la nave a un rápido descenso en espiral hacia la pared lejana de la bahía. En su caída, la lanzadera se estrelló contra el cuerpo blindado del transporte, doblando y rompiendo una o dos torretas antes de voltearse, humeante, y quedarse atascada en el espacio entre el extremo derecho del transporte y la pared de la bahía.

Eponi se dio cuenta de que había caído al suelo, saltándose los estados intermedios. Su rifle presionaba contra su pecho, su presión un recordatorio de que todavía estaba, muy realmente, en combate activo. Esto no era una carrera de karts, donde un accidente te dejaría en una especie de paz, esperando el rescate.

—¡Cuidado! —la advertencia de Aurora perforó los oídos zumbantes de Eponi, devolviéndola a la bahía crepitante y rota—. ¡Es un nuevo traje!

¿Nuevo traje? Eponi se incorporó, vio a Sai de pie frente a Aurora, con la katana lista. Listo para qué, Eponi no podía decirlo. Nada parecía interponerse entre Sai y la puerta de la bahía de atraque, y más allá se extendía un vestíbulo vacío, aunque marcado por las explosiones.

—¿De qué estás hablando? —dijo Eponi, sin ver nada. Se arriesgó a mirar detrás de ella, presenciando cómo las rampas del transporte subían hacia la gigantesca nave.

Lo cual presentaba su propio problema. Si esos motores se encendían mientras alguien estuviera en la bahía de atraque, todos se derretirían como hielo en un día caluroso. Y Rovo, si aún vivía, se convertiría en cenizas.

Eponi echó a correr mientras Aurora gritaba una respuesta a la pregunta de la piloto. Las palabras de la capitana de Sever se cortaron rápidamente cuando sonaron choques de metal contra metal. Eponi, corriendo sobre partes de cuerpos, no necesitó mirar para ver qué producía ese ruido.

Sai y su katana habían encontrado un enemigo. Bien por él.

Adelante, la lanzadera desparramaba sus piezas por el suelo. Placas quemadas y rotas formaban una cascada de metralla mientras la estructura de la nave se fracturaba. Cada pieza encajaba en las grietas sónicas dejadas por la lucha de Sai, haciendo eco en el suelo mientras Eponi pasaba sobre los cuerpos y se lanzaba a una carrera a toda velocidad.

En algún momento del camino, había perdido el rifle. En algún momento del camino, había dejado de importarle el arma.

—¡Rovo! —gritó Eponi mientras llegaba a la lanzadera, mirando hacia los motores parpadeantes mientras la parte trasera de la nave destrozada daba una mala primera impresión—. ¿Me dices que aún no estás muerto?

De cerca, la continua desintegración de la lanzadera añadía chispas azules y blancas mientras sus fuentes de energía consumían sus últimas vidas. El olor a quemado lo impregnaba todo en el aire, y Eponi luchó contra el impulso de toser, estornudar y vomitar todo a la vez debido a los humos polvorientos que se extendían desde los restos.

La cabina de la lanzadera, donde debería estar Rovo, colgaba a varios metros sobre la cabeza de Eponi, y ella no tenía una buena manera de trepar tan alto. En cualquier planeta normal, Eponi se habría quedado atascada.

Pero el *Nautilus* no era un planeta. Era una gran roca con motores acoplados.

—¡Voy a por ti, novato! —gritó Eponi—. ¡No hagas ninguna tontería!

Antes de saltar, Eponi echó un vistazo hacia atrás a lo largo de la bahía, esperando ver a Aurora y Sai viniendo detrás, listos para ayudar. O, en su defecto, haciendo algo para retrasar el despegue del gran transporte. En su lugar, parecía que tanto Sai como Aurora estaban haciendo una especie de danza alrededor del otro. La katana de Sai giraba y cortaba, rebotaba contra algo y volvía, mientras Aurora se agachaba y balanceaba, usando la pistola rota como arma, apuntando al aire.

—¿Qué demonios están haciendo? —murmuró Eponi, y luego parpadeó volviendo su atención al problema que tenía entre manos.

Tal vez Sai y Aurora habían perdido la cabeza. Eso podía esperar.

Eponi corrió hacia la pared interior de la bahía, una superficie plana marcada aquí y allá con los restos de motores pasados. El acero cromado plateado normalmente no serviría como punto de apoyo, pero el ligero toque de la gravedad ayudó a Eponi a ajustar su salto lo suficiente como para plantar su pie derecho contra la pared y impulsarse hacia atrás, hacia la lanzadera de descenso y aún subiendo más alto.

La gravedad reducida hacía que la vida se sintiera mágica.

Flotar en una neblina humeante y chispeante arruinó la mayor parte de esa magia.

Eponi se estrelló contra el lado derecho abierto de la lanzadera de descenso, el que daba a la pared. Las placas del casco arruinadas por las quemaduras de las torretas cubrían la abertura, y al menos una cortó la ropa de Eponi, arrastrando la tela y probablemente sacando sangre debajo. Los ojos de Eponi ardieron mientras parpadeaba a través de la ceniza, sus pies llegando a descansar sobre los restos desordenados de la lanzadera.

La nave se había volteado en su caída, poniendo a Eponi en un techo cruzado con asideros destinados a las tropas de aterrizaje. Ahora los malditos lazos servían como pequeñas trampas, colgando cerca de sus pies mientras Eponi se dirigía hacia la cabina. Manteniéndose agachada, el humo pasaba por encima de su cabeza, dándole a Eponi la oportunidad de ver un camino hacia adelante, iluminado por conductos reventados y pequeños fuegos que aún ardían del asalto del transporte.

—¡Háblame, Rovo! —llamó Eponi mientras avanzaba.

Estaría muy, muy molesta si hubiera venido todo este camino para que Rovo estuviera muerto.

La cabina de una lanzadera de descenso tenía todas las comodidades que se le podían conceder a un montón de chatarra oxidada. Con las naves diseñadas para ser abandonadas en cualquier momento, se escatimaba en todos los gastos, excepto en el departamento de choques. El acolchado protector, las jaulas antivuelco y los amortiguadores incorporados en las lanzaderas les daban la sólida oportunidad de que los pasajeros y pilotos sobrevivieran a una caída salvaje a la superficie. Hacían poco para ayudar contra el fuego láser, por lo que la primera buena mirada de Eponi a los asientos mostró un desastre fundido y carbonizado.

Al menos para todos excepto el par delantero, los más alejados del desastre que reclamaba la mitad trasera de la lanzadera. Un humo azul oscuro y negro fluía a lo largo de los asientos arruinados, pasando hacia arriba y a través del parabrisas destrozado de la lanzadera hacia la bahía. Como algún profeta medio muerto, Rovo colgaba en su silla, su cuerpo partiendo el humo. Eponi se acercó, evitando los asientos traseros humeantes y alcanzando los cierres que sujetaban a Rovo.

—¿Puedes oírme? —preguntó Eponi. Los ojos de Rovo parecían cerrados, su cabeza colgaba floja, y había un corte nuevo cruzando la frente del chico, pero parecía superficial. Vidrio, tal vez—. Es hora de irse, Rovo.

El novato no dijo nada. No se movió.

No era una buena señal.

—Supongo que tendremos que hacer esto de la manera difícil entonces.

Eponi alcanzó los cierres, los sintió quemar sus dedos con el calor residual, y apartó las manos. Hizo una mueca al darse cuenta de lo que esas correas calientes debían estar haciendo al cuerpo de Rovo, atrapado contra ellas. El novato no se merecía esto. Nadie lo merecía.

Bueno, tal vez esos agentes.

Invocando ese coraje de piloto de karts, Eponi fue por las correas de nuevo. Mordiéndose el labio, ignoró la quemadura, desabrochó los cierres, que, sueltos, se desmoronaron en pedazos de todos modos. Rovo cayó del asiento, un descenso que debería haber hecho que su cabeza se estrellara contra el techo de la lanzadera de descenso. La gravedad jugó su papel reducido de nuevo, sin embargo, y Eponi atrapó a Rovo por los hombros.

Antes de que pudiera encontrar una manera de poner al novato en posición vertical, toda la lanzadera de descenso se sacudió. Un nuevo zumbido se sobrepuso a cada sonido de chasquido y crujido alrededor de Eponi, como si el universo hubiera decidido adoptar un monótono de bajo grado. Eponi empezó a maldecir, porque sabía muy bien lo que significaba ese zumbido.

Se les había acabado el tiempo.

La lanzadera de descenso se inclinó hacia la izquierda, enviando tanto a Eponi como a Rovo rodando hacia su lado roto. El hombro de Eponi cortado por el metal iba por delante, estrellándose contra el lado izquierdo de la lanzadera que ahora miraba hacia abajo, con Rovo acurrucándose contra ella. Otra sacudida, y la lanzadera de descenso... cayó.

El descenso no fue tan largo, no cayeron tan rápido, pero el impacto desmoronó la estructura que le quedaba a la lanzadera. El lado sobre ella, sus placas ya destrozadas por el fuego de las torretas, por el choque, se astilló, se agrietó. Si Eponi no se movía, ella y Rovo quedarían enterrados en metal ardiente.

Pies, manos, voluntad. Todo se unió con desesperación para que Eponi se moviera hacia ese parabrisas destrozado, arrastrando a Rovo con ella mientras pasaba sobre el vidrio roto y salía al suelo de la bahía de acoplamiento. Detrás de ellos, apenas faltando los dedos de los pies más largos de Rovo, la lanzadera se derrumbó en un foso humeante. Una última alarma dio un último aullido mientras la lanzadera moría, un apropiado elogio para una nave que había cumplido su propósito.

Otra nave que cumplía con sus ideales cobró vida sobre la cabeza de Eponi. El transporte masivo tenía sus motores de maniobra zumbando, levantándose del suelo de la bahía y preparándose para su partida. A menos que Eponi y Rovo quisieran una muerte rápida y ardiente, tenían que moverse.

—Me vas a deber mucho por esto —dijo Eponi, levantándose junto con Rovo y comenzando una carrera torpe hacia las puertas de la bahía.

Solo para ver a Sai corriendo hacia ella, con la katana envainada y los brazos bombeando mientras corría para encontrarse con ellos. Sin decir una palabra —el aire era mejor aprovechado para seguir corriendo—, Sai tomó el otro hombro de Rovo y juntos, con un último beso abrasador de los motores del transportador, salieron corriendo de la bahía. Aurora, de pie junto a la puerta, la cerró de golpe mientras la nave aumentaba su aceleración.

Eponi dejó a Rovo en el suelo del pasillo, luego se desplomó a su lado, parpadeando hacia las luces rojas del *Nautilus*. Tomó una respiración. Dos respiraciones. Intentó pensar en cosas que no tuvieran nada que ver con el fuego, con las cenizas, con los escombros atrapados en su cabello y entre sus dientes.

—Está vivo —dijo Sai, arrodillándose entre Eponi y Rovo—. Pero necesita llegar a la enfermería rápido.

—Tú eres el más sano de nosotros —dijo Aurora, y Eponi se incorporó para ver que la capitana tenía algunos moretones nuevos desde el rescate—. Llévalo tú. Eponi y yo nos podemos encargar del puente.

—Aurora, no estás en condiciones...

—Ya me has oído —dijo Aurora—. Ve, ahora. Cuando

termines, vuelve a las bahías. No creo que Renard esté en esa nave.

Sai parecía que podría insistir un poco más en la discusión, pero siempre seguía las órdenes de Aurora, y esta vez no fue diferente. Con un bufido, Sai levantó a Rovo, aún inerte, aún silencioso, sobre sus hombros y se dirigió hacia el pasillo. Eponi los observó correr hasta que Aurora le tendió la mano.

Eponi miró los dedos y la palma ensangrentados que le ofrecían. —¿Quieres que agarre esa cosa?

—Tú tampoco te ves muy bien —Aurora se rio, de alguna manera ronca y húmeda al mismo tiempo.

—Ha sido un día largo —dijo Eponi, poniendo sus músculos doloridos en acción lo suficiente para ponerse de pie—. ¿Qué hay en el puente?

—Quiero ver lo que tú y Sai habéis logrado —respondió Aurora—. Y necesito saber si Deepak está vivo.

30

COMPAÑEROS

Recuperar la conciencia boca abajo, con el mundo rebotando al ritmo de los pasos de otra persona, hizo que Rovo, superando los dolores y molestias de todo su cuerpo, se retorciera como un pez recién pescado. Su portador se detuvo ante el movimiento y balanceó a Rovo hacia arriba y por encima, depositando al novato en el frío, duro y reconfortante suelo.

—Eh, Rovo —dijo Sai, agachándose con una sonrisa cautelosa—. ¿Has vuelto con nosotros?

—No lo sé —respondió Rovo, parpadeando ante la luz carmesí del corredor y repasando la letanía de nervios que se hacían notar—. ¿Qué ha pasado?

—El transporte te derribó. Eponi te salvó el pellejo, y ahora estoy intentando llevarte a la enfermería —Sai señaló con la cabeza hacia el final del pasillo—. Vamos, ya casi estamos en el ascensor.

—¿La enfermería? Sí, estaría bien —dijo Rovo—. No creo que el cirujano se alegre de verme otra vez.

—Ese no es tu mayor problema.

Rovo extendió un brazo y Sai levantó al novato. Las

piernas de Rovo no estaban precisamente fuertes, pero podía caminar, y juntos se dirigieron hacia el ascensor. Ahora había gente en el corredor, miembros del escuadrón que lanzaban miradas a Sai y Rovo mientras pasaban, corriendo de vuelta hacia las bahías de acoplamiento. Los robots también zumbaban, buscando oportunidades para reparar, para encontrar a cualquiera que necesitara atención médica urgente.

Sai tuvo que seguir rechazándolos.

—Podrías dejar que me llevaran, ¿sabes? —dijo Rovo—. Así podrías ayudar a Aurora.

—Ni hablar —dijo Sai—. Los agentes despegaron en su transporte, pero Aurora cree que podría haber algunos a bordo. Tú sabes dónde está Kaia, lo que significa que eres su objetivo más valioso.

—No solo yo —replicó Rovo—. Un agente envió un mensaje. Saben en qué planeta está.

Sai se rio.

—¿Planeta? ¿Eso es todo? No sé si alguna vez has visto un planeta, Rovo, pero no son tan pequeños.

El hombre tenía razón. A Rovo solo le bastaba pensar en Dynas —lo que parecía haber ocurrido hace un millón de años— para saber que, incluso con la ubicación precisa de un objetivo, las cosas podían salir muy mal antes de alcanzar la meta.

—Ella también podría marcharse —dijo Rovo.

—¿Qué?

—Kaia. No hay garantía de que su padre no tome otro transporte para ir más lejos. Wexer no tendría muchas opciones, pero ¿Gillane Cuatro?

—Más que unas pocas.

Dos miembros del escuadrón estaban de pie fuera del ascensor, sosteniendo rifles y lanzando miradas suspicaces a

Sai. Rovo no podía culparlos realmente, ya que ni él ni Sai llevaban uniformes de DefenseCorp, y el *Nautilus* había sido puesto en alerta por agentes.

Sai y Rovo levantaron sus brazos libres, Rovo haciendo una mueca con el movimiento, como un gesto pacífico. Eso no impidió que uno de los soldados levantara su rifle mientras el otro se adelantaba para recibirlos.

—¿Quieren usar el ascensor? —dijo el que los recibió—. Voy a necesitar identificación.

—Llamen a Lamya —dijo Rovo—. Ella nos autorizará. Rovo y Sai, Sever Escuadrón.

El soldado asintió, levantó su muñequera, y la puerta del ascensor se abrió detrás de ellos. El soldado con el rifle levantado giró hacia la puerta que se abría y vaciló. Rovo no podía ver lo que había dentro, pero sí pudo ver cómo el soldado del rifle se elevaba y volaba a través del corredor, un movimiento repentino que estrelló al soldado contra la pared lejana con una fuerza que le rompió los huesos.

El compañero del hombre lanzado no corrió mejor suerte, girándose y comenzando un grito antes de que algo lo levantara y lo arrojara junto a su amigo caído. Sai empujó a Rovo hacia atrás, enviando al novato contra la pared cercana. Con su mano derecha, Sai desenvainó la katana y se enfrentó a...

¿Una mancha? ¿Un fantasma?

Rovo parpadeó e intentó dar sentido a lo que veía. Lo cual era, principalmente, nada. La luz parpadeaba, se retorcía en partes, como si alguien hubiera puesto un plástico arrugado sobre sus ojos, con las arrugas rompiendo la vista. Sai parecía un poco más confiado, plantándose en medio del corredor, con la katana al frente y siguiendo un objetivo.

Otra persona salió del ascensor. Tambaleándose, en

realidad, muy parecido al propio Rovo. El hombre había recibido golpes, o quemaduras de láser, y su uniforme, de alto rango, mostraba manchas de sangre en su carmesí. Su rostro tenía una cualidad falsa, una marca de cirujano, y Rovo lo ubicó: la proyección de Wexer.

—Ya has luchado contra uno antes —dijo el hombre, mirando a Sai—. ¿Dónde?

—Rovo —dijo Sai, ignorando la pregunta—. ¿Conoces a este tipo?

—Reconozco el aspecto —respondió Rovo—. Más feo en persona.

El hombre curvó su labio magullado.

—Vana, vámonos. Cada segundo que perdemos es un riesgo.

Sai lanzó la katana hacia la izquierda, y algo la golpeó, saltando chispas y resonando por el corredor ese clásico sonido de metal contra metal. Sai convirtió el bloqueo en un tajo cruzado, uno que Rovo supuso le ganó a Sai algo más de distancia que otra cosa. El golpe no alcanzó nada, esos destellos le dieron espacio a Sai.

—Su nombre es Renard —le dijo Sai a Rovo, volviendo a poner la katana en posición de guardia—. Si quieres liquidar al líder de todo esto, él es tu objetivo.

—No creo que vaya a liquidar a nadie pronto.

Quienquiera que Sai estuviera combatiendo —¿Vana?— se lanzó a otra ráfaga de ataques. Sai blandió la katana, bloqueando lo que parecían ser dos armas. La longitud de la hoja, junto con el juego de pies de Sai, mantenía al hombre a salvo, y de nuevo Sai aprovechó las deflexiones para convertirlas en un ataque.

Abandonando el tajo cruzado, Sai dio un paso adelante para lanzar una patada. El golpe produjo un ruido crujiente, como si Sai hubiera golpeado una bola de papel particularmente gruesa. Siguieron unos leves tintineos mientras el oponente de Sai retrocedía con el impacto.

El láser destelló, disparado desde la pistola de Renard. Sai, aparentemente leyendo la situación mejor que Rovo, vio venir el ataque sorpresa y esquivó el disparo. Rovo podría haber vitoreado, podría haberle dicho a Renard que hiciera algo poco agradable con su propia anatomía, excepto que esas manchas borrosas se movieron aprovechando el respingo de Sai y lo levantaron, agarrándolo por el cuello. Soltando su katana, Sai levantó las manos para agarrar lo que parecía aire parpadeante. Su rostro se tensó mientras luchaba por respirar.

Rovo no tenía un arma, no tenía la fuerza para levantarse y lanzar un puñetazo.

Pero podía hacer una oferta.

—¡Alto! —dijo Rovo, intentando gritar, pero en su lugar emitiendo una exigencia decididamente débil—. Suéltalo y os ayudaré.

Lo que fuera que sostenía a Sai no respondió, pero Renard, apuntando su pistola hacia Rovo, dio un paso en dirección al novato.

—¿Qué ayuda podrías ofrecernos? —dijo Renard, y Rovo detectó suficiente curiosidad genuina en la pregunta como para albergar alguna esperanza.

—¿Queréis a Kaia, ¿verdad? —dijo Rovo—. Puedo llevaros hasta ella. Pero solo si Sai vive.

Los forcejeos de Sai se ralentizaron, su rostro adquirió un tono púrpura.

—Ya sabemos dónde está —dijo Renard—. No nos ofreces nada.

—Sabéis un planeta. Yo sé cómo encontrarla en él.

—¿Cómo?

—Suéltalo y os lo diré.

Renard estudió a Rovo, y el novato se sintió como un libro siendo leído. El oficial buscaba tramas, puntos de interés y peculiaridades en el hombre herido en el suelo frente a él. Tanto como pudo, Rovo trató de proyectar honestidad. Miró a los ojos de Renard con igual concentración, tratando de ignorar que Sai había quedado inmóvil.

—Suéltalo —dijo Renard—. Tenemos un premio diferente.

La cosa que sostenía a Sai arrojó al amigo de Rovo a través del vestíbulo, dejándolo caer en un montón junto a los dos soldados caídos. Rovo intentó incorporarse, intentó ver si Sai se movía en absoluto, pero antes de que pudiera echar un buen vistazo, sintió una mano agarrar su brazo derecho y tirar de él para ponerlo de pie.

—¿Puedes caminar? —Una voz de mujer en su oído, fría con determinación.

—Con ayuda —dijo Rovo—. Despacio.

Aparentemente, esa respuesta no era suficiente. Las piernas de Rovo se elevaron y unos brazos lo atraparon, cargando al novato como a un civil rescatado. Su portadora no esperó más instrucciones, marchando por el vestíbulo con Renard arrastrándose detrás, el oficial herido jadeando mientras se esforzaba por mantener el ritmo.

Desde tan cerca, Rovo pudo armar lo que veía: un traje que podía refractar la luz, o redistribuirla para parecer transparente, incluso si los bordes dejaban marcas en la continuidad visual. Como vidrio con grietas capilares.

Pero el traje invisible no era la mayor preocupación de Rovo.

—¿Lo mataste? —dijo Rovo a la mujer que lo cargaba, adivinando dónde estaría su cabeza.

—No —respondió la mujer, manteniendo la voz baja—.

Hablaste lo suficientemente rápido para salvarle la vida. Siéntete orgulloso de ese hecho.

—Lo estoy —dijo Rovo, porque lo estaba—. ¿Adónde vamos?

—A otra nave —dijo la mujer mientras se acercaban a las bahías de atraque—. Voy a meterte dentro, y vas a cooperar, porque si no lo haces, recibirás lo que tu amigo no recibió.

—¿Un saludo amistoso y un café caliente?

La mujer ahogó una risa. —¿Cómo se las arregla Aurora con todos vosotros?

Rovo abrió los ojos ligeramente antes de controlarse. ¿La mujer conocía a Aurora? ¿Y no hablaba de ella como una rival o una enemiga? Interesante. Algo con lo que jugar.

—Aurora sabe lo que hace —dijo Rovo mientras llegaban a las bahías de atraque, aunque más pequeñas en los bordes reservados para naves privadas y especiales—. ¿Tú lo sabes?

—Estamos arriesgándonos para cambiar la galaxia —la mujer habló como una profeta—. No creo que puedas pedir más.

—No creo que trabajar con un matón como ese tipo vaya a cambiar la galaxia para mejor.

—A veces, no puedes elegir a tus compañeros.

La mujer esperó mientras Renard los alcanzaba, mientras el hombre golpeaba su muñequera contra la puerta de la bahía de atraque. El portal se deslizó, revelando una esbelta nave que se asemejaba a una hoja o una lágrima. Sus paneles negros y moteados mostraban un diseño sobre el que Rovo había leído muchas veces: las motas no eran solo estéticas, sino que adoptaban un picado físico que jugaba malas pasadas a los escáneres tradicionales. La textura irregular hacía que la nave pareciera un asteroide para los observadores casuales, dándole la oportunidad de entrar y salir sin llamar mucho la atención.

—Hermosa, ¿verdad? —dijo Renard, abriendo el camino hacia la bahía—. Mi propio pedido personalizado.

—Le faltan más armas —bromeó Rovo.

—Solo abre la rampa, Renard —dijo la mujer—. No me importa tu nave ni cómo la adquiriste.

El oficial lanzó una mirada fea hacia Rovo, pero no exactamente a él. El novato imaginó que mil insultos pasaron por la mente y la boca de Renard en ese momento, pero la razón —o las posibles consecuencias de enfadar a alguien que llevaba una armadura invisible de poder— lo mantuvo callado. Tocando en la muñequera, Renard hizo que su nave bajara una rampa de embarque muy ordinaria.

Solo demostraba que podías parecer genial por fuera y ser aburrido por dentro. Después de Calico Max y su loca apariencia de chaleco combinada con una unidad familiar estándar en Wexer, Rovo había dejado de dar crédito a las personas por sus apariencias extravagantes.

La nave de Renard tenía un interior que no hizo nada para cambiar la filosofía de Rovo. El hombre debió haber gastado todo el dinero en el exterior, porque el interior tenía un par de pequeñas cabinas, un área central con almacenamiento de alimentos y una mesa carmesí que se desplegaba de la pared en un espacio no mucho más grande que los cuartos que Rovo tenía para sí mismo en el *Nautilus*. Renard se dirigió a la cabina de pilotaje individual mientras les decía a Rovo y a la persona que lo cargaba que se acomodaran.

—Te voy a bajar ahora —dijo la mujer mientras la rampa de embarque se cerraba detrás de ella—. No hagas nada estúpido.

—Estoy medio muerto —respondió Rovo mientras ella lo

acomodaba en el sillón de emergencia, una delgada estructura carmesí —siempre carmesí aquí dentro— que revestía la pared opuesta a la rampa—. Voy a estar completamente muerto si no recibo ayuda pronto.

Rovo no estaba seguro de ello, pero los últimos efectos entumecedores de su breve incursión en la bahía médica se habían desvanecido. Si Renard y su cómplice invisible querían tomar a Rovo como rehén, al menos podían ponerlo cómodo.

—Renard —llamó la mujer—, ¿tienes suministros médicos en esta nave?

—Revisa el almacén, directo al fondo —Renard sonaba como si también necesitara ayuda, tosiendo y ahogándose entre palabras—. Debería haber un botiquín. Estoy despegando ahora.

Rovo se reclinó en el sillón mientras el traje de luz fusionadora desaparecía. Los motores de la nave zumbaron al elevarse, y Rovo sintió esa sensación siempre extraña cuando la nave flotó, rotó y se disparó fuera del *Nautilus*.

Un rehén.

Pero, al igual que Sai, Rovo podía vivir con eso.

MENSAJES

Esta vez, Aurora esperó a Deepak fuera de la sala de reuniones. El turno de Sever Escuadrón para su asignación no llegaría hasta dentro de unas horas, pero el recién ascendido almirante dijo que tendría un descanso alrededor de esta hora, después de asignar otro contrato de patrulla a uno de los escuadrones más jóvenes del *Nautilus*. Esos soldados, que parecían terriblemente jóvenes e inexpertos, pasaron junto a Aurora lanzando miradas nerviosas a su rango y sus ojos duros.

—Felicidades —dijo JJ, el veterano comandante de Beacon, mientras seguía a su escuadrón—. Me alegro de que Sever esté en buenas manos.

—Hay un puesto libre, si quieres unirte —respondió Aurora, dedicándole al viejo conocido una sonrisa gastada. Siempre había un puesto libre.

Siempre.

—Prefiero tener a mis enemigos de frente, donde pueda verlos —dijo JJ, dando una palmada en el hombro a Aurora —. Además, ya me robaste a uno de mis mejores. Creo que eso es suficiente.

—Sai es letal. Gracias por dejarlo ir.

Los ojos de JJ brillaron.

—Sai es padre. No lo olvides.

El comandante de Beacon le dio a Aurora un último asentimiento y luego se alejó por el corredor tras su gente. Deepak ocupó su lugar, evaluando a Aurora con una mirada directa que no transmitía absolutamente ninguna emoción.

—Bien hecho, comandante —dijo Deepak, iniciando la conversación de la misma manera que habían terminado la última: con toda formalidad—. Me alegró ver tu nombre recomendado para el puesto principal de Sever.

—¿De verdad?

Aurora no había venido buscando pelea. De hecho, quería lo contrario. Algún tipo de reconciliación, alguna forma de superar las diferencias que habían tenido. Con su nueva posición, Aurora no podía permitirse estar en el lado malo de Deepak, no podía dejar que nada se pudriera entre ellos. Deepak elegiría las misiones de Sever como almirante del *Nautilus*, y cualquier cosa menos que lo mejor para su escuadrón no sería aceptable.

—Camina conmigo —dijo Deepak, sin poder ocultar una ligera sonrisa—. Resulta que ser el jefe significa tener una agenda ocupada.

—No respondiste a mi pregunta —Aurora igualó los pasos de Deepak mientras se dirigían hacia el puente.

—¿Que si me alegré de ver que has llegado a donde perteneces? —dijo Deepak—. Por supuesto. Cualquier almirante quiere a su tripulación donde mejor se desempeñe. — Tomó aire, y Aurora se preparó para la respuesta no oficial que vendría—. Además, estoy seguro de que el dinero extra te hará feliz.

Ahí estaba. Deepak tenía una forma de cubrir opiniones duras con un dulce envoltorio oficial.

—Estoy aquí porque ya no se trata solo de mí —dijo Aurora, eligiendo no entrar en el juego de Deepak—. Mi escuadrón merece sus oportunidades. Estamos listos para partir.

—Anotado —dijo Deepak mientras llegaban al puente, sus grandes puertas abriéndose para ellos—. Honestamente, Aurora, el negocio va viento en popa. No podría esconderte a ti y a tu escuadrón, aunque quisiera.

Exactamente lo que Aurora quería oír. Obtendría las misiones, obtendría el dinero, y sus miembros más nuevos ganarían experiencia. Excepto que no podía quitarse de la cabeza las últimas palabras de Deepak.

—¿Querrías hacerlo? —dijo Aurora mientras se paraban en la plataforma elevada que sobresalía en el puente, con mil personas zumbando en sus tareas mientras el *Nautilus* surcaba el espacio.

Ambos sabían lo que Aurora quería decir con esa pregunta. La reminiscencia de una vida que parecía cada vez más absurda, envuelta en un nuevo comienzo y la alegre esperanza que venía con él. Noches de nebulosa y días en el comedor. Escabullirse por los pasillos traseros hacia las cabinas del otro. El destello del amor en el oscuro espacio.

—Nunca quiero poner a mis escuadrones en peligro —dijo Deepak, mesurado y objetivo. La más leve vacilación después—. ¿Hay algo más que pueda hacer por ti, comandante?

Aurora buscó una pista sin dar ninguna de las suyas. Deepak mantuvo su rostro oficial, sin perlas que encontrar en esos ojos.

—No, eso es todo.

—Entonces felicidades, y te veré en la reunión.

Por regla general, Aurora no pasaba mucho tiempo en su historia. Con Sever Escuadrón, con DefenseCorp, dedicar demasiado tiempo al pasado —y demasiado tiempo podría ser un minuto o menos— podría costarte el futuro. Y sin embargo, corriendo por la explanada con toda la velocidad que dos personas maltrechas y cubiertas de ceniza podían manejar, le dio a Aurora espacio para rememorar con Deepak, con todos los años quemados en estos pasillos espaciales. Diferentes soldados los rodeaban ahora, de pie en los puntos de control buscando cualquier agente restante, pero el aspecto metálico brillante, el ruido de las botas en el suelo, eso seguía igual.

Aurora tomó una pulsera de comunicación de un recluta novato, uno que aún no tenía el estómago para decirle que no a alguien con la evidente rudeza de Aurora. La comandante de Sever ya no tenía ningún rango en DefenseCorp, no llevaba uniforme, pero las miradas asustadas y atónitas que flotaban en su dirección resultaban igual de efectivas. Respaldándolas con su mirada directa y palabras que no admitían negativas, Aurora tomó su determinación de ver el puente y la convirtió en un arma.

Esa habilidad también la había adquirido en estos pasillos. Aurora había sido una guardia de seguridad con el gatillo fácil cuando llegó por primera vez, pero la disciplina y sus recompensas en efectivo habían cincelado sus bordes ásperos en hábitos fuertes y afilados. Ellos-

—No le disparamos —dijo Eponi, interrumpiendo el avance concentrado de Aurora—. El puente, ¿verdad?

—¿Qué?

—No pensé realmente en ello, que tú no lo sabrías —Eponi, mientras mantenía el ritmo del trote ligero de Aurora, se sacudió más ceniza del pelo con las manos—. Pero dijiste que querías revisar el puente. Te lo digo, lo que sea que haya pasado allí, no fue mi culpa.

Aurora parpadeó, concentrándose en sus pasos. —No

pudimos activar el puente desde el centro de comunicaciones, así que algo salió mal.

—Bueno, sí —dijo Eponi—. Empezaron a dispararse entre ellos, luego los cazas vinieron por nosotros y salimos corriendo.

—¿Ellos?

—Supongo que los agentes. Deepak dio la orden de reunirlos, y no creo que a los que estaban en el puente les sentara muy bien.

—Bien.

Dada la mirada atónita de Deepak cuando Aurora sacó la pistola, mostrando algo de fuerza en las reuniones de esta mañana, las que parecían haber ocurrido hace mil años, el almirante necesitaba ensuciarse las manos más a menudo. El hombre todavía lideraba una fuerza de combate.

La entrada del puente respaldaba la versión de los hechos de Eponi. La amplia puerta estaba medio cerrada, con chispas ocasionales saltando aún de las ranuras deslizantes. Manchas de sangre y de explosiones marcaban las paredes y el suelo de enfrente, y dos soldados, ambos con vendajes y aspecto exhausto, levantaron sus rifles para apuntar a Aurora y Eponi mientras se acercaban.

—Amigos —dijo Aurora, deteniéndose y levantando las manos. No tenía sentido haber llegado tan lejos para que le disparara un soldado con el gatillo fácil—. Estoy tratando de averiguar si Deepak está bien.

Un soldado ladró pidiendo su identificación, una orden que sonó más como un gañido, un intento desesperado de poner algo de orden en un día frenético. Aurora no tenía ninguna identificación que ofrecer, y empezaba a inventar alguna excusa cuando Eponi se lanzó en su lugar.

—¿Identificación? —dijo Eponi—. ¿Tienes ojos, hombre? ¿No ves que no llevo armas encima, que ella lleva una pistola estropeada y que parecemos recién salidas de una lavadora llena de mierda? ¿Quién está al mando aquí? Porque más te vale que no seas tú.

La boca del soldado se abrió y se cerró como la de un pez boqueando, y luego, al no encontrar ninguna réplica adecuada, el hombre le dijo a su compañero que mantuviera el rifle en alto y desapareció dentro del puente.

—Bien dicho —observó Aurora.

—Me siento como una basura y me veo peor —dijo Eponi—. Cuanto antes hables con el almirante, antes podré darme una ducha.

Lo que fuera que te mantuviera motivada.

El soldado regresó sin más bajas, verbales o físicas, y dijo que Deepak esperaba dentro. Aurora lideró el camino, notando que Eponi le lanzaba una mirada de fastidio al soldado al pasar. Había muchas razones por las que la piloto había encontrado su camino hacia el Sever Escuadrón, no siendo la menor que la disciplina estándar no encajaba con la visión del mundo de Eponi.

Hoy, Aurora podía vivir con eso.

El puente se parecía poco a la experiencia anterior y desagradable de Aurora. Donde antes las estaciones de trabajo se extendían hacia abajo y lejos de la entrada como una ladera mecánica interconectada, ahora solo quedaban jirones rotos y quemados. Las paredes prístinas, que se curvaban en un gran arco a lo largo de la parte trasera del puente, mostraban horribles marcas negras, mientras que el gran escudo de visión... ya no existía. Todo el fuego, el humo y los daños habían cubierto el cristal de un moteado gris-blanco, haciendo que el puente pareciera menos el ápice estelar de una gran nave y más un huevo podrido.

—Va a llevar algo de trabajo —admitió Deepak mientras entraban. El almirante, apoyándose en sus consolas de pie, ofreció una sonrisa demacrada—. Por eso me alegré tanto al oír que también habías destruido mi puente de respaldo.

—Culpa a los agentes —Aurora se acercó del todo al almirante y lo examinó de arriba abajo—. ¿Cuántos disparos recibiste?

—Tres. Uno en la pierna, uno en el hombro —Deepak suspiró, miró hacia abajo—, y, de alguna manera, uno en el pie. Creo que el tirador disparó mientras caía —Volviendo al rostro de Aurora, Deepak no pudo reprimir del todo una risita—. Parece que no soy el único que ha recibido lo suyo hoy.

—Estamos vivos, eso es lo que importa —dijo Aurora.

Quería preguntarle al almirante cómo se sentía realmente, quería preguntarle por qué estaba allí de pie y no yendo a la enfermería. Esos vendajes en sus heridas no podían estar ayudando mucho. Pero hacer esas preguntas no llevaría a Sever a donde necesitaba ir.

—Necesitas enviar cazas, tras el transporte que acaba de despegar —dijo Aurora, asintiendo más allá de Deepak hacia una consola que mostraba escaneos de campo cercano, donde el transporte aparecía como una gran mancha en el espacio profundo, por lo demás vacío—. Los agentes están allí, y tienen un arma que no queremos dejar escapar.

Deepak no se movió. —¿Nosotros? Aurora, te di tu confinamiento. Les dije a mis soldados que reunieran a los agentes, una acción que puede garantizar mi destitución de este puesto. Eso *garantizará* que tendré que revisar mi habitación cada noche en busca de trampas ocultas antes de dormir, no sea que algún agente busque venganza. Hice esto por ti-

—Córtalo —espetó Aurora—. No hiciste esto por mí. Lo hiciste porque sabías que cualquier otra cosa sería un suicidio. A los agentes no les importan un carajo tus tropas. A mí sí, porque solía ser una de ellos.

Deepak asintió. —Vi tu mensaje. Muy bueno, con todas las palabras correctas. No es que vaya a importar.

—¿Por qué?

—Porque para cuando tu misiva llegue a las personas adecuadas, los agentes habrán asegurado su lealtad o los habrán reemplazado por otros receptivos a sus demandas. Eso es lo que intentaba decirte antes. No hay victoria posible aquí.

—¿Entonces por qué?

Deepak cerró los ojos, sacudió la cabeza. —Porque soy un idiota que no puede dejarlo ir, por eso.

¿No puede olvidar? Aurora intentó analizar eso, seguir las palabras de Deepak de principio a fin. Empezó y se detuvo cuando un oficial gritó desde abajo, uno apostado en una de las pocas estaciones de trabajo que aún funcionaban.

Una nave había salido del *Nautilus*. Una pequeña, registrada a nombre de Renard.

—Deten esa nave —respondió Aurora, pasando junto a Deepak y mirando hacia el oficial—. Derríbala, si puedes.

—¿Almirante? —El oficial hizo lo correcto e ignoró a Aurora. Doloroso, pero acertado—. ¿Qué debemos hacer?

—Ya escuchaste al comandante —dijo Deepak, sonando cada vez más cansado—. Renard es un traidor y un peligro para todos aquí. Derríbalo.

Aurora pensaba que Renard había estado en el transporte, que ya había partido del *Nautilus* hacia otro escondite. La nave grande ya había huido más allá del alcance de los cañones del *Nautilus*, y Aurora le preguntaría a Deepak por qué no había disparado contra ella. Renard, sin embargo, sería un blanco fácil para los colmillos del *Nautilus*.

—Nos están llamando, señor —anunció el mismo oficial, cuyo estado de nerviosismo se amplificaba con cada declaración, como una peonza acelerando—. Es el propio Renard.

—Entonces pásalo, hombre, y cálmate —respondió Deepak—. No puede hacernos daño desde su pequeña nave.

Aurora no podía estar segura de eso, pero dejó que Deepak mantuviera su puesto. De pie detrás de él mientras el almirante se giraba para ver la llamada entrante iluminar la consola, Aurora vio no la cabeza granulosa de Renard, como esperaba, sino una diferente.

—¿Rovo? —dijo Eponi, tan confundida como se sentía Aurora—. ¿Qué demonios hace con Renard?

El novato no se veía bien, y tenía los ojos cerrados. Con la cabeza ladeada, Rovo lucía moretones, cortes y todas las evidencias de un día que había salido mucho peor de lo planeado.

—¡Deepak! —la voz de Renard interrumpió, y el oficial metió su cara en el encuadre, con una mirada burlona—. ¿Ves mi preciada carga? Uno de los miembros del escuadrón de tu amiga, creo. Uno joven. Derriba mi nave, y él también cae.

Renard no se había detenido, su nave seguía alejándose. En segundos, volaría más allá del alcance del *Nautilus*. Deepak tenía que tomar una decisión, y Aurora sabía que podía apretar el gatillo por él. Rovo era un miembro del Sever Escuadrón. Podía decirle a Deepak que disparara, y lo haría.

—Un desertor y un civil —Deepak le dirigió a Aurora una mirada solemne, su dedo navegando hacia el botón de silencio, cortando las continuas burlas de Renard—. Una sola baja cae dentro de los límites. Deberíamos disparar.

Las palabras no eran lo suficientemente fuertes para

provocar una respuesta, no estaban dirigidas a los demás en el puente, ni de vuelta a Renard.

Aurora no se inmutó.

—No —respondió Aurora—. No dispares.

—Siempre supe que tenías corazón ahí dentro —dijo Eponi mientras corrían por el pasillo, detrás de un soldado listo para escanearlos hacia el objetivo—. Toda esa charla sobre dinero y mando y aquí...

—Eponi, cállate —dijo Aurora cuando llegaron lo suficientemente lejos para entrar en las bahías del *Nautilus*.

En el nivel superior, los espacios permanecían fijos para naves oficiales. Peces gordos de DefenseCorp y visitantes importantes. Excepto por un trío destinado como cazas de acceso rápido, naves afiladas designadas como última opción de escolta para oficiales obligados a huir.

Deepak sugirió la idea, ofreciéndolas como opción si Aurora quería intentar salvar a Rovo. Aurora le había dado las gracias y se había marchado. Deepak sobreviviría, sin duda mencionaría este pequeño momento más tarde.

Tal vez Deepak había estado intentando lo mismo, metiendo a Sever en todos esos espacios seguros. Rovo, sin embargo, había sido tomado como rehén. No era su culpa, no era su elección. Rovo no merecía morir por eso.

—La primera está bien —dijo Eponi, y el soldado los escaneó, llevándolos directamente a una nave amarilla brillante repleta de torretas, escudos y dos motores gigantes metidos en su forma de media luna.

Para un rescate, la nave serviría.

32

LOS ABANDONADOS

Lo habían golpeado, disparado e incluso apuñalado durante una misión temprana de DefenseCorp patrullando las calles de un planeta en rebelión, pero nunca lo habían estrangulado. No con una mano que lo levantaba del suelo, exprimiendo la vida de Sai segundo a segundo. Sus piernas se entumecieron primero, mientras manchas negras bailaban frente a sus ojos. Sus manos, que al principio intentaban liberarse del agarre en su garganta, se volvieron flácidas, como si hubieran apagado un interruptor de energía.

La sangre palpitaba en su cabeza, atrapada, circulando y muriendo.

Y a través de esas manchas negras, Sai vio los destellos desgarradores, la falsa distorsión vinculada al extraño traje contra el que había luchado cerca del transporte y ahora aquí. A través de las fisuras, Sai vio a Renard, el oficial en el centro de todo esto, hablando con Rovo. Las palabras pronunciadas entraban en los oídos de Sai, donde se desvanecían en la cacofonía palpitante y frenética que atormentaba su ser desesperado.

El lanzamiento solo se registró como un alivio.

Sai tardó mucho en moverse después de haber sido arrojado a un lado. Debajo de él estaban los dos soldados destrozados, muertos por su propia desgracia. Cualquier otra estación que no fuera ese ascensor, a esa hora, y habrían pasado todo este día sin problemas. Ahora Sai usaba sus cuerpos enfriándose y endureciéndose como una cama de pesadilla.

Debería haberse obligado a levantarse. Debería haberse obligado a agarrar esa katana y correr tras Rovo. Lanzar todo lo que tenía contra esos dos bastardos.

Excepto que Sai no podía moverse.

Mueres mil veces en una carrera como esta. Te ves al final de la vida una y otra vez hasta que adquieres una cierta actitud burlona. Ese disparo, esta misión, esas bombas deberían haber sido las que arrojaran a Sai al más allá, pero no lo hicieron, y nunca lo habían hecho. Ni siquiera el virus de Anaskya, desgarrando su cuerpo, o la nave de patrulla en Wexer, o el heroico disparo láser en el *Prisa*.

En los últimos meses, Sai había llamado a la puerta de la muerte muchas veces y se había ido sin respuesta.

Pero ninguno, ni uno solo de esos momentos lo había hecho sentir tan condenadamente débil.

—¿Quieres irte? —le preguntó ella, en aquel día de lluvia arcoíris bajo el cielo vítreo y artificial—. ¿Dejar todo esto?

Esto, como la mayoría de las otras mañanas, consistía en una carrera frenética para preparar a su hijo e hija para la escuela. Para poner a su esposa en un lugar donde pudiera reanudar las responsabilidades siempre activas de una ingeniera. Finalmente, para ponerse él mismo un uniforme, ir al lugar asignado en la vasta ciudad donde Sai podía estar de pie, sentado o caminando durante horas y rezar para que nada ese día lo alejara del siguiente.

Hoy, sin embargo, todo iba más lento. Sus hijos, como lo habían hecho a lo largo de los años, necesitaban cada vez menos. Preparaban su desayuno, empacaban sus mochilas, se iban con un saludo a sus amigos que esperaban. Su esposa se difuminaba de la cama a la sala de juntas, dejando a Sai preparando una comida con nada más que los pájaros. Hoy había sido como ayer, como el día anterior y el-

—¿Cuándo supiste —preguntó Sai— que esto era lo que querías hacer?

Los niños aún no habían llegado a casa, y no lo harían por un tiempo. El porche, con pájaros intrépidos que se metían bajo la cubierta para evitar la lluvia, servía como territorio neutral. El suave cedro hilado en laboratorio hacía una hermosa mesa, un regalo que Sai le había dado a su esposa, con un salario mensual que ella ganaba en un día. Las flores colgantes eran su sello personal. Socios iguales en un espacio igual para una conversación igual.

—Cuando vi el impacto —respondió su esposa.

—Eres más caritativa que yo —dijo Sai, sus ojos desviándose hacia la katana. Estaba cerca de la puerta de entrada a la casa. Había estado practicando en el patio cuando su esposa llegó temprano, después de que él la llamara—. Te admiran, ¿sabes?

—A ti también. —Ella siempre tenía esa manera, siempre sabía cómo convertir un cumplido para uno en un éxito para todos—. Eres valiente. Fuerte.

—Estático —dijo Sai. No podía ser eso hoy, sin embargo. La oferta había llegado, una oportunidad para alguien con sus habilidades—. No quiero que me vean envejecer. Que me vean hacer esto todos los días.

Seis meses después, tras pasar más pruebas y entrenamientos de los que Sai había hecho jamás, las mentes mercenarias de DefenseCorp lo enviaron al *Nautilus*. Se había ido de casa con lágrimas abiertas, abrazos fuertes y una promesa de volver cuando Sai sintiera que se había ganado su descanso. Mientras tanto, el dinero extra pagaría las escuelas, pagaría para que los padres de su esposa vinieran a vivir con ella. Todo beneficios.

Esas últimas miradas serían el terrible costo.

—Sai —dijo la voz profunda—, despierta, amigo mío.

Sai vio el vestíbulo, sintió los cuerpos bajo sus manos. Debía haberse desmayado de nuevo. Su garganta aún dolía, ese dolor sordo resonando cuando Gregor sostuvo una pequeña taza de agua en la boca de Sai y lo obligó a tragar el líquido.

—Hay medicina ahí —dijo Gregor—. Te sentirás mejor.

En algún momento, tal vez. El tónico de Gregor no funcionó instantáneamente, pero Sai se obligó a sentarse de todos modos, con las piernas estiradas como un niño. Gregor se cernía sobre él, cerca del ascensor, mientras otros miembros del escuadrón atendían los cuerpos detrás de Sai.

—Tienen a Rovo —dijo Sai, recuperando la urgencia—. Tenemos que-

—Se han ido —respondió Gregor—. Los cobardes huyeron. Aurora y Eponi los están persiguiendo ahora.

—¿Adónde? ¿Podemos alcanzarlos?

Gregor negó con la cabeza, se inclinó y ayudó a Sai a levantarse. El hombre le dirigió una mirada extraña mientras lo hacía, sin duda observando las quemaduras desgarradas del *Prisa* y los moretones a lo largo del cuello de Sai.

—¿Qué te pasó? —preguntó Gregor.

—Muchas cosas —respondió Sai, mirando de reojo a los

miembros del escuadrón caídos con un suspiro—. ¿No lo lograron?

Gregor siguió la mirada de Sai, imitando su suspiro también.

—No parece que lo hayan logrado. ¿Quién?

—Alguien con un traje nuevo, creo —Sai recogió su katana y la agarró con fuerza—. Me enfrenté a dos de ellos hoy. Malditos invisibles.

—Ah. Yo también —dijo Gregor—. Peligrosos.

—Renard también vino aquí.

—No es sorprendente. Los seguí —Gregor dirigió a Sai hacia el ascensor—. ¿Necesitas ir a la enfermería?

—No sería mala idea, creo —Sai hizo un recuento mental de sus dolores y molestias antes de fijarse en la mirada decepcionada de Gregor—. Aunque tengo la sensación de que tienes otra idea, ¿no?

—Renard dejó evidencia. Deberíamos destruirla.

—¿Qué?

—Sígueme.

Seguirlo, en este caso, significaba ir tras Gregor cerca del comedor, en el piso inferior del *Nautilus*. Pasaron por las puertas que conducían a los grandes laboratorios de la nave y finalmente llegaron a una cerca del final del pasillo. Aquí también había miembros del escuadrón, colocando cuerpos destrozados en camillas para enviarlos a la enfermería.

—Lo mismo que viste arriba —dijo Gregor mientras observaban—. Vana es muy peligrosa. Más que Renard. Pero no estoy seguro de qué lado está realmente.

—Parece que no está de nuestro lado —Sai señaló los cuerpos mientras los dos miembros de Sever pasaban junto a ellos y entraban al laboratorio.

Los miembros del escuadrón no desafiaron a Sever, tal vez porque conocían a Gregor, o tal vez porque tenían suficientes problemas en ese momento como para no añadir más. De cualquier manera, el *Laboratorio de Armas 5* exhibía una gran armadura de poder rota, algunos ganchos vacíos y marcas en las paredes y el suelo que contaban una historia difícil.

—Podría haberme matado —dijo Gregor—. Solo le habría tomado un segundo, pero no lo hizo.

—Pareces bastante difícil de matar, Gregor. Tal vez pensó que no tenía tiempo.

—La hoja estaba en mi garganta. No podía moverme.

Sai se encogió de hombros, observando cómo Gregor se adentraba más en el laboratorio. El hombre giró a la derecha, dirigiéndose a la esquina de la habitación. Cuando Gregor se agachó, Sai vio los destellos, la luz doblándose. Sin dudarlo un segundo, superando los dolores, Sai tenía su katana de nuevo en las manos. No iba a dejarse sorprender por uno de esos trajes otra vez.

—Está bien —dijo Gregor—. Este está destrozado.

Con la katana lista, Sai se acercó sigilosamente, observando cómo Gregor tanteaba el aire distorsionado y encontraba el mecanismo de liberación del traje. Como un efecto de película mala, el visor del traje se retrajo, revelando el rostro de un hombre, con la nariz rota y ensangrentada y los ojos vidriosos. Aún respiraba, sin embargo.

—¿Lo dejaste vivo? —preguntó Sai, bajando la katana hacia el objetivo.

—Piernas rotas —dijo Gregor—. No quería que los otros lo encontraran.

El hombre tosió cuando Gregor le dio una ligera bofetada en la mejilla. Sus ojos se abrieron de golpe, inyectados en sangre y doloridos.

—¿Nombre? —preguntó Gregor.

El hombre respondió con una maldición, dirigida a

Gregor con el vigor de un mal perdedor. Sai tenía la punta de la katana en la barbilla del hombre antes de que terminara de escupir las palabras.

—Inténtalo de nuevo —dijo Sai.

—Conyers —dijo el hombre, con los ojos fijos en la hoja—. Aunque no importa. Van a matarme de todos modos, supongo.

—Pero no todavía —dijo Gregor, luego el hombre grande asintió alejándose de Conyers, hacia el espacio vacío de la habitación—. ¿El otro es tu amigo caspariano?

—Solo quedaban dos agentes que Renard pudo encontrar —confirmó Conyers, su actitud desapareciendo en jadeos agudos mientras sus heridas lo alcanzaban—. Lo sacamos de la enfermería y lo trajimos aquí abajo.

—Se ha ido —dijo Gregor—. Ahora, puedes hablar.

Excepto que Conyers no pudo. Mientras Gregor hablaba, los ojos del agente se pusieron en blanco y el hombre se desmayó de nuevo.

—Das demasiado miedo —dijo Sai.

—Tal vez —Gregor se puso de pie—. O tal vez es hora de que vayamos a la enfermería.

—Ahora ese es un plan que puedo apoyar.

Sai y Gregor tomaron cada uno un cuerpo con traje. Afortunadamente, las cosas invisibles eran lo suficientemente ligeras como para que Sai solo sintiera punzadas agudas cada pocos pasos. El camino de regreso vino acompañado de un cambio gradual en el propio *Nautilus*. Las luces volvieron a su blanco habitual. Órdenes llamando a equipos de reparación sonaban por los intercomunicadores. La enfermería misma zumbaba, llena de miembros del escuadrón, agentes capturados y, ahora, un miembro del Sever Escuadrón.

En la cama, cuando el robot enfermero le preguntó a Sai si necesitaba algo más, el hombre tuvo una petición.

Que sacara los videos de su bandeja de entrada. Los de su familia. Sai esperaba que estuvieran sellados, pero el robot enfermero cumplió. Le envió una pequeña pantalla y, mientras los medicamentos hacían efecto en sus nervios, Sai vio los rostros sonrientes de una familia que había dejado atrás por demasiado tiempo.

33

PUNTO DE QUIEBRE

Aunque el caza no tenía nada que ver con la potencia de la *Prisa*, la nave concentraba velocidad en sus motores gemelos. Tan pronto como Aurora dio la orden, Eponi hizo que el caza se elevara y se alejara rápidamente del *Nautilus*.

El asiento se ajustaba perfectamente alrededor de Eponi, cerrándose sobre sus hombros, espalda y cuello para ayudar con la estabilidad durante los interminables giros de barril y esquivas rápidas, ya sea en la atmósfera o en el espacio oscuro. La palanca de vuelo, un único mando que sobresalía entre las rodillas de Eponi, respondía con rigidez, lo que hizo que Eponi se pasara de su objetivo dos veces antes de establecer un fuerte acercamiento.

La dificultad también radicaba en encontrar la nave de Renard. El maldito aparato se difuminaba en las pantallas del caza, como un susurro en una habitación grande. A Eponi le habría resultado difícil encontrar la nave en absoluto, excepto porque sabía hacia dónde se dirigía el hombre, y el gran transporte tenía tanta capacidad de sigilo como Gregor en una borrachera. Rastreando desde la embarcación, los escáneres de Eponi encontraron apenas suficiente anomalía para apuntar en la dirección correcta.

Eponi aceleró los motores y, en poco tiempo, el sigilo de Renard no pudo ocultar la proximidad.

Gráficos de tono naranja se proyectaron en el parabrisas de estilo burbuja, rodeando la nave de Renard con un halo y números translúcidos que contaban hacia atrás hasta el alcance de tiro, estimando la velocidad y, con una ligera flecha blanca fantasmal, adivinando la dirección de Renard. No es que Eponi necesitara esa ayuda: el gran transporte brillaba en la distancia, una obvia ruta de escape.

—¿Lo estás entendiendo? —dijo Eponi, enviando sus palabras de vuelta a Aurora, cuyas manos envolvían las palancas de la torreta principal.

—Es una torreta. Estoy bien.

—¿Incluso con los golpes?

Eponi sabía que ella misma no se sentía del todo bien. La prisa por llegar a Rovo ayudó a superar el shock persistente del atrevido intento de rescate y la casi explosión estelar de la *Prisa*, pero Aurora parecía haberlo tomado mucho peor.

—Estoy bien.

Nada más siguió. El hielo se transmitió a través del comunicador. Eponi no lo cuestionó.

—Acercándonos al objetivo —dijo Eponi, mientras el pequeño caza hacía su trabajo y se acercaba a Renard—. Si no empiezan a disparar, deberías tener un ángulo claro para los motores. Si recibimos fuego...

—No fallaré.

De acuerdo. Si el acero en la voz de Aurora tenía algo que decir, Renard estaba acabado.

El caza entró en el alcance del láser con un claro tintineo. Eponi observó en busca de una torreta, de cualquier contraataque, pero no llegó ninguno. O Renard pensaba que Sever no se arriesgaría a atacar con Rovo a bordo, o se había gastado todo el dinero en ocultarse y nada en sobrevivir.

Eponi bajó el ángulo de aproximación. Se acercaría bruscamente, pasando por detrás y luego por debajo de la nave. Aurora tendría una amplia ventana para alinearse y disparar lo suficiente como para perforar los escudos y quemar los motores, y aunque el caza no tenía forma de llevar a Rovo a bordo, Deepak tenía otra lanzadera de descenso lista para partir.

Fácil.

Tan fácil, que Eponi respondió a la llamada entrante sin preocupación alguna. Normalmente, no se interrumpe una carrera de ataque con una conversación ociosa, pero la total falta de maniobras evasivas de Renard y la confianza de Eponi en los dedos gatillo de Aurora, significaban que podía tomar la llamada de Deepak y decirle que tuviera lista esa lanzadera.

—Detendrán su fuego si quieren que su amigo viva —la voz de Renard crepitó, estrellando el enfoque optimista de Eponi—. Si su caza envía un solo láser en mi dirección, su hombre muere.

—Si lo matas —dijo Aurora—, pierdes tu oportunidad de encontrar a Kaia.

—Te equivocas —respondió Renard—. Simplemente lo retrasaré. Tenemos su planeta, conocemos a su padre. La encontraremos.

Eponi observó cómo la distancia disminuía. Entrarían en el alcance del objetivo en segundos.

—¿Así que te dejamos ir? —dijo Aurora—. ¿Con Rovo? No va a suceder.

—Un rehén sigue vivo, comandante. Un cadáver es solo eso.

Eponi silenció la llamada mientras ralentizaba el caza.

—Vas a tener que tomar una decisión aquí, Aurora —dijo Eponi—. Puedo quedarme detrás de Renard, pero se está acercando a ese transporte, y no quiero jugar al gato y al ratón con esos grandes cañones si puedo evitarlo.

—¿Puedes pensar en alguna otra opción?

—¿Ahora mismo? Tú y yo estamos en una pequeña cápsula sin mucha flexibilidad —dijo Eponi—. Tal vez podríamos sacudir la nave de Renard lo suficiente como para derribarlo, pero sin un equipo de abordaje, estamos atadas de manos.

—Si llega a ese transporte, nunca volveremos a ver a Rovo.

La voz de Aurora tenía esa fatalidad muerta. El tono que Eponi había escuchado usar a la capitana algunas veces antes, cuando las circunstancias enviaban a otro miembro del escuadrón a dar su última vuelta. Aurora podría estar empleándolo como una válvula de seguridad para su propia psique, dando por terminada la carrera antes de que acabara para ahorrarse el dolor.

Eponi había hecho eso ella misma. También había hecho intentos temerarios para volver a entrar, empujando por la victoria contra probabilidades terribles.

La última vez que lo había hecho, había terminado con la carrera de Eponi.

—Llámanos para que nos retiremos —dijo Eponi—, y volvamos. No matarán a Rovo. Al menos no de inmediato. Podemos intentarlo de nuevo.

—¿Intentarlo de nuevo? ¿Cuándo?

—Los seguiremos. Elegiremos el lugar, el momento, y recuperaremos a nuestro novato.

Eponi maniobró suavemente el caza detrás de la nave de Renard, flotando tras los motores de la nave más grande.

Con un toque, proyectó la firma del transporte sobre el parabrisas, un nuevo conjunto de números que le indicaba a Eponi cuánto tiempo faltaba para que el transporte pudiera empezar a disparar.

—Asumo que el silencio significa que estás sopesando tus opciones —dijo Renard—. Si importa, quería que todos ustedes murieran. Su maldito escuadrón arruinó Dynas, y pensé que merecían una represalia. Pero ahora me han dado lo que realmente necesitaba y, a cambio, tal vez no los mate a todos.

Las maldiciones de Aurora resonaron a través de las cabinas. Suficientes para ambas.

—Si lo lastimas —dijo Aurora—, si vuelves a hacerle algo a mi escuadrón, me aseguraré de que nunca veas otro amanecer.

—¿Una amenaza? —Renard rio, con una risa sibilante—. Por favor. He escuchado cosas mucho peores. Si todo sale bien, me aseguraré de que a tu novata le quede suficiente dinero para comprar transporte de vuelta a casa, dondequiera que sea. Ahora, por favor, aleja tu caza, o me veré obligado a causar un desastre.

34

DESEOS Y ANHELOS

Rovo reconoció la habitación. Un estándar especial de DefenseCorp: sin lujos, todo funcional. Y la función de esta habitación era la recuperación. Descanso en ruta hacia un destino. Rovo yacía en una delgada camilla, con una pantalla negra a su izquierda mostrando números de sus signos vitales: ritmo cardíaco, respiración, temperatura, todos obtenidos por su contacto con la cama.

La habitación contaba con una silla delgada y una pequeña pantalla colgante en una esquina para entretenimiento o, como Gregor lo llamaba, preservación de la cordura. Una única puerta blanca y suave, sin manija ni escáner para abrirla, sellaba a Rovo dentro de la diminuta cámara. Incluso si Rovo tuviera una pulsera, no podría salir a menos que alguien vigilando lo permitiera.

Porque, incluso en los transportes, los soldados podían perder el control. Trauma, ira, pánico. Todas esas cosas necesitaban espacios donde un miembro del escuadrón pudiera ser contenido para evitar que se hiciera daño a sí mismo o a otros.

No es que Rovo tuviera que preocuparse: su propio cuerpo aún se sentía tan adolorido, golpeado y poco dispuesto a cooperar con acciones agresivas que se quedó en esa camilla mirando el techo gris sin rasgos distintivos sobre él. Recordaba, a través de destellos dispersos, lo que había sucedido en la nave de Renard. El hombre había hablado con Aurora, al parecer. Tal vez con Deepak. Amenazado la vida de Rovo.

Bueno, eso no era demasiado sorprendente.

Si vas a tomar un rehén, bien podrías usarlo.

La puerta siseó al abrirse, y Rovo esperaba ver a Renard. En su lugar, vio a una mujer mayor. Una que reconoció. Una que había estado con Aurora cuando entró pavoneándose en el centro de comunicaciones para iniciar ese tiroteo.

La agente.

—He estado esperando a que despertaras —dijo la mujer, sentándose en la silla y cruzando las piernas, como una terapeuta a punto de dar un consejo que cambiará la vida—. Te tomó un tiempo.

—Ha sido un día duro.

—Para muchos —respondió la mujer—. Por eso estoy aquí. Te trajimos con nosotros porque esperamos que puedas hacer que todo este dolor valga la pena.

Rovo se giró sobre su costado, su adolorido pecho protestando por el movimiento, pero quería mirar directamente a la mujer.

—Dándole a Renard lo que quiere.

—Llegaremos a eso —dijo la mujer, lanzándole una mirada paciente como la que la madre de Rovo solía darle cuando se alteraba demasiado—. ¿Qué tal si empezamos con los nombres? Soy Vana.

No había mucho daño en las presentaciones.

—Rovo.

Vana inclinó la cabeza.

—Encantada de conocerte, Rovo. ¿Sabes dónde estás?

—En un transporte —dijo Rovo—, y déjame adivinar, ¿va hacia Gillane Cuatro?

—¿Todos los miembros de Sever Escuadrón son tan inteligentes?

—Somos impacientes.

—Ya lo veo —dijo Vana, sin apartarse ni una vez de esa agradable sonrisa—. Entonces, permíteme prescindir de los pretextos. Vamos a Gillane Cuatro para conseguir a la chica, porque ella tiene lo que necesitamos.

—Hablas como si fuera algún objeto que lleva, en lugar de su sangre.

Vana desestimó las palabras, continuando:

—Viste los trajes. No creía que Renard pudiera lograrlo, pero lo ha hecho. Células casparianas tejidas con material reflectante estándar. Las mantiene saludables y resistentes, como una capa protectora de pintura. Excepto que es frágil.

—No me pareció tan frágil —dijo Rovo.

Vana parecía estar bien explicando el espectáculo, y Rovo pensó que no se interpondría en su camino. Cuanta más información tuviera, mejor. Sever vendría a buscarlo, y cuando Aurora lo alcanzara, a Rovo le encantaría compartir lo que había descubierto.

—Puede resistir un puñetazo o un disparo láser lo suficientemente bien —dijo Vana—. Los casparianos, sin embargo, son cosas sensibles. No pueden soportar temperaturas extremas. Renard cree que los trajes fallarán fuera de climas controlados. Pero mezcla la resistencia funcional del virus de ese científico, y ahora...

—Felicidades, tienes todo lo que un agente podría desear.

—Todo lo que DefenseCorp podría desear —corrigió

Vana—. La galaxia es un lugar peligroso, Rovo. A pesar de nuestra posición, DefenseCorp tiene que proteger sus intereses. No podemos descansar. Un traje como este pondría nuestro poder en la cima. Y hay espacio allá arriba.

Ah. Ahí estaba.

—Lo entiendes —dijo Vana—. Puedo verlo. Ayúdanos a encontrar a la chica y te ayudarás a ti mismo. Estos trajes cambiarán toda nuestra organización, y en el cambio hay oportunidad. Con Renard y yo respaldándote, tendrás más poder, más dinero del que podrías necesitar jamás.

Rovo luchó por no parpadear, por no reírse. Se había unido a DefenseCorp por la aventura, no por el dinero, pero tal vez Vana no podía entender eso. No podía entender por qué alguien haría esto por algo que no fuera dinero y poder.

Y esa comprensión le dio a Rovo una apertura. Una oportunidad.

—Te ayudaré —dijo Rovo—. Siempre y cuando ella no resulte herida. Kaia.

—No más que una visita normal al médico —aseguró Vana—. Un pequeño pinchazo, una pequeña muestra, y eso es todo lo que necesitamos.

—Entonces, cuando aterricemos, la encontraré para ti.

Vana se puso de pie.

—La encontrarás para ti. Bienvenido a nuestro equipo, Rovo. Descansa y recupérate. Me temo que tus viejos amigos podrían no ver las cosas de la misma manera, y es posible que tengas que persuadirlos.

Rovo observó a Vana salir, caminando hacia la puerta y mirando hacia un pequeño bulto plateado en una esquina. Vio la puerta cerrarse herméticamente, sellando al novato en el interior.

No, Sever no vería las cosas de la misma manera. Rovo se aseguraría de ello.

35

LA ELECCIÓN

El distante florecimiento de la nebulosa se alzaba a través de la cubierta de observación del *Nautilus*. Personal de todas las ramas se encontraba de pie y sentado en mesas estrechas, compartiendo vinos baratos y aperitivos improvisados. El lugar más bonito del *Nautilus* aún bailaba al son de la flauta de DefenseCorp en busca de beneficios, pero las galletas secas y el zumo de frutas no podían hacer nada para disminuir la vista.

—Hemos fijado el rumbo —dijo Deepak—. Estaremos detrás de ti, por supuesto, pero tu refuerzo llegará eventualmente.

Aurora asintió, sonriendo un poco a sus vendajes bajo la iluminación púrpura profunda de la cubierta de observación, destinada a centrar la atención en las variadas maravillas del espacio exterior.

—¿Qué te hizo cambiar de opinión? —preguntó Aurora—. Antes, estabas dispuesto a darle a Renard lo que quisiera.

—Aún lo haría si pensara que eso mantendría a mi mando a salvo —respondió Deepak—. Tu escuadrón, sin embargo, arruinó esa oportunidad.

—Oh, no. Te están obligando a hacer lo correcto. Qué terrible.

Deepak lanzó una mirada afilada a Aurora.

—He perdido tropas hoy. Muchas. DefenseCorp compensará a sus familias, pero el dolor que sentirán cuando se enteren del destino de sus hijos, hijas o padres no se cubrirá con dinero.

—Es mejor morir protegiendo una galaxia libre que vivir bajo lo que sea que Renard esté planeando.

Deepak no respondió a eso. Durante varios minutos, ambos observaron las estrellas, mientras las conversaciones circundantes burbujeaban en voz baja a su alrededor. La mente de Aurora se dirigió hacia Rovo, acelerando hacia Gillane Cuatro. Creía a Renard cuando el hombre dijo que no mataría al novato: los agentes tenían una manera de exprimir todo el uso que podían de alguien antes de tirarlo muerto en un callejón.

Eponi se había apostado en el *Prisa*, supervisando las reparaciones. Deepak había prometido a Sever Escuadrón nuevas existencias de armaduras y armas, algo que Gregor se había encargado de gestionar. Sai aún ocupaba una cama en la bahía médica, quemando las horas mientras los ungüentos hacían su trabajo. En total, estarían listos para partir del *Nautilus* en unos días, acelerando en el *Prisa* tras Renard, tras Rovo.

—Estoy enviando mensajes a todos los otros almirantes que conozco —dijo Deepak, rompiendo el silencio—. Respaldando las palabras que ya enviaste. Tendrá peso, tal vez suficiente para volverlos contra Renard y los agentes. —La siguiente línea pareció luchar por salir de su boca, como si no pudiera creer que la estaba diciendo—. No sé si DefenseCorp sobrevivirá a esto.

—Tal vez no debería —dijo Aurora—. Tal vez no deberíamos vivir en una galaxia donde una organización tiene tanto poder. Donde unas pocas personas pueden decidir el destino de billones.

—¿No es eso lo que tu escuadrón está haciendo ahora mismo, Aurora? ¿Unas pocas personas decidiendo el destino de billones?

Aurora contó los dolores, los arañazos y las quemaduras que tocaban sus dolorosas notas a través de sus nervios. Repasó Dynas, Wexer y los pasillos del *Nautilus* que la habían traído justo aquí. Los cinco de Sever habían destapado un plan secreto, habían vuelto a DefenseCorp contra sí misma, una guerra civil corporativa que podría...

No era muy dada a las especulaciones.

—Supongo que tienes que elegir —dijo Aurora—. Las ideas de Renard o las mías.

Deepak asintió lentamente.

—Creo que ya he tomado esa decisión.

Fuera, las nebulosas rosadas parecían brillar contra la oscuridad. ¿Una estrella enviando su último adiós a un universo infinito, o simplemente un truco de la luz?

Aurora levantó su copa, la chocó contra la de Deepak.

—Entonces vamos a por ese cabrón.

▭

Con un miembro del equipo tomado como rehén y un niño en peligro, Sever Escuadrón persigue a un agente mortal a través de la galaxia.

Continúa la aventura de Sever Escuadrón en *Marea Siniestra*:

AGRADECIMIENTOS

Esta novela es el producto de mi familia y amigos que se negaron a dejar morir un sueño. A mi esposa Nicole, por permitirme escribir en las primeras horas de la mañana y asegurarse de que no muera de hambre. A mis hermanos y padres por sus continuos comentarios, apoyo y entusiasmo.

A Evan Aaseng, por ser un constante interlocutor y hacerme volver a la realidad cada vez que mis ideas iban demasiado lejos.

Y, por supuesto, a ti, el lector, por darme una razón para escribir.

A.R. Knight teje historias en una gélida casa en Madison, Wisconsin, principalmente dominada por un par de gatos. Después de verse atrapado en la rutina laboral durante la crisis económica de 2008, se encontró surcando el espacio y viviendo grandes aventuras durante aburridas reuniones.

Con el tiempo, tras dedicarse a los podcasts, guiones, relatos cortos y otras novelas, encontró una historia en la que podía sumergirse y un elenco de personajes tanto entretenidos como llenos de corazón.

Sever Escuadrón tiene más aventuras por venir, junto con nuevas tramas, escenarios e historias en el futuro. A partir de ahí, A.R. Knight planea saltar a otros mundos y encontrar nuevas historias que contar en los límites infinitos de nuestra imaginación.

¡Gracias, como siempre, por leer!

Para más información:
www.blackkeybooks.com

Para Andy

www.ingramcontent.com/pod-product-compliance
Lightning Source LLC
Chambersburg PA
CBHW032342310726